Mit dem Bodyguard im Bett

Band 6 der Serie
Mit den Junggesellen im Bett

von

Virna DePaul

KURZBESCHREIBUNG

Die Hollywood-Schauspielerin Kat Bailey ist auf dem direkten Weg, einen Oscar zu gewinnen, hatte aber im vergangenen Jahr mit verschiedenen Problemen zu kämpfen. Erst war sie in einen Skandal mit Nacktfotos verwickelt, später wurde sie von einem Fan ihres betrügerischen Ex-Mannes bedroht. Schließlich war sie auch noch von der Straße abgedrängt worden, was vermutlich Absicht gewesen sein könnte. Jetzt hat sie sich in ein Blockhaus am Lake Tahoe eingemietet und überlegt, was alles dafür spricht, ganz mit der Schauspielerei aufzuhören–unter anderem zur Abwechslung mal ein normales Leben zu führen.

Zunächst lehnte der Bodyguard Luke Indigo es ab, Kat zu beschützen, weil er besorgt war, dass die intensive Anziehungskraft, die von ihr ausging, seinen Job beeinträchtigen könnte. Aber als Luke erfährt, dass die nun-verängstigte Kat untergetaucht ist, veranlasst ihn sein Pflichtgefühl, ihr zum Lake Tahoe zu folgen. Dort angekommen gibt er sich als Urlaub machender Nachbar aus, um in ihrer Nähe zu bleiben und sie zu beschützen. Während sie miteinander Zeit verbringen, merkt Luke, dass das, was Kats Reiz ausmacht, tiefer geht. Kat ist klug. Sie ist freundlich. Und sie ist so ahh-absolut sexy!

Kat ist von dem Mann mit den stahlharten Augen fasziniert, der zwar Gefahr ausstrahlt, sie aber auf so zärtliche Weise berührt. Noch besser ist, dass er anscheinend keine Ahnung hat, wer sie ist. Das bringt sie auf den Gedanken, dass sie endlich einen Mann gefunden hat, der sie um ihrer Selbst willen begehrt, und nicht wegen ihres Ruhms.

Als Kat jedoch erfährt, dass Luke genau der Bodyguard ist, den ihr Manager zu ihrem Schutz anzuheuern versucht hatte, fürchtet sie, dass Ehrgeiz und nicht Liebe die ganze Zeit auf Lukes Agenda gestanden hatten. Kann Luke Kat überzeugen, dass er sie beschützen würde, egal ob er dazu angeheuert wurde oder nicht . . . und kann er sie überzeugen, dass er tatsächlich sie begehrt: und zwar Körper, Herz und Seele?

BÜCHER VON VIRNA DEPAUL

Die Serie ‚Mit den Junggesellen im Bett' umfasst
Die Serie, Rock'n'Roll Candy
Verrückt nach dem verkehrten Kerl
Einem Werwolf kämpfer verfallen

KAPITEL EINS

L UKE INDIGO PARKTE SEIN AUTO auf der gegenüber-
liegenden Straßenseite des HANG TOUGH CAFÉs, einem
kleinen, aber feinen Lokal mit gutem Ruf, dessen Personal aus
Ex-Knackis bestand, die ein neues Leben beginnen wollten, und
das von einer abtrünnigen Nonne geführt wurde. Luke war auch
schon früher im HANG TOUGH gewesen–dort gab es nämlich
die besten *carnitas* von ganz Los Angeles. Es war ein großartiges
Restaurant und gleichzeitig eine gute Sache, die es wert war, unterstützt zu werden. Dennoch war er verärgert, dass Katherine
Bailey darauf bestanden hatte, ihn hier zu treffen anstatt im Büro
von FRONTLINE Inc. Die Gegend galt als stark von Verbrechen
heimgesucht, das Café zog ein raueres Klientel an, und der groß-
zügige Sitzbereich im Freien grenzte an einen kleinen Park, was
zwar ein überraschend angenehmes Ambiente darstellte, gleichzeitig aber auch ein Alptraum war, was die Sicherheit betraf.

Normalerweise wollten sich große Nummern der Filmbran-
che an ausgefalleneren Orten treffen, um mit ihrem Geld herum-
werfen zu können und der Welt zu zeigen, wie gut sie es hatten.
Indem Bailey ausgerechnet das HANG TOUGH CAFÉ gewählt
hatte, wollte sie ihm vielleicht eine gewisse abfällige Botschaft
senden–ich: reiche Berühmtheit und Schauspielerin; du: niederer
Bodyguard, den ich nur treffe, weil mein Manager darauf besteht.

Andererseits könnte sie eventuell auch darauf hoffen, irgendein Paparazzo könnte sie zu Gesicht bekommen, der dann ihr Bild

überall im Web verbreiten würde, oder sie stellte sich in wahrhaftiger, gebührender Hollywood-Manier vor, sie könnte lebenslang gratis *carnitas* bekommen, bloß weil sie einmal in diesem Café aufgetaucht war.

Es war völlig unmöglich, vorauszusagen, was die Reichen und Schönen dachten oder warum sie das taten, was sie taten. Aber nach all dem zu urteilen, was Luke je erlebt hatte, taten die Reichen und Berühmten niemals etwas, wenn es ihnen nicht zu ihrem Vorteil gereichte.

Nachdem Luke ausgestiegen war, entdeckte er Bailey sogleich. Sie saß vor dem Café, ganz nah beim Park. Laut ihrem Manager hatte sie während der letzten zwei Monate mehrere Todesdrohungen erhalten, dennoch saß sie einfach da draußen ohne jeglichen Schutz, jedem ausgeliefert, der zufällig dort vorbeiging, und gab gleichzeitig auch eine vortreffliche Zielscheibe ab für eine Kugel, die aus irgendeinem der umliegenden Gebäude oder Straßen abgefeuert werden könnte.

Dumm! Dumm und arrogant, und in höchstem Grade unvorsichtig. Sie wäre ein wahrer Alptraum, wenn er sie bewachen müsste. Vielleicht sogar noch schlimmer als der Senator, der die Dienstkleidung einer Hausangestellten samt Perücke angezogen hatte, um sich hinauszuschleichen, während er angeblich schlief, und alles nur, um sich einen verdammten Hamburger reinzuziehen. Baileys Unvorsichtigkeit unterstrich die Notwendigkeit eines Bodyguards umso mehr, aber sie drückte auch in besonderem Maße aus, warum Luke so widerwillig war, den Job überhaupt anzunehmen.

Mehr als eine elende Nacht hatte er während seiner Laufbahn zugebracht, eine selbstsüchtige, verdorbene Berühmtheit zu beobachten. Die letzte neigte zu Wutanfällen und genoss es, jedem in Hörweite auszurichten, er solle sich runterbeugen, um ihren Arsch zu küssen, sich einzuschleimen. Eigentlich wollte sie, dass Luke mehr als nur ihren Arsch küsste. Als er das abgelehnt hatte, war sie zunächst hysterisch, dann feindselig geworden. Sie hatte angefangen, noch mehr solche Spielchen zu spielen, durch die sie nicht nur sich selbst, sondern auch Luke und seine Männer in Gefahr gebracht hatte. Luke erschauerte bei dem Gedanken daran. Es waren die vier längsten Wochen seines Lebens gewesen.

Mit einem gedämpften Fluch knallte Luke die Autotür zu, gerade als Bailey aufstand und sich streckte. Er legte selbst recht viel Wert darauf, gut gekleidet zu sein, denn er bevorzugte bei der Arbeit maßgeschneiderte Anzüge wie zum Beispiel den, den er gerade trug, aber ihr Outfit–ein weißer, einteiliger Hosenanzug mit weitgeschnittenen Hosenbeinen und einem Ausschnitt mit viereckigen Aussparungen–machte sie zu einer noch deutlicheren Zielscheibe. Gleichzeitig betonte dieses Gewand auch jeden einzelnen ihrer körperlichen Vorzüge, wie zum Beispiel ihre Wespentaille. Durch den Neckholder waren ihre Schultern als auch ihr Rücken bloß. Die keilförmigen Absätze ihrer eleganten Schuhe ergänzten ihr rank und schlankes Erscheinungsbild, und ihre überdimensionierte Sonnenbrille sowie der scharlachrote Lippenstift machten deutlich, wie sehr sie auf Aufmerksamkeit erpicht war, was ja nicht überraschend war angesichts ihrer Berufswahl. Das einzige, das nicht so angeberisch wirkte, sondern eher unauffällig war, war ihr Haar. Die roten Locken, die sie normalerweise offen und gewellt bis zu ihrer Taille fallen ließ, waren zu einem unordentlichen Zopf am Rücken zusammengebunden. Alles an ihr schrie förmlich Sexgöttin und zog die Augen aller auf sie.

Auch Lukes niedere Instinkte wurden angezogen. Gott, sie sah fantastisch aus!

Obwohl er versuchte, sich aufs Geschäftliche zu konzentrieren, auf ihre Sicherheit, wurde er auf einmal von dem Drang überwältigt, diese roten Wogen aus ihrem Zopf zu lösen und seine Fäuste mit jenen Flechten zu umwickeln, während er ihre vollen Lippen küsste. Er wollte seine Zunge in die heißen, nassen

Nischen ihres Mundes tauchen, während ihr Körper sich an seinen schmiegte. Fast konnte er ihre Hitze und Weichheit spüren, die harten Bögen ihrer Rippen und die sanfte Biegung ihrer Taille.

Kopfschüttelnd ging Luke zum Gehsteig und hielt am Straßenrand an, um auf das Grün der Ampel zu warten und eine plötzlich auftauchende Motorradgruppe vorbeizulassen. Bailey hatte aufgehört, sich zu strecken, blieb aber mit starrendem Blick Richtung Park stehen. Luke blickte schnell in dieselbe Richtung, sah aber nichts Ungewöhnliches, dann kehrte sein Blick wieder zu ihr zurück. Er ballte seine Hände zu Fäusten, als ihn noch ein weiterer Anfall starker Begierde überkam.

Luke hatte Berichte zu den Nacktfotos gelesen, die im Internet kursierten, angeblich in Umlauf gebracht von ihrem früheren Regisseur und betrügerischen Ex-Freund, Ray Hamilton, aber er hatte sie nie angeschaut. Seine Vorstellungskraft jedoch, zusammen mit der Titelseite eines Boulevardblattes, Schnappschüsse von ihr im Bikini am Strand, die er gesehen hatte, ließ ihm das Wasser im Munde zusammenlaufen. Verdammt! Liebend gern würde er eine ihrer vollen Brüste in seinen Mund saugen und ihre harte Brustwarze spüren, seine Hand zwischen ihre Beine wandern lassen und ihre nassen Tiefen erforschen.

Scheiße!

Da war er jetzt doch recht stark vom Thema abgekommen. Er befand sich hier in seiner Funktion als Bodyguard. Sie war eine potentielle Klientin, nicht ein potentieller Fick. Ihr Aussehen und ihre intuitive Sinnlichkeit waren nicht von Bedeutung. Seine Reaktion auf sie war nicht von Bedeutung. Was wirklich von Bedeutung war, war, die notwendige Information zu bekommen, um zu entscheiden, ob er den Job, Kat Bailey zu beschützen, überhaupt annehmen wollte.

Die Ampel schaltete auf Grün, und Luke überquerte die Straße, sich seiner Waffe, die er im Schulterholster mit sich trug, sehr bewusst. Alles und jeder konnte eine Bedrohung darstellen, und er würde schnell handeln müssen, um zu ihr zu gelangen, falls dies nötig wäre.

Ein blonder, ziemlich verdreckter Labrador, der einen Stock in seinem Maul trug, rannte aus dem Park auf sie zu. Der Hund kam zum Stehen und platzierte seine großen, schmutzigen Pfoten direkt vorne auf Baileys blütenweißer Hose.

Luke wartete darauf–auf den Aufschrei samt Wutanfall, der einfach kommen musste, das wusste er–aber stattdessen warf sie den Kopf zurück und lachte. Hingebungsvoll kraulte sie den Hund hinter den Ohren, und ihre warme Altstimme war trotz des Verkehrslärms zu verstehen.

„Was für ein guter Junge. Du bist ein prima Kerl, nicht wahr? Doch, das bist du. Komm, wir spielen! Willst du spielen?"

Warum zum Teufel regte sie der Dreck, der ihre tollen Klamotten jetzt verunstaltete, nicht auf? Und, Menschenskind, diese Frau schaffte es, dass sich ein paar einfache, gesummte Koseworte für einen Hund anhörten wie eine Einladung, mit ihr ins Bett zu gehen.

Mit einem innerlichen *Ach egal, scheiß drauf* schüttelte er den Kopf, fest entschlossen, sich von dem Zauber der lockenden Sirene, den sie aus mehr als drei Meter Entfernung über ihn ausgebreitet hatte, loszureißen. In dem Moment wurde Luke klar, dass *er* selbst vermutlich nicht recht viel anders aussah als dieser hechelnde Hund. Er starrte sie ja praktisch wie ein geiler Jugendlicher mit verträumt-versonnenem Blick an.

Und er war nicht der einzige. Mittlerweile hatte sie die Aufmerksamkeit aller Männer um sich herum erregt, einschließlich eines Obdachlosen, der vom Park auf sie zukam.

Luke beschleunigte seinen Schritt. Als der Hund plötzlich Richtung Straße schoss, weg von da, wo Luke stand, stieß Bailey einen schrillen Schrei aus und rannte ihm hinterher.

Verdammt! Im Versuch, den Hund zu beschützen, würde sie sich noch selbst in Gefahr bringen. Luke stürzte hinter ihr her,

obwohl er wusste, er könnte zu spät dran sein, und weil er sich
selbst verabscheute, so von ihrer Schönheit abgelenkt worden zu
sein. Er rannte wirklich schnell, war aber immer noch ein Stück
entfernt, als ein paar Autos nur Zentimeter vor ihr scharf brem-
send zum Stehen kamen. Ohne überhaupt zerzaust zu sein, nahm
sie den Hund am Halsband, lächelte und winkte dem Fahrer zu.
Dann führte sie den Hund zu dem Obdachlosen.

Lukes Herz hämmerte in seiner Brust. Was für eine absolute
Idiotie! Am liebsten würde er sie übers Knie legen und ihr wegen
ihrer Unvorsichtigkeit den Hintern versohlen. Dann würde er sie
gleich nochmal verhauen, aber nicht, um sie zu bestrafen. Sondern um ihnen beiden Vergnügen zu bereiten.

Eine Schweißperle lief an seiner Schläfe entlang. Ach, verdammt! Die Vorstellung, Kat Bailey zu verhauen, war so reizvoll,
dass sein Schwanz hart geworden war, so hart, dass an der Vor-
derseite seiner Hose eine deutliche Wölbung zu sehen war.

Das gab den Ausschlag.

Er konnte den Job, als ihr Bodyguard zu fungieren, nicht annehmen. Er hatte noch nicht einmal mit dieser Frau gesprochen
und merkte bereits, wie sie ihn mehr als magisch anzog. Solch
ein besitzergreifendes Gefühl, das er gerade empfand, ergab überhaupt keinen Sinn und würde einer Klientin/Bodyguard-Bezie-
hung bloß im Wege stehen.

Er sah zu, wie der Obdachlose seinen Hund abholte, mit Bailey ein paar Worte wechselte und dann wieder Richtung Park
ging. Als die beiden weg waren, nahm Kat Bailey wieder ihren
Platz ein. Luke begab sich außer Hörweite, dann zog er sein Handy heraus.

Baileys Manager nahm beim ersten Klingeln ab.

„Charlie, hier ist Lucas Indigo." Er legte Wert darauf, bei der
Arbeit immer seinen vollständigen Vornamen zu verwenden;
Luke war für Familie und Freunde reserviert.

„Indigo, sollten Sie sich jetzt im Moment nicht gerade mit Kat

Bailey treffen?"

Luke behielt die Schauspielerin im Auge, und nicht nur weil irgendwer sie in den nächsten paar Minuten umbringen könnte, sondern weil er seinen Blick irgendwie nicht losreißen konnte. Sein Schwanz pochte wieder und erinnerte ihn auf schmerzhafte Weise daran, warum dieser Anruf notwendig war. „Etwas Unvermeidliches ist dazwischengekommen. Bitte richten Sie ihr meine Entschuldigung aus, aber ich sehe mich nicht in der Lage, sie momentan als Klientin anzunehmen."

Charlie seufzte. „Das ist enttäuschend. FRONTLINE Inc. Sind die Besten in der Branche. Das war der einzige Grund, warum sie mit diesem Treffen einverstanden war."

„Ich bedaure, ablehnen zu müssen. Rufen Sie Guy Myers von Myers International an! Mit ihm habe ich zuvor zusammengearbeitet, und er hat kompetentes, professionelles Personal. Sagen Sie ihm, ich hätte Ihnen diese Firma empfohlen." Klar, FRONT-LINE Inc. war gerade im Begriff, seinen Kundenstamm aufzubauen, vor allem jetzt, da sie auch nach San Francisco expandierten, aber Myers International würde auch gut für Kats Sicherheit sorgen können.

„Sind Sie sich da wirklich sicher? Wir könnten Ihnen mehr als das übliche Honorar bezahlen . . ."

„Ich bin nicht hinter mehr Geld her. Ich kann nur diesen Auftrag nicht annehmen."

Charlie seufzte tief. „Na schön. Ich rufe nun lieber Kat an und teile ihr dies mit."

Luke legte auf. Er beobachtete, wie Bailey ihr Handy zur Hand nahm und dann die Stirn in Falten legte, angesichts dessen, was der Anrufer ihr sagte. Danach warf sie das Handy zurück in die Handtasche. Anstatt ihre Sachen zusammenzupacken und aufzubrechen, lehnte sie sich zurück und fuhr fort, ihren Kaffee zu trinken. Hin und wieder lächelte sie ohne erkennbaren Grund, wenn auch irgendetwas an diesem Lächeln ein wenig gezwungen aussah. Bald näherten sich ihr ein älteres Ehepaar mit zwei Jungen im Teenageralter, die einen aufgeregten Eindruck machten. Die Jugendlichen rempelten einander an. Kat nahm die Sonnenbrille ab. Die Jungs unterhielten sich ein paar Sekunden, und dann stellte sich der eine Junge hinter sie, während der andere ein Foto mit seinem Handy machte. Nun tauschten sie Platz, und ein weiteres Foto wurde geschossen, ehe die Jungs grinsend von dannen zogen.

Kat Bailey war ihren Fans gegenüber recht liebenswürdig, was Luke überraschte. Seiner Erfahrung nach waren die meisten Stars nicht so, außer es waren Kameras in der Nähe, die den Moment einfingen, um die Öffentlichkeit beeindrucken zu können. Mit Fans redeten sie generell nicht, und erst recht ließen sie keine Bilder mit sich machen. Der Großteil aller Stars, mit denen er zu tun gehabt hatte, hatte verrückte Regeln für die Interaktion mit Menschen aufgestellt. Er hatte auch einmal für einen Mann gearbeitet, der von seinem Personal verlangt hatte, absolut keinen Augenkontakt herzustellen, und dass jeder, der sein Geschirr berührte, Handschuhe tragen musste.

Kat Bailey steckte voller Überraschungen und war obendrein auch noch sexy. Luke wollte gern mehr über sie erfahren. Aber das würde nicht passieren. Trotz ihrer Wirkung auf seinen Körper hatten sie nichts gemeinsam. Sie mochte ihn überrascht haben, wie bodenständig sie anscheinend war, aber er hatte schon mehrere berühmte Schauspielerinnen getroffen, und sie waren alle kapriziöse Diven gewesen. Sie waren diejenigen, die in Restaurants zigmal ihre Gerichte zurückgehen ließen und die wegen unsinnigen Kleinigkeiten die Augen verdrehten. Sie waren diejenigen, die in ihren angeberischen ‚schaut mich an'-Kleidern an der Bar saßen, sich aber gereizt verhielten, wenn jeder Mann am Platze sie abzuschleppen versuchte. Sie waren diejenigen, denen man schwer widerstehen konnte, die in die Herzen der Männer stolzierten, ehe diese wussten, wie ihnen geschah, beherzt und unwiderstehlich mit dem Selbstvertrauen von zehn Lauf-steg-Schönheiten. Aber letzten Endes? Waren sie schwierig. Mani-pulativ. Entzogen sie jedem Zimmer den Sauerstoff.

Nein danke.

Falls jemals die Zeit kommen würde, da Luke bereit wäre, sich zu binden und eine Familie zu gründen, würde er eine viel unkompliziertere Frau wollen, eine, die natürlich attraktiv, intelli-gent und freundlich war, nicht so selbstgefällig und egozentrisch. Eine, die seine Meinungen und Fähigkeiten respektierte.

Bailey war zu umwerfend und zu berühmt. Die verschiede-nen Welten, aus denen sie beide stammten, würden sich nicht gut vereinbaren lassen. Und vor allem, obwohl sie süchtig nach dem Platz im Rampenlicht war, nahm sie ihre Sicherheit nicht ernst.

Und das war etwas, was Luke niemals akzeptieren könnte.

❧

VOR DEM HANG TOUGH CAFÉ posierte Kat Bailey mit zwei jugendlichen Fans für Fotos, während sie mit eiserner Willens-kraft ihrem Herz befahl, langsamer zu schlagen.

Du hast es eben, Kat. Dies ist nur eine kleine Panikattacke. Sie wird vorübergehen.

Und tatsächlich, bis die Bilder gemacht waren und die Familie mit gemurmelten Dankesworten abgezogen war, hatte Kat es ge-schafft, ihre Fassung wiederzugewinnen.

Sie trank einen Schluck Kaffee und registrierte erfreut, dass ihre Hand nicht zitterte. Und doch, allein die Tatsache, dass Char-lies Anruf ihre Angstzustände überhaupt wieder angestachelt hat-te, beunruhigte sie. Genauso wie die Tatsache, dass sie Angst ver-spürt hatte, als sie bei dem Café angekommen war. Es war noch nicht lange her, dass sie gedacht hatte, sie hätte dies alles hinter sich. Trotz der Anforderungen ihres Jobs und des Erscheinungs-bildes, das sie nach außen hin abgeben musste, hatte sie jahrelang keine Angstzustände mehr gehabt. Aber dann kamen der öffentliche Skandal mit Ray und die Morddrohungen durch einen seiner Fans, was die Rückkehr ihrer Angstzustände ausgelöst hatte. Sie war jedoch fest entschlossen, sich dadurch nicht davon abhalten zu lassen, ein normales Leben zu führen–nun ja, so normal wie eine berühmte Schauspielerin es eben führen konnte. Das war auch der Grund gewesen, warum sie entschieden hatte, den Bodyguard hier zu treffen. Sie wollte den neutralen Ort zu ihrem Vorteil nutzen, damit sie sich diesem Meeting besser gewachsen fühlte, klar, aber auch um zu beweisen, dass sie immer noch draußen in einem Café sitzen konnte wie jeder andere x-beliebige Mensch auch, ohne dass irgendetwas Schreckliches geschah.

Allerdings war sie nicht dumm.

Sie hatte Unterstützung, nur für den Fall, dass sich die Dinge zum Schlimmsten wandelten.

Prüfend suchte sie den an das Café angrenzenden Park ab und lächelte, als sie den obdachlos wirkenden Mann entdeckte, der mit seinem Hund spielte. Als sie seinen Blick auffing, winkte sie ihm zu. Er nickte und steuerte auf sie zu.

Der Hund, ein blonder Labrador namens Mamie, erreichte sie als erstes. Anstatt wieder an Kat hochzuspringen, setzte Mamie sich brav neben sie und hechelte glücklich. Kat kraulte sie hinter den Ohren. „Da bist du ja wieder, süßes Mädchen. Fertig mit Spielen?"

Der Obdachlose–der überhaupt nicht obdachlos war, sondern ihr Bekannter Ben, ein Schauspieler, der seine Rolle gut spielte– kam zu ihrem Tisch heran, warf sich auf den Stuhl ihr gegenüber und seufzte. „Tja, also *ich bin* fertig mit Spielen. Völlig erledigt. Schauspielern nach der Strasberg-Methode ist absolut schrecklich!", sagte er und streckte seine langen Beine von sich. „Ich mache das jetzt schon stundenlang, und mein Gesicht juckt wie verrückt."

Kat legte den Kopf schräg und musterte ihn. „Der Bart sieht

doch großartig aus. Wenn ich es nicht besser wüsste, würde ich schwören, er wäre echt."

Ben zerrte an seinem unechten Gesichtshaar. „Danke. Ich wünschte bloß, sie hätten nicht erst zwei Wochen vor dem Beginn der Dreharbeiten entschieden, mir die Rolle zu geben. Dann hätte ich mir einen echten Bart wachsen lassen können."

„Aber Sergio kann doch echtes Gesichtshaar nicht leiden", stichelte Kat.

Ben riss die Augenbrauen bis zum Haaransatz hoch. „Sergio hat sich auch letztes Jahr von mir getrennt–ohne mir zu sagen warum, wohlgemerkt–nur damit er auf überzeugende Weise einen Charakter darstellen konnte, der inmitten einer depressiven Phase steckt. Glaube mir, er würde es nicht wagen, sich nun darüber zu beklagen!"

Bei der Erinnerung, wie am Boden zerstört Ben gewesen war, als Sergio sich plötzlich von ihm getrennt hatte, zuckte Kat zusammen. Fast einen Monat hatte Sergio gebraucht, Ben zu überzeugen, dass alles Teil seines Entwicklungsprozesses für die Rolle gewesen war und er sich wieder mit ihm versöhnen wollte. Gott, Schauspieler waren schon ein verrücktes Pack!

Gedankenverloren zupfte Kat an einer Strähne von Bens ungekämmtem Haar. Was für seltsames Paar sie abgaben! Er: schmuddelig und bärtig; sie: im weißen Designer-Hosenanzug mit den Schmutzflecken der Pfotenabdrucke, wo Mamie sie vorhin angesprungen hatte. Kat war sich mehr als albern vorgekommen, diesen Hosenanzug für das Meeting zu tragen, aber das Fotoshooting, das vor dem Termin mit dem Bodyguard auf dem Plan gestanden hatte, hatte länger gedauert. Und so hatte sie beschlossen, lieber als die Sorte von Diva aufzutreten, die zu einem geschäftlichen Meeting ausgefallene Klamotten trug, als die Sorte von Diva, die nicht termingerecht erschien.

„Also", sagte sie, „ich für meinen Teil freue mich sehr, dass sie dich mit ins Boot geholt haben. Vor einem Jahr hast du noch

Werbung für Produkte gegen Magenverstimmungen gemacht, und schau dich jetzt mal an, du trittst in einem Fernseh-Drama auf, das das Zeug hat, zu einer Serie ausgeweitet zu werden."

Ben nickte. „Ich bin schon recht begeistert, glaube mir. Es dauert nur seine Zeit, bis ich mich an diese Aufmachung gewöhnt habe. Doch genug davon. Wo ist der Bodyguard?"

„Hat abgesagt."

„Mist!" Ben betrachtete sie eingehender. „Fühlst du Angst?"

„Nein", antwortete Kat automatisch.

Er hob eine Augenbraue.

Kat wollte etwas erwidern, ließ es aber bleiben und zuckte die Achseln. „Du hast schon immer mein Spiel durchschaut, wie damals an der High School", grummelte sie.

„Warum also willst du mich hinters Licht führen?"

„Gewohnheit."

„Nein, du nimmst dir lediglich die Lektionen deines Vaters zu Herzen. Lass sie niemals merken, dass dir der Schweiß auf der Stirn steht, stimmt's?"

Kat schnaubte. „Mir stand oft genug der Schweiß auf der Stirn. Lange bevor ich diese verwelkten Blumen vor meiner Tür gefunden habe. Ich verstehe immer noch nicht, wie diese Person auf mein Grundstück gelangen konnte, um sie dort abzulegen. Was ist der Sinn und Zweck von Sicherheitsvorkehrungen, wenn sie so leicht überwunden werden können?"

Ben nahm ihre Hand. „Das wird dir mit einem Bodyguard nicht passieren. Ein ausgewiesener Fachmann wird niemanden so nah an dich rankommen lassen. Jetzt erzähl mir mal, warum der Typ, mit dem du diesen Termin hattest, abgesagt hat!"

Kat erwiderte Bens Händedruck. „Charlie sagte bloß, dass dieser Mister Indigo den Auftrag abgelehnt hat und uns eine andere Firma empfohlen hat. Vielleicht ist das ja ein Zeichen."

„Wofür? Du *brauchst* einen Bodyguard."

„Nicht, wenn ich gehe", sagte sie leise.

Er blinzelte. „Wie bitte?"

Sie schluckte schwer, da sie nicht sicher war, ob sie ausdrücken konnte, was sie sich in letzter Zeit überlegt hatte, aber es war ja Ben. Schließlich sagte sie: „Ich brauche einen Leibwächter, weil ich mich im Fokus der Öffentlichkeit befinde. Weil ich eine berühmte Schauspielerin bin. Weil mein Ex-Freund mich betrogen und Oben-Ohne-Fotos von mir veröffentlicht hat. Und weil einer seiner verrückten Fans sich als die geschädigte Partei betrachtet und nun mir weh tun will. Aber wenn ich gehe, wenn ich . . ."

„Wenn du was? Willst du nicht mehr hinausgehen, sondern dich in deinem Apartment verbarrikadieren? Ich dachte, du warst fest entschlossen, nicht so zu werden wie deine Mutter?"

Kat warf ihm einen finsteren Blick zu und entzog ihm ihre Hand. „Ich werde *nicht* so werden wie meine Mutter. Aber ich will auch kein Leben, in dem ich einen Leibwächter brauche, der mich beschützt."

„Aber momentan musst du diese Todesdrohungen ernst nehmen. Das heißt nicht, dass du *immer* Schutz brauchen wirst. Selbst wenn . . . du liebst die Schauspielerei. Und Tatsache ist, du *bist* berühmt. Du hast hart dafür gearbeitet, berühmt zu werden. Du kannst nicht einfach all dies wegwerfen, nur weil du dich nicht auf jemand anderen verlassen willst, der dich beschützt."

„Aber ich will mich *nicht* auf jemand anderen verlassen", sagte Kat. „Sich auf andere zu verlassen, die mich beschützen, wird dazu führen, dass ich unvorsichtig werde. Damit geht auch diese andere Person ein Risiko ein. Ich würde lieber meine eigenen Risiken eingehen, und wenn etwas geschieht, dann soll es eben so sein. Wenigstens war es dann mein eigenes Zutun und trifft nur mich."

„Aber es ist der Job eines—"

„Niemand erwartet, dass es geschieht, Ben, aber es könnte sein. Irgendjemand könnte verletzt werden. Oder getötet. Wegen mir. Und ich weiß nicht, ob ich damit leben könnte, wenn so etwas geschehen würde."

„Wenigstens wärst du dann am Leben, um es herauszufinden!", schnauzte er sie an. „Und wenn du jemanden anheuerst, der gut genug ist, wird niemandem etwas zustoßen. Das ist der Punkt."

Kat zuckte mit den Schultern. „Vielleicht. Vielleicht auch nicht. Aber es sieht so aus, als habe der Beste der Besten den Job weitergereicht. Jetzt muss ich entscheiden, ob ich die zweitbeste Firma anheuern will."

„Da gibt es nichts zu entscheiden. Du weißt, dass du es tun musst, Kat. Mach jetzt keinen Rückzieher, Kat!"

Sie starrte ihn an. Sah seine feste Entschlossenheit und merkte, wie diese auf sie überging. Nur selten verlor Ben die Geduld mit ihr oder wurde rechthaberisch, aber nun war er ernstlich besorgt. Und er hatte Recht, sich Sorgen zu machen, selbst wenn sie sich wünschte, es wäre nicht so–diese Lieferung verwelkter Blumen vor ihre Haustür war Beweis genug dafür.

„Ich will nur mein Leben leben. Ist das zuviel verlangt?"

„Natürlich nicht. Aber wir haben alle unsere Lasten zu tragen, Schätzchen. Wir verlassen uns auf unsere innere Stärke und auf jene, die uns nahe stehen, um uns beizustehen. So wie du heute Abend mir Gesellschaft leisten wirst, weil Sergio nicht da ist . . ."

Kats Mund zuckte. „Und morgen wirst du mitkommen, um meine agoraphobische Mutter zu besuchen. Du bist ein wahrer Freund, in der Tat."

„Ach, hör auf! Ich mag deine Mutter gern und freue mich, sie zu sehen."

„Ich weiß. Und sie freut sich, dich zu sehen, mehr als sie sich manchmal auf mich freut."

Ben grinste und zwinkerte, und die Last auf ihrem Herzen wurde leichter.

„Es liegt am Käsekuchen", sagte er. Ungefähr einmal im Monat besuchte Ben zusammen mit Kat deren Mutter. Außer Kat war er der einzige Mensch, den sie ins Haus ließ, und bei jedem Besuch brachte er selbstgebackenen Käsekuchen mit.

„Ich weiß. Und darum liebe *ich* dich", neckte ihn Kat. „Darum und weil es mir gefällt, mit Sergio abzuhängen und mit Mamie zu spielen."

Bei der Erwähnung ihres Namens hob Mamie den Kopf und leckte Kats Hand. Kat brachte ihr Gesicht nah an die Schnauze des Hundes, und sie schmiegten die Nasen aneinander. „Ich glaube, ich brauche eher einen Hund als einen Bodyguard."

„Schätzchen, was du brauchst, ist ein Mann."

Mit finsterem Blick richtete Kat sich auf. „Du weißt schon noch, was passiert ist, als ich letztes Mal einen Mann hatte, oder?"

„Ray ist ein Schwachkopf. Du darfst dich durch das, was er dir angetan hat, nicht hindern lassen, dein Leben zu leben und Spaß zu haben. Wenn du das tätest, hätte er gewonnen. Außerdem musst du ja nicht gleich eine Beziehung eingehen. Such dir einen heißen Typen, nimm ihn mit nach Hause, vögele mit ihm bis zur Besinnungslosigkeit und schick ihn dann weiter! Falls er einen knackigen Arsch hat, gib ihm noch einen Klaps drauf, wenn er zur Tür rausgeht!"

Kat schüttelte den Kopf. „Danke für den Tipp, aber das ist nichts für mich. Ich will keinen Mann, der einfach nur eine berühmte Schauspielerin vögeln will. Und das wäre alles, was es wäre."

„Du täuschst dich, wenn du glaubst, die Männer würden nur deswegen mit dir ins Bett gehen, weil du eine berühmte Schauspielerin bist. Denk mal darüber nach: Finde einen Mann, der dich beschützt *und* einen Mann zum Vögeln! Vorzugsweise bevor ich für den Beginn der Dreharbeiten abreise. Mir ginge es besser, wenn ich wüsste, dass sich jemand gut um dich kümmert."

Kat zog die Nase kraus. „Ich will nicht, dass du nach Connecticut gehst. Ich werde dich vermissen."

„Ich werde dich auch vermissen. Und wie! Aber du kannst

mich jederzeit in MYSTIC besuchen kommen."

„Kommt Sergio mit dir mit?"

„Machst du Witze? Er würde mich niemals dreitausend Meilen ohne ihn wegfahren lassen. Er will sich um mich kümmern, und im Gegensatz zu dir, kann ich die Vorzüge erkennen, die es mit sich bringt, wenn man einen Mann das tun lässt."

„Tja, mit Sergio hast du das große Los gezogen. Ihn gibt es nur einmal!"

Ben nahm noch einmal ihre Hand. „Ich habe zweimal das große Los gezogen."

Kat spürte, wie ihr die Bewunderung gut tat. „Vielen Dank für alles. Du hast mir liebevolle Strenge entgegengebracht, doch jetzt bin ich an der Reihe. Zurück an die Arbeit! *Ich* werde nach Hause gehen und alles für unseren Filmeabend vorbereiten. Aber . . ." Sie stieß den Atem aus, dann fügte sie hinzu: „Aber erst, *nachdem* ich Charlie gesagt habe, er solle einen Termin mit der anderen Bodyguard-Firma vereinbaren."

Ben grinste. „Das ist mein Mädchen!"

Als er mit Mamie wieder Richtung Park ging, schaute Kat auf die Uhr. Wenn sie noch fünf Minuten wartete, wäre sie eine halbe Stunde im Café gewesen, und bis auf die kurzzeitige Panikattacke, die sie bei Charlies Anruf verspürt hatte, hatte sie eine angenehme Zeit verbracht. Wie Ben schon vorher gesagt hatte, hatte sie dies zum Teil ihrem Vater zu verdanken. Trotz ihrer Angstgefühle hatte sie selbstsicher gehandelt. Sie hatte gelächelt. Und sie hatte überlebt.

Fake it till you make it, nicht wahr, Papa? Mit gespieltem Selbstvertrauen zu echtem Selbstvertrauen.

Im Unterschied zu Richard Bailey, der nicht an Angstzuständen gelitten hatte, hatten sowohl Kat als auch ihre Mutter dieses Leiden. Und trotz Belastung und langer Arbeitsstunden, die er als Kongressabgeordneter zu meistern gehabt hatte, hatte er viel Zeit und Geduld für sie erübrigt, hatte ihnen Fertigkeiten und

Tricks beigebracht, wie sie sich selbst ablenken und selbstbewusster auftreten konnten.

Das war die wichtigste Lektion gewesen, die Kat von ihrem Vater gelernt hatte, ehe er gestorben war: Wenn sie selbstbewusst auftrat, würde sie sich auch selbstbewusst fühlen, und die Menschen würden dementsprechend reagieren.

„Dadurch, dass sie unsicher erscheinen, werden die meisten Menschen zu Opfern, Kat", hatte ihr Vater gesagt. „Wenn du Selbstvertrauen ausstrahlst, werden dich die Menschen die meiste Zeit in Ruhe lassen."

Kat war sehr gut darin geworden, Selbstvertrauen auszustrahlen. Sie hatte es jahrelang getan, und konnte im Endergebnis nun auf eine erfolgreiche Karriere zurückblicken. Eine Karriere, die sie nicht kampflos aufgeben würde.

Ben hatte Recht. Nicht was das Finden eines Mannes zum Vögeln anbetraf, sondern damit, dass sie ihre Karriere, für die sie so hart gearbeitet hatte, liebte. Und dass sie jemanden finden musste, der sie als Person beschützte–vorübergehend–bis dieser ganze Spuk vorüber war. Es würde ihr nicht gefallen, aber sie würde sich schon irgendwie damit arrangieren.

Sieben Minuten später packte sie ihre Sachen zusammen. Sie hängte sich ihre Umhängetasche über die Schulter und begab sich zur Tiefgarage, wo sie ihren Wagen abgestellt hatte. Fürs Erste würde sie sich darauf konzentrieren, den besten Bodyguard zu engagieren, den es gab, auch wenn dieser eigentlich technisch gesehen der Zweitbeste war.

Keine große Sache, Mister Indigo! Ich habe heute überlebt. Ich werde weiterhin überleben. Ob mit Ihnen oder ohne Sie.

KAPITEL ZWEI

IN DEN ZWEI WOCHEN SEIT er Kat Bailey gesehen hatte, hatte Luke nicht aufhören können, an sie zu denken. Die Wahrheit war, er hatte mehr getan als nur an sie zu denken.

Er hatte jeden einzelnen ihrer Filme angeschaut, sowohl diejenigen, die er bereits gesehen hatte, als auch diejenigen, die er nicht gesehen hatte. Und mehrere Male hatte er sie gegooglet, allerdings hatte er darauf geachtet, die in Umlauf gebrachten Nacktfotos von ihr zu meiden (was–das musste er zugeben–mehr Willenskraft seinerseits erfordert hatte als er gedacht hätte) und seine Recherche-Aktivitäten auf ihre Aktivitäten in den vergangenen zwei Wochen zu beschränken. Auf diese Weise konnte er sich einreden, dass er einfach nur neugierig war, wie es ihr unter Myers Bewachung erging, und nicht etwa besessen von ihr, allerdings war ihm klar, dass er sich in dieser Hinsicht auf einem schmalem Grat bewegte.

Erst heute Vormittag hatte er eine Zeitschrift mit ihrem Gesicht auf der Titelseite gekauft. Laut dem Artikel, den er gelesen hatte, stand das Ende ihrer jüngsten Werbetour bevor und Kat befand sich bereits wegen eines weiteren Films in Verhandlungen.

Fluchend stand er aus seiner Kauerstellung auf, die er in seiner Werkstatt eingenommen hatte, um an seinem Indian Motorcycle zu arbeiten. Er wischte sich über die Stirn und widerstand dem Drang, gegen den Reifen des Motorrads zu treten. Es regte ihn maßlos auf, dass egal, wie sehr er sich auch bemühte, sie zurückzuhalten, ständig Gedanken an Bailey in seinen Geist eindrangen. Die einzige Zeit, in der er die Gedanken an sie halbwegs in Schach halten konnte, war bei der Arbeit. Doch diese besondere Woche hatte er sich frei genommen, da er wusste, dass der bevorstehende Todestag seines Vaters ihn ziemlich mitnehmen würde, wie immer. Mit all den deprimierenden Gedanken, die er zu dieser Zeit hatte, kamen auch die Erinnerungen an Bailey wieder oftmals zurück.

Erneut fing Luke an, an seinem Motorrad zu hantieren, aber eine halbe Stunde später gab er entnervt auf, legte seine Werkzeuge weg und rief seinen Freund und Geschäftspartner Cole Novak an. „Was macht ihr, du und Jill, heute Abend?", fragte er, als Cole das Gespräch annahm.

„Menschenskind! Lass mich mal nachdenken! Vielleicht lesen wir zusammen dasselbe Buch, reden dann über dessen Themen, *verweilen* bei den besten. Wir werden die wichtigsten *berühren*. Dann, wer weiß? *Vollständiges Eindringen* in den Kern der Thematik wird wahrscheinlich zuletzt stattfinden."

Luke verdrehte die Augen. „Du bist so ein Idiot"; sagte er mit einem Lächeln.

„Ich bin ein verliebter Idiot", sagte Cole aus tiefster Überzeugung.

Das war er tatsächlich, und Luke freute sich mit ihm. Monatelang hatte sein Freund schwer mit sich gerungen, seit seine Mutter an Krebs gestorben war. Dann hatte er Jill getroffen, die Leiterin einer Kindertagesstätte, die Tür an Tür mit seiner Mutter in dem Mietshaus gewohnt hatte, das Cole von seiner Mutter erbte, als diese starb. In nur kurzer Zeit hatte Jill den knallharten Single und Motorradfahrer in Bann gezogen. Nach außen hin gaben sie ein recht unterschiedliches Paar ab, aber als Luke Jill erst einmal kennengelernt hatte, hatte er klar erkannt, dass die beiden füreinander geschaffen waren.

„Also, Idiot", meinte Luke. „Habt ihr etwas vor oder nicht?"

„Okay, okay. Verdammt, was hast du für ein Problem? Wir haben nichts vor. Warum?"

„Ich brauche etwas Gesellschaft. Bring Jill und einen Kasten Bier mit! Ich werde ein paar Steaks auf den Grill werfen und mir machen es uns gemütlich."

„Klingt gut. Bis so gegen sechs?"

Nachdem Luke aufgelegt hatte, zog er seine Laufschuhe an. Zum Glück wohnte er in den Hügeln von Hollywood, weit vom Getümmel der Stadt unter sich entfernt. Die Aussicht von seinem vorderen Garten war spektakulär. Und in der Gegend gab es einige der besten Laufstrecken und Wanderrouten, die der weitere Umkreis von Los Angeles zu bieten hatte.

Zwei Stunden und eine kalte Dusche später trafen Cole und Jill ein. Coles Arme waren mit Lebensmitteltüten beladen. Eine reichte er Luke. Nach einem kurzen Hochrecken des Kinns zur Begrüßung steuerte er auf die Küche zu. Luke küsste Jill auf die Wange. „Du hättest keine Lebensmittel mitbringen müssen, Jill. Ich habe euch eingeladen, ich kümmere mich ums Kochen."

Jill lächelte. „Sei nicht beleidigt, aber als wir letztes Mal zum Grillen rüberkamen, hattest du Fleisch und Bier."

Luke schmunzelte. „Ich hatte vor, etwas Gemüse für Cole zu kaufen, das er herschneiden könnte, aber . . ." Er war durch seinen Waldlauf abgelenkt worden. Und durch kreisende Gedanken um Bailey.

„Das übernehme ich schon", sagte Jill. Sie umarmte Luke kurz. „Du übernimmst das Fleisch und Cole. Ich mache den Rest."

„Also stecke ich schon wieder beim Babysitten fest?"

„Ist das nicht das, was du sowieso am besten kannst?"

Luke schaute zu Cole hinüber, als der aus der Küche kam und sich gerade ein Bier aufmachte. Luke war schon recht groß gewachsen, aber Cole konnte eine ganze Gruppe Verteidiger wie Zwerge aussehen lassen. Seine massigen Oberarme und

Schultern waren tätowiert, und er liebte es, sein dunkles Haar lang zu tragen. Er war ein Typ, bei dem die Frauen reihenweise in Ohnmacht fielen und dem Männer lieber aus dem Weg gingen. Der Anblick von Cole und Jill zusammen mochte einige Menschen innehalten lassen, da Jill recht zierlich war und wunderhübsche Rundungen aufwies. Hinter all den Äußerlichkeiten jedoch stimmte sie sowohl in der Wildheit ihrer Persönlichkeit als auch in emotionaler Stärke mit Cole ideal überein.

Luke versuchte sich auszumalen, wie er eines Tages mit einer Frau wie Jill ein Leben aufbauen könnte. In seiner Vorstellung befand sich diese Frau hier in seinem rückseitigen Garten, grillte mit ihm und lachte mit seinen Freunden.

Und aus unerfindlichem Grund trug sie einen auffallenden, weißen Hosenanzug und einen vermaledeiten Zopf, den er nur zu gern entflechten wollte.

Verdammt nochmal, er musste unbedingt diese Kat Bailey *aus seinem Kopf* bekommen!

Er räusperte sich. Worüber hatten er und Jill gerade gesprochen? Richtig, Babysitten, insbesondere Cole. „Ich komme schon mit Cole klar, aber normalerweise wähle ich meine Klienten sorgfältiger aus", witzelte Luke.

Cole brachte sein Bier an seine Lippen zusammen mit seinem Mittelfinger. Nachdem er einen langen Zug genommen hatte, sagte er: „Da wir schon vom Auswählen von Kunden sprechen, hast du dich mit Guy Myers in Verbindung gesetzt bezüglich dessen, ob Kat Baileys Manager ihn angerufen hat?"

„Hab ich. Er hat angerufen. Und Myers hat seit den vergangenen zwei Wochen einen Mann für sie abgestellt."

Jill hob sich auf die Zehenspitzen und küsste Coles Wange. „Ich werde inzwischen mit den Kartoffeln loslegen, während ich euch beide alleinlasse, damit ihr euch über die Sexbombe unterhalten könnt", sagte sie.

Luke lachte, und Cole streckte sich und erwischte Jill gerade noch, um ihr einen Klaps auf den Hintern zu geben, als sie in die Küche ging.

„Komm, gehen wir auf die Terrasse und kümmern wir uns um das Fleisch", meinte Luke.

Cole folgte ihm nach draußen. Auf Lukes Terrasse, die riesig war, befand sich auf einer Seite eine komplette Bar, auf der anderen Seite ein Whirlpool. Inmitten des Gartens lag der Salzwasser-Pool von olympischen Ausmaßen, der von üppig-grünen Büschen und blühenden Blumen umgeben war. Es war ein herrlich-ruhiges Setting, vor allem bei Nacht, wenn die Lichter der Stadt in der Ferne funkelten.

Luke hob den Deckel des Grills an und stocherte prüfend ins Fleisch. Als er wieder aufblickte, sah er, dass Cole ihn anstarrte.

„Was ist passiert?", fragte Cole.

„Nichts ist passiert."

„Quatsch! Du hast mir erzählt, du wollest den Job mit Bailey nicht annehmen, weil sie ursprünglich keinen Schutz wollte, und weil wir übereingekommen waren, dass eine widerwillige Klientin eine gefährliche Klientin ist, aber ich sehe doch, dass es noch einen anderen Grund gibt, warum du den Auftrag abgelehnt hast. Was ist los? Sie ist wohl doch ein wenig zu fantastisch von nahem betrachtet?"

Als Luke Cole nur anstarrte und die Aussage nicht abstritt, grinste Cole, dann stieß er einen vielsagenden Pfiff aus. „Du willst mich wohl verarschen. Du willst sie wohl lieber fragen, ob sie mit dir ausgeht?"

„Was? Gott, nein!"

„Aber du würdest gern."

Nein, sie fragen, ob sie mit ihm ausgehen wolle, war nicht das, was er wollte. Er *wollte* sie in die Horizontale bekommen, und zwar nackt. Doch auch das würde niemals geschehen. Selbst wenn sie sich tatsächlich kennenlernen würden und sie sich zu ihm genauso hingezogen fühlen würde wie er sich zu ihr, so würde es dennoch nicht geschehen.

Luke drehte die Steaks um.

Cole trank sein Bier aus, ging rüber, um die Dose in den Abfall zu werfen, und schaltete dann den ein-Meter-fünfzig-großen Flachbildschirm über der Bar ein. Er wählte den Sportsender, ehe er sich wieder Luke zuwandte. „Alsooo . . .", zog er das Wort in die Länge.

„Was?", knurrte Luke.

Cole zog eine Augenbraue hoch und lächelte leicht. „Du hast mir keine Antwort gegeben. Du bist versucht, Bailey zu fragen, ob sie mit dir ausgeht, oder? Denn die Tatsache, dass du es nicht einmal zugeben kannst, verrät mir, dass deine Gefühle für sie recht intensiv sind und du sie irgendwie zu unterdrücken versuchst."

Luke kniff die Augen zusammen. Manchmal war er froh, dass Cole ihn so gut kannte, doch manchmal hasste er diesen Umstand auch. Diesmal war letzteres der Fall. „Sie ist fantastisch. Hat sie mich hart werden lassen? Klar. Aber darüber hinaus habe ich absolut keine *Gefühle* für sie, und ich habe auch nicht die Absicht, sie je wiederzusehen."

Er wandte sich wieder den Steaks zu.

Cole lächelte und zuckte die Achseln. „Okay, na schön. Wechseln wir das Thema! Ich habe immer noch nichts von Eric gehört. Und du?"

„Nein", sagte Luke.

Eric Davenport war einer der besten Freunde von Cole und Luke. Vor mehreren Wochen waren sie als Trauzeugen bei seiner Hochzeit gewesen. Nur, dass die Hochzeit nicht stattgefunden hatte. Eric hatte die Braut, Brianne Whitcomb, die Schwester eines ihrer guten Freunde, am Altar stehen lassen, mit nur einem recht mysteriösen Text als Erklärung. Dann war er untergetaucht. Er hatte ihnen allen eine E-Mail gesandt, in der er mitteilte, dass es ihm gut ginge und er sich melden würde, aber das war's dann auch.

Cole wollte noch etwas sagen, aber Jill rief von drinnen: „Luke, wo ist dein Knoblauchsalz?"

„Ich bin gleich da", erwiderte er. Er schloss den Deckel des Grills. „Ich bin gleich zurück und fass ja nicht meine Steaks an!"

Cole murmelte: „Ja, klar!", und Luke wusste, Cole würde ein Stück Fleisch im Mund haben, wenn er zurückkam. Luke half Jill mit den Gewürzen, und sie bereitete gerade auf die Schnelle eine Schüssel voll Stampfkartoffeln mit Knoblauchpulver zu und hatte ungefähr ein Dutzend verschiedene Gemüse in der Pfanne angebraten. Während sie aßen, schaltete Luke zum Entertainment Channel, bei dem sich alles um die Welt des internationalen Showgeschäfts drehte, und stellte die Lautstärke leiser. Er würde es niemals laut zugeben, aber er hoffte, sie würden etwas über Kat bringen.

„Mmmh, Luke, dieses Steak ist klasse", sagte Jill.

„Danke, deine Kartoffeln aber auch. Wenn du die ganze Zeit so gut kochst, wird mein Partner an Gewicht zulegen."

Cole spülte einen Mundvoll Kartoffeln mit seinem Bier hinunter. „Ich musste zu meiner täglichen Routine eine extra Trainingseinheit hinzufügen. Entweder das, oder ich müsste Jills Essen aufgeben, aber das konnte ich nicht tun. Ich bin regelrecht süchtig danach. Unter anderem!"

Jill lächelte und starrte Cole mit soviel Liebe in ihren Augen an, dass Luke einen Stich in seinem Herzen verspürte. Diesen Ausdruck hatte er gesehen, als seine Mutter seinen Vater angeschaut hatte. Am Tag der Beerdigung seines Vaters schien seine Mutter um zehn Jahre gealtert zu sein. Als Kind seinen Vater zu verlieren, war natürlich hart gewesen, aber den Kummer seiner Mutter mit anzuschauen war herzzerreißend gewesen. Luke fürchtete die Möglichkeit, eine Frau zurücklassen zu müssen, die ihn so sehr liebte. Noch mehr fürchtete er, eine Frau so sehr zu lieben wie seine Mutter seinen Vater geliebt hatte, nur um sie dann zu verlieren und den Rest *seines* Lebens um sie trauern zu müssen.

Er vertraute Cole mit seinem Leben, und sie beide hatten sichergestellt, nur Männer einzustellen, die nicht nur gut ausgebildet, sondern auch anständige Menschen waren. Es war zweifelhaft, ob er selber auf die gleiche Art sterben würde wie sein Vater–ermordet von einer Verdachtsperson, weil deren Bewacher nicht gut genug aufgepasst hatte.

„Hey! Hier ist deine Sexbombe!", sagte Jill.

Luke schaute auf zum Fernseher und merkte, wie sein Herz zu rasen anfing, als er Kat Bailey sah. Es war ein alter Ausschnitt, als sie einen Emmy entgegennahm. Fast sofort wechselte die Kamera zu einem Bild eines leeren Filmsets. Luke langte nach der Fernbedienung und stellte den Ton lauter.

„ . . . hat sie die Interviews bei Ellen und der Tonight Show abgesagt und ist seit mehreren Tagen nicht mehr öffentlich aufgetreten. Während wir von einer Quelle erfahren haben, sie sei mit einem gewissen blauäugigen Filmpartner nach Italien abgehauen, sagen andere, sie hätte zwischen dem Skandal mit ihrer vorherigen Flamme Ray Hamilton, Vertragsstreitereien bezüglich Gehaltsforderungen und einem größeren Wutanfall am Set wegen der Größe ihrer Garderobe im Vergleich zu der ihres männlichen Filmpartners beschlossen, Hollywood gänzlich den Rücken zu kehren. Die Schauspielerin war für einen Kommentar nicht erreichbar, aber ihr Manager hatte Folgendes zu sagen."

Auf dem Bildschirm erschien Baileys Manager Charlie, der gestresst und mitgenommen wirkte. „Miss Bailey nimmt sich einfach eine kleine Auszeit, um sich von den hektischen Dreharbeiten zu entspannen. Wir bitten Sie, dieses Mal ihre Privatsphäre zu respektieren." Die Reporter schrien Fragen. Die meisten wollten wissen, ob Baileys plötzliches Verschwinden irgendetwas mit ihrer recht öffentlichen Trennung von ihrem Ex-Mann zu tun hatte und den neuen Gerüchten, dass in nächster Zeit ein Sex-Video mit den beiden als Hauptdarstellern erscheinen sollte.

Auf einmal hatte Luke ein sehr schlechtes Gefühl, und zwar nicht wegen des drohenden Sex-Videos, obwohl die Vorstellung, dass ihr Ex-Mann das mit ihr tun würde, schon aufwühlend war. Der Gedanke, dass Bailey, dieselbe Frau, die er vor dem HANG TOUGH CAFÉ beobachtet hatte, wie sie mit einem Hund spielte, die talentierte Schauspielerin, die er auf der Leinwand gesehen hatte, und die vollendete Künstlerin, von der er gelesen hatte, einen Anfall haben sollte wegen so etwas Albernem wie einer Garderobe, hörte sich einfach nicht wahr an. Auch die Absagen der Interviews wegen Ruhe und Erholung dürften nicht die Wahrheit sein. Das tat sie bestimmt nicht ohne einen verdammt guten Grund.

„Ich schätze, es ist doch ganz gut, dass du diesen Auftrag abgelehnt hast", meinte Cole. „Und dass du sie nicht gefragt hast, ob sie mit dir ausgeht."

„Was?", kreischte Jill mit weit aufgerissenen Augen. „Du wolltest sie fragen, ob sie mit dir ausgeht?"

„Nein. Ich meine, ja. Vielleicht." Luke seufzte. „Sorry, würdet ihr beide mich kurz mal entschuldigen?" Cole schaute verwirrt drein, aber Luke hatte bereits sein Handy hervorgezogen. Er rief Charlie an.

„Was wollen Sie, Indigo?" Charlies Stimme klang barsch.

„Ich hörte gerade, Bailey habe ihre Interviews abgesagt. Sie sagten, dass sie sich eine Auszeit nehme, um sich auszuruhen. Ist das wahr?"

„Als würde Sie das etwas angehen?"

Luke zog eine Augenbraue hoch. Charlie klang nun mehr als nur kurz angebunden. Er hörte sich anklagend an. „Charlie, ich konnte diesen Auftrag nicht annehmen, aber das bedeutet nicht, dass ich nicht um Baileys Sicherheit besorgt bin. Ich habe Ihnen eine andere gute Firma empfohlen. Ich überprüfte sogar . . ."

„Ja, okay. Aber verdammt, alles ist Scheiße gelaufen."

Lukes Beklemmung verstärkte sich. „Was zum Teufel ist

passiert?"

„Dies wurde nicht öffentlich bekannt gemacht, aber vor zwei Tagen wurde Kat auf ihrem Weg von einer Veranstaltung von einem Raser fast von der Straße abgedrängt. Sie war wirklich nah dran, von einer Klippe hinuntergestoßen zu werden."

Bei dem mentalen Bild einer verängstigten und verletzten Kat, ihr schönes Gesicht zerschrammt und blutig, verkrampfte sich Lukes Magen. Übelkeit stieg in ihm hoch. Seine Knie wurden weich. Seine Reaktion war völlig überzogen, angesichts der Tatsache, dass er ja nicht einmal mit dieser Frau gesprochen hatte. Er fuhr sich mit einer Hand durchs Haar. „Gott bewahre, wurde sie verletzt?"

„Körperlich nicht, aber sie ist wirklich erschüttert."

„Wo zum Teufel war ihr Bodyguard?"

„Er verschwand eine Stunde zuvor. Sie sagte, sie wollte ihn nicht in Schwierigkeiten bringen, deshalb wartete sie, bevor sie es jemandem erzählte. Erst nach dem Beinahe-Unfall fanden wir es heraus."

Unfall oder Mordversuch? „Mist! Habt ihr ihn gefunden?"

„Es war keine abgekartete Sache. Er hat nach längerer Zeit wieder zur Flasche gegriffen und war auf einer Sauftour. Das war der Grund, warum Kat in jener Nacht alleine unterwegs war."

Luke haute mit seiner Faust auf den Tisch, sodass Jill erschrak. Cole runzelte die Stirn und legte seinen Arm um ihre Schultern.

„Wo ist sie jetzt?"

„Ich habe keine Ahnung. Gestern sagte sie mir, sie würde sich ein paar Tage freinehmen. Sie brauche Zeit, um sich um sich selbst zu kümmern, weil niemand anders das täte. Und das hieße auch, sie wolle ihre Karriere neu überdenken."

„Und der Vorfall mit dem Garderobenraum?"

„Ist Unsinn. Irgendjemand hat diese falsche Geschichte lanciert."

Genau wie sich Luke gedacht hatte.

„Kat fühlte sich seit einiger Zeit außer Kontrolle, und dies hat sie nun wirklich um den Verstand gebracht, über den Abgrund getrieben, sozusagen." Charlie zischte. „Mist. Schlechte Wortwahl."

„Keine Scherze, bitte", sagte Luke ausdruckslos. „Sie wissen also wirklich nicht, wo sie ist . . . oder mit wem sie zusammen ist?"

„Nein. Meine Anrufe landen immer direkt bei der Sprachbox."

„Verdammt!" Luke musste gar nicht erst nachdenken, was er tun würde. „Ich werde sehen, was ich herausfinden kann. Halten Sie mich auf dem Laufenden, falls sie auftaucht oder wenn Sie etwas von ihr hören!"

„Geht klar."

Luke legte auf. „Scheiße!" Er schaute Cole an, wusste, dass sein Partner den Hauptinhalt des Gesprächs bereits mitbekommen hatte.

„Es ist nicht deine Schuld", sagte Cole.

„Verdammt überhaupt gar nicht. Ihr Leibwächter verschwand, dann versuchte jemand, sie von der Straße abzudrängen. Ihr Manager weiß nicht, wo sie ist. Ich hätte ihren Fall niemals an jemand anderen weiterreichen dürfen."

„Das hast du nicht wissen können."

„Nein. Aber ich hätte ihren Schutz nicht jemand anderem überlassen sollen. Nicht wenn—"

Er presste seine Lippen fest aufeinander.

„Nicht wenn was?", fragte Cole. „Dies ist nicht vergleichbar mit der Situation deines Vaters damals, Luke. Gar nicht. Ich weiß, dass sich sein Todestag in ein paar Tagen jährt, und du ihn deshalb viel in deinem Sinn hast, aber sage mir, dass du weißt, dass die Situation nicht die gleiche ist."

Als Luke nicht antwortete, stieß Cole einen besonderen Pfiff aus. „Sie ist dir wirklich irgendwie unter die Haut gegangen, nicht wahr?"

Automatisch schüttelte Luke den Kopf, mehr, um alles

Vorgefallene abzuschütteln, als um Coles Worte abzustreiten. „Spielt keine Rolle. Alles, was ich jetzt tun muss, ist, sie zu finden. Und zwar schnell!"

KAPITEL DREI

KAT WAR ZWEIMAL FÜR EINEN Oscar nominiert worden, hatte den Filmpremieren in London und Tokio beigewohnt und hatte eine obszöne Geldsumme bezahlt bekommen, um eine spezielle Schönheitscreme gutzuheißen, doch in all jener Zeit war sie nie so zufrieden gewesen wie gerade jetzt in diesem Moment, da sie auf der Eingangsstufe des gemieteten Chalets saß und die spektakuläre Aussicht auf den Lake Tahoe genoss, kurz vor Sonnenuntergang. Zugegeben, ihre Zufriedenheit beruhte mehr auf Erleichterung denn auf Vergnügen. Nachdem sie von der Straße abgedrängt worden war, war sie geflohen und hatte irgendwo anders Zuflucht gesucht, da sie sich nicht einmal in ihrem eigenen Haus mehr sicher gefühlt hatte. Sie hatte Privatsphäre gebraucht und hatte große Anstrengungen unternommen, um sicherzustellen, dass sie nicht verfolgt wurde. Sie hatte auch in Erwägung gezogen, ihr rotes Haar zu färben, damit sie nicht erkannt werden würde, hatte sich aber dann entschieden, es lieber zu einem Zopf zu flechten und unter einer Baseball-Kappe zu verstecken und dazu eine Sonnenbrille zu tragen. Dann hatte sie sich in diesem Chalet verkrochen trotz ihrer Bedenken, so eine krankhaft ans Haus gefesselte Person zu werden wie ihre Mutter.

Vor zwei Tagen hatte sie sich endlich dazu durchgerungen, vor die Tür zu gehen. Nichts Schreckliches war geschehen, und das hatte sie ermutigt, sich auch am folgenden Tag hinauszuwagen. Durch die frische Luft und die wunderschöne Landschaft fühlte sie sich wie neugeboren, und sie hatte heute Vormittag sogar einen Morgenlauf absolviert, etwas, das sie schon seit Monaten nicht mehr getan hatte. Zwar war sie noch immer leicht nervös und hatte ihr Pfefferspray immer griffbereit, aber im Großen und Ganzen hatte sie es geschafft, alles wieder in die richtige Perspektive zu rücken, und glaubte auch nicht mehr, dass jeden Moment jemand aus den umliegenden Wäldern springen und versuchen würde, sie umzubringen.

Auch wenn sie Abgeschiedenheit gesucht hatte, war sie andererseits zu ängstlich gewesen, sich völlig zu isolieren. Dieses Chalet war ein Kompromiss gewesen. Hier befand sie sich nur etwa zwei Kilometer von den Casinos und einige Querstraßen vom Strand entfernt. Dieses Chalet hatte einen Whirlpool, Internet und einen Flachbildfernseher, alle Annehmlichkeiten eines modernen Zuhauses, nur ohne Paparazzi.

Und hoffentlich auch ohne verrückte Stalker.

Noch besser war, dass es in der Nachbarschaft genügend Menschen gab, die hören würden, wenn sie um Hilfe schrie.

Als sie unter dem Mädchennamen ihrer Mutter eingecheckt hatte–eine Identität, die sie früher schon benutzt hatte–war das andere Chalet leer gewesen. Gestern hatte sie vom Fenster aus beobachtet, wie ein groß gewachsener, attraktiver Mann mit einem Koffer und einigen Umzugskartons eingezogen war. Er hatte auch einen Hund dabei–einen schokoladenbraunen Labradormischling mit gekräuseltem Fell, das wie Schafwolle aussah.

Zuerst hatte sie den Mann misstrauisch beobachtet, aber als sie den Hund gesehen hatte, hatte sie sich beträchtlich entspannt. Soviel zum Thema ‚nichtzusammenpassendes Paar'. Der Hund war zum Knuddeln süß, während der Mann verwegen und gleichzeitig gefährlich aussah. Dennoch, als das dumme Tier ständig zwischen seinen Füßen herumrannte, regte sich der Typ nicht auf. Stattdessen stellte er seine Kiste oder was er da trug ab und beugte sich hinunter, um den Bauch des Hundes zu streicheln.

Der Kerl war der Inbegriff sinnlicher Männlichkeit, noch attrakti-ver allerdings war die Tatsache, dass er offensichtlich recht selbst-sicher war–er könnte irgendeinen Hund haben, selbst wenn es ein Wuschelball wäre, sein Macho-Image würde dadurch nicht beein-trächtigt werden.

Er war gute eins achtzig groß. Breite Schultern, starke, durch-trainierte Muskeln, die sich sogar durch sein Hemd deutlich abzeichneten. Die Ausstrahlung von Gefährlichkeit, die er ver-strömte, war nicht so sehr beängstigend als vielmehr von der Art ‚Ich werde meine Frau um jeden Preis beschützen, also hau ab‘. Das brachte sie zu der Frage, ob er eine Frau hatte, eine, die sich bald zu ihm und dem Hund gesellen würde. Die Anwesenheit ei-ner Frau gäbe ihr ein besseres Gefühl, da er doch so nah nebenan war, aber überraschenderweise war sie, ob so oder so, auch nicht wirklich besorgt deswegen.

Hilfreich war, dass er absolut kein Interesse daran hatte, sie kennenlernen zu wollen.

Und auch, dass er nicht wusste, wer sie war.

Als er sie das erste Mal erblickt hatte, hatte er nicht die Augen aufgerissen oder den Atem angehalten, weil er sie erkannt hatte. Er hatte sie nur mit einem ausdruckslosen Halb-lächeln bedacht, dann war er durch seinen Hund abgelenkt worden und hatte sie total vergessen.

Als sie an diesem Morgen laufen gegangen war, war er mit seinem Hund gerade von einem Spaziergang zurückgekehrt. Sie hatten Augenkontakt gehabt, er hatte in einer Stimme, die die Mas-kulinität verströmte, guten Morgen gesagt, aber fast sofort hatte er weggeschaut und war zu seiner Eingangstür geeilt.

„Guten Morgen", hatte sie zurückgerufen, indem sie eine Un-gezwungenheit vortäuschte, die sie gar nicht empfand. Obwohl er sich nicht zu ihr umgeschaut hatte, hatte sie während ihres Waldlaufs viel zu viel Zeit damit verbracht, sich zu fragen, wer der Mann war. Wie er wohl hieß. Was er machte, um sich seinen

Lebensunterhalt zu verdienen. Und ob er gut im Bett war.

Seinem Aussehen und seinem heißen Körper nach zu urteilen, sollte seine sexuelle Leistungsfähigkeit eine ausgemachte Sache sein, aber sie war schon mit zu vielen gut aussehenden Männern zusammen gewesen, um zu wissen, dass dies nicht immer der Fall war.

Gerade als ihr dieser Gedanke durch den Kopf gegangen war, erschien ihr Nachbar, der anscheinend gerade mit seinem Hund von einer abendlichen Joggingrunde zurückkam. Beide waren etwas außer Atem, und sein T-Shirt war verschwitzt.

Ehe sie wusste, was sie tat, rief sie: „Hallo!" Fast sofort fluchte sie innerlich. Warum zum Teufel hatte sie das getan? Sie war hierhergekommen, um sich zu verstecken. Um sich selbst zu schützen und nachzudenken, ob es eine praktikable Option sein könnte, die Schauspielerei aufzugeben. Sie sollte nicht mit einem fremden Mann reden, egal, wie harmlos er auch wirkte. Er blinzelte, als hätte er sie nicht gesehen. Eigentlich war es genau das, wonach sie suchte–Anonymität–aber aus irgendeinem Grund sehnte sie sich sogar danach, er möge sie wirklich bemerken.

„Guten Morgen", sagte er mit einem höflichen Lächeln.

Da sie nun keine andere Chance hatte, als ihn in ein Gespräch zu verwickeln oder ihn zu ignorieren (was ihr aber dann als Unzurechnungsfähigkeit ausgelegt werden könnte), sagte sie: „Ihr Hund ist so reizend. Wie heißt er?"

Er schmunzelte. „Bella."

„Oh, Verzeihung, Bella. Ich hätte wissen sollen, dass sie zu hübsch ist, um ein Rüde zu sein."

Der Typ lachte wieder, und Kat wartete darauf, dass er etwas sagte, das auf einen Flirt hinauslief. Stattdessen schaute er sie ruhig mit seinen stahlgrauen Augen an. „Haben Sie eine gute Nacht."

„Danke, gleichfalls." Sie sah ihm und dem Hund nach, wie die beiden in ihrem Chalet verschwanden. Obwohl sein Desinteresse, sie kennenzulernen, sie in ihrem Stolz verletzte, erfüllte es sie auch mit Erleichterung und hob ihre Stimmung. Na bitte? Sie konnte Menschen also doch gut einschätzen. Sie konnte sich gut um sich selbst kümmern. Sie musste sich nicht auf Leibwächter verlassen, die verschwinden würden, wenn sie sie am dringendsten brauchte. Das wäre sogar noch mehr der Fall, wenn sie das Schauspielern aufgäbe.

Falls sie das Schauspielern aufgäbe.

Sie war sich nur noch nicht sicher, ob sie das wirklich tun wollte. Was würde sie stattdessen tun? Sie hatte keinerlei Ausbildung für irgendetwas anderes. Klar, sie könnte wieder zur Schule gehen, aber diese Vorstellung jagte ihr Angst ein. Sie versuchte sich auszumalen, Studentin an einer Uni zu sein. Mit siebenundzwanzig wäre sie älter als die meisten anderen. Die Mädchen wären kindisch. Die Jungs wären Jungs, keine Männer.

Nicht so wie der Mann nebenan.

Den umgab etwas Knallhartes. Stärke auf eine Art und Weise, wie sie nur wenige, ausgewählte Männer hatten. Stärke auf eine Art und Weise, die mehr mit innerer Charakterstärke als mit körperlicher Kraft zu tun hatte.

Sie merkte, dass sie überlegte, was er wohl beruflich machte. War er Polizist? Auftragsmörder? Untergetauchter CIA-Agent? Junge, Junge, ihre Fantasie ging mit ihr durch! Wahrscheinlich hatte sie zu viele Drehbücher und Kriminalromane gelesen. Und auf einmal merkte sie, dass die Sonne bereits untergegangen und die Dunkelheit recht schnell hereingebrochen war, da sie soviel Zeit mit Nachdenken über ihren Nachbarn zugebracht hatte. Mit einem Kopfschütteln stand sie auf und ging hinein, um zu Abend zu essen. Die Tür sperrte sie sorgfältig hinter sich ab.

Sie bereitete sich einen Teller Tomatensuppe und einen Cobb-Salat zu und nahm beides mit ins Wohnzimmer. Vor dem Fernsehsessel stellte sie das Tablett hoch und schlug dann das Buch auf, das sie gerade las. Es war schön, Zeit zu haben, um dazusitzen und zur Abwechslung mal zu lesen. Normalerweise war ihr Tagesplan vollgestopft mit Dreharbeiten, öffentlichen Auftritten und Fototerminen, und bis sie abends endlich nach Hause kam, war sie zum Einschlafen müde.

Während sie aß, begann sie zu lesen, aber je mehr sie die Gedanken an ihren aufregenden Nachbarn aus ihrem Kopf vertreiben wollte, umso stärker dachte sie an die Nacht zurück, in der sie beinahe von der Straße abgedrängt worden war. Bei der Erinnerung daran zitterte ihre Hand leicht, und sie musste den Löffel hinlegen.

Es geht dir gut. Du hattest jedes Recht, zu Tode erschrocken zu sein, jedes Recht, davonzulaufen, aber jetzt musst du auch pragmatisch sein.

Es gab keinen echten Beweis, dass sie wirklich jemand hatte verletzen wollen. Es könnte genauso gut auch bloß ein rasanter, unvorsichtiger Fahrer gewesen sein. Sie hatte ihrer Angst und Paranoia ein wenig nachgegeben, aber sie durfte es auch nicht übertreiben. Sogar die Abwesenheit ihres Leibwächters war keine abgekartete Sache gewesen, sondern war auf Alkohol zurückzuführen gewesen. Aber anstatt dass ihr dieser mentale Rückblick ein Trost wäre, löste er Stirnrunzeln aus.

Sie hatte ja gewusst, dass sie keinen Leibwächter einstellen sollte! Wenn sie sich in jener Nacht nicht auf den verlassen hätte, wäre alles ganz anders verlaufen. Sie wäre nicht einmal zu der Party hingegangen, die ein früherer Filmpartner veranstaltet hatte. Zu allem Übel war sie auch noch abgelenkt gewesen–sie hatte sich gefragt, wo ihr Bodyguard abgeblieben war und ob ihm irgendetwas Schlimmes zugestoßen war–sodass sie, untypisch für sie, nicht aufgepasst und das entgegenkommende Auto nicht gesehen hatte, bis es zu spät war. Der wahre Auslöser für ihre Verletzbarkeit war gewesen, dass sie sich auf jemand anderen verlassen hatte, und diesen Fehler würde sie nicht noch einmal begehen.

Der einzige Mensch, auf den sie sich verlassen konnte, war sie selbst.

~~≈§6~≈

NACH DEM DUSCHEN UND UMZIEHEN warf Luke einen
letzten prüfenden Blick über den Wohnbereich seines Chalets
und vergewisserte sich, ob die Accessoires, die er mitgebracht
hatte, so angeordnet waren, dass es ihm zusagte. Mist! Accessoires! Wenn seine Kumpel ihn jetzt so sehen könnten, würden
sie sich kaputtlachen. Nicht nur Cole, sondern auch Jamie, Eric,
Ryan und Gabe. Seine besten Freunde waren zwar keine Nean-
dertaler, aber er würde wetten, dass normalerweise keiner von ihnen gerahmte Fotos in einer Schuhschachtel hatte, um sich dann
den Kopf darüber zu zerbrechen, wo er jedes davon platzierte,
um maximale Wirkung zu erzielen.

Andererseits würden sie das Bedürfnis verstehen, eine Aufgabe erledigen zu müssen, und wenn diese Aufgabe es erforderte,
sich so zu präsentieren, dass man als zugänglich und so vertrau-
ensselig wie möglich erschien, dann musste es eben sein. Das
beste Accessoire, das er mitgebracht hatte, Bella, hatte bereits
wahre Wunder vollbracht, um Kat Bailey auf seine Seite zu bringen. Gut, dass es seiner Schwester recht gewesen war, ihm den
Hund auszuleihen. Bemerkenswerterweise hatte sie Luke nicht
gefragt, warum er Bella brauchte, und Luke hatte von sich aus
keine Erklärung abgegeben. Seine Schwester hatte lediglich die
Augen verdreht, ihn umarmt und gesagt, er soll auf sich *und* auf
den Hund aufpassen.

Luke begab sich ins Schlafzimmer, wo seine Überwachungs-
ausrüstung und seine Waffen in einer verschlossenen Tasche unter dem Bett verstaut waren, nur für den Fall, dass jemand ein-
brach, während er weg war. Natürlich hatten seine Männer, die
in einem anderen, nicht weit entfernten Chalet untergebracht
waren, ein Auge auf diesen Ort und würden es wissen, falls dies

geschah; aber da Kat sich so nah in seiner Nähe aufhielt, wollte Luke einfach kein Risiko eingehen. Nun zog er die Tasche hervor, legte sie aufs Bett, öffnete sie und begutachtete den Inhalt.

Handwerkszeug. Nach sorgfältiger Überlegung entfernte er den Waffengurt an seiner Wade und legte ihn zurück. Danach wählte er eine andere Waffe, eine kleinere mit einem Schalldämpfer, und platzierte sie in dem Waffengürtel an seinem Bein. Die schlankere Pistole hatte zwar weniger Durchschlagskraft, konnte aber auch von Kat weniger leicht entdeckt werden, falls sie überhaupt danach suchte, was er bezweifelte. Zufrieden, ausreichend bewaffnet zu sein, achtete er nicht weiter auf den restlichen Inhalt der Tasche, einschließlich mehrere kleinere Handgranaten. Mochten auch einige sagen, dieses Waffenarsenal wäre die reinste Übertreibung angesichts der Tatsache, dass Kat ‚nur' von einem Stalker bedroht und von der Straße abgedrängt worden war, nochmals: Er wollte kein Risiko eingehen.

Er war auf jede Eventualität vorbereitet gekommen, so wie es seine Gewohnheit war. Und was ihn anbelangte, war dies niemals von Nachteil.

Nachdem er nochmals die Tasche betrachtet und alles sicher unter dem Bett verstaut hatte, kehrte er ins Wohnzimmer zurück und bemerkte, dass Bella ihren üblichen Platz vor dem Kamin eingenommen hatte. Er ging zum Fenster und schaute hinaus. Kat war weg.

Sein Handy läutete. Es war Craig Lancasters Klingelton.

„Sie befindet sich drinnen in Sicherheit", sagte Craig, als Luke das Gespräch annahm. „Bist du dabei, aufzubrechen?"

„Bereite mich gerade vor", sagte Luke. „Hast du dich um die Telefonleitung des Büros der Vermietung gekümmert?"

„Positiv. Es ist folgendermaßen eingerichtet: Wenn der eingehende Anruf entweder von deinem oder von Fräulein Baileys Anschluss kommt, wird er umgeleitet."

„Großartig. Dann hoffen wir mal, dass alles so läuft wie

geplant."

⁓⚬⁓

KAT HATTE GERADE EIN PAAR Happen gegessen, als es im ganzen Chalet plötzlich dunkel wurde. Sie erstarrte. Furcht durchzuckte sie, und Kat zwang sich, mehrere tiefe Atemzüge zu holen.

Beruhige dich! Wahrscheinlich ist es bloß eine durchgebrannte Sicherung.

Sie späte hinaus und sah, dass das Chalet von Mister Superheiß immer noch hell erleuchtet war. Sie hörte, wie draußen der Wind ums Haus strich. Vereinzeltes Knarren. Als sich im Haus ein Schatten bewegte, wahrscheinlich wegen einiger sich biegender Äste draußen, fand sie sich plötzlich zurückversetzt an das Filmset von *Love me,* dem Thriller, in dem sie eine Rolle gehabt hatte. Zu jener Zeit war sie erst neunzehn gewesen. In diesem Film war die Person, die sie darstellte, von einem älteren Mann verfolgt worden, nachdem sie sich an einer Tankstelle locker mit ihm unterhalten hatte; und sie war nur knapp mit dem Leben davongekommen.

Vorsichtig-langsam, das fahle Licht, das von draußen etwas hereindrang, zeigte ihr den Weg, schaffte Kat es zu ihrer Handtasche und zog ihr Handy heraus. Sie zuckte etwas zusammen, als sie all die alten Textnachrichten sah, die meisten von Charlie, der versucht hatte, sie zu erreichen. Sie hatte ihm bereits zurückgeschrieben und ihm mitgeteilt, dass es ihr gut ging und dass sie einfach nur etwas mehr Zeit für sich selbst brauchte, um ins Reine zu kommen, aber er hatte nicht aufgehört, zu versuchen, sie zu erreichen. Sie würde ihn zurückrufen müssen, aber momentan musste sie sich um das anstehende Problem kümmern. Sie dachte daran, das Vermietungsbüro anzurufen, aber es würde sicher einige Zeit dauern, bis sie hierherkommen würden. Mit jeder

Sekunde, die verstrich und während der sie in diesem dunklen Chalet sein musste, wurde sie nervöser. Sie zog in Betracht, den Sicherungskasten zu suchen, aber es war draußen wie drinnen zu finster. Zugegeben, irgendwo würde schon eine Taschenlampe zu finden sein, aber . . .

Der Hund ihres Nachbarn bellte, und Kat erschrak.

Verdammt! Sie konnte es nicht mehr ertragen. Lieber riskierte sie es, zum Chalet ihres Nachbarn hinüberzueilen, um Gesellschaft zu haben, statt zu riskieren, hier ganz allein rumzusitzen und der Gnade irgendeines Psychopathen (eingebildet oder nicht) ausgeliefert zu sein. Sie schnappte sich ihre Handtasche, trat hinaus, sperrte die Tür hinter sich ab und steuerte auf das Chalet nebenan zu.

Als sie auf die Eingangsstufe trat, begann sich doch ein leichtes Unbehagen in ihrem Bauch zu regen.

Was wäre, wenn ihre Vermutung gar nicht so weit hergeholt war und dieser Typ *doch* ein Auftragskiller wäre . . .

Was wäre, wenn der Mensch, der sie bedroht hatte, ihn geschickt hatte?

Aber nein, ihr Bauchgefühl sagte ihr, dieser Nachbar war ein guter Mann. Deshalb ging sie zur Tür und klopfte an. Plötzlich stand er vor ihr–groß gewachsen, sexy, exotisch anmutende, silberfarbene Augen–in der Tür. „Hallo", sagte er.

Er hatte eine Lesebrille auf der Nase, durch die seine Augen noch verführerischer aussahen, und er hielt ein Buch in der Hand. Sein Haar war leicht feucht, als hätte er gerade geduscht. Er trug ein dunkelblaues Poloshirt und Jeans. Kat atmete seinen frischen, maskulinen Duft ein. Nach ein paar Sekunden merkte sie, dass sie ihn sozusagen mit heraushängender Zunge angestarrt hatte. Darum räusperte sie sich und zwang sich, zu sprechen. „Es tut mir leid, Sie zu belästigen, aber in meinem Chalet fiel der Strom aus. Ich wollte das Vermietungsbüro anrufen, aber . . . hätten Sie etwas dagegen, wenn ich das von hier aus täte? Und vielleicht hier warten könnte, bis sie jemanden vorbeischicken werden?"

„Kein Problem. Kommen Sie rein!"

Kat folgte ihm in das Chalet, suchte es kurz ab und entspannte sich augenblicklich.

Die Inneneinrichtung sah genauso aus wie ihre, bis auf die vereinzelten, männlichen Utensilien und die überraschende Anwesenheit von gerahmten Bildern auf dem Kaminsims und auf den Beistelltischen. Anscheinend hatte er Fotos von seiner Familie und seinen Freunden mitgebracht. Auf einen Blick erkannte sie, dass er auf den meisten davon mit abgebildet war, zusammen mit einer Vielzahl von verschiedenen Leuten. Im Kamin brannte ein Feuer, und Bella, die davor schlief, hatte bei Kats Auftauchen nicht einmal die Augen aufgemacht.

„Es ist wirklich gemütlich hier", meinte sie.

„Ja, ich mag das. Ich weiß noch nicht, wie lange ich bleiben werde, deshalb dachte ich mir, ich könnte es mir doch genauso gut auch wohnlich gestalten."

„Ich bin Kat. Und es tut mir wirklich leid, Sie zu belästigen."

„Keine Sorge, Kat", meine er. „Ich bin Luke. Haben Sie die Nummer vom Vermietungsbüro?"

Ja, die hatte sie. Allerdings in ihrem Schreibkram drüben in ihrem Chalet. Sie blickte zur Tür, fürchtete sich aber davor, zu ihrem Haus zurückgehen zu müssen.

Luke holte sein Handy von einem Beistelltisch, fummelte an den Tasten herum und reichte es ihr dann. „Hier, bitteschön! Vorhin rief ich schon mal das Vermietungsbüro an, daher können Sie einfach nur die grüne Taste drücken."

„Ähm . . . danke." Sie aktivierte den Anruf, seufzte, als man immer nur das Läuten hörte. Schließlich brach sie den Anruf ab und gab ihm das Handy zurück. „Keine Antwort."

„Vielleicht haben sie auch Stromausfall. Wir können es etwas später noch einmal probieren. Bis dahin könnten Sie auch Platz nehmen, wenn Sie wollen?"

„Ich will Sie nicht stören, wenn Sie gerade lesen." Sie schaute sich um und sah einen Stapel Taschenbücher auf einem Bücherregal. „Vielleicht kann ich einfach auch etwas lesen?"

„Klar."

Kat biss sich auf die Lippe und zögerte noch einmal, dann sagte sie sich, dass es albern war. *Der Hund des Typen schlief vor dem Feuer, und der Typ selbst hatte seine Lesebrille auf, Herrgott nochmal! Es gab einen Unterschied zwischen vorsichtig und paranoid. Merk dir das, Kat!*

„Danke", sagte sie. Sie suchte sich einen Krimi aus, dann ging sie zu einem gemütlichen Schaukelstuhl hinüber, wo sie es sich bequem machte, während er in einem Fernsehsessel mit hoher Lehne Platz nahm. Er lächelte sie an, schob die Brille wieder auf die Nase und begann zu lesen. Als würde er sich wirklich überhaupt nicht darum scheren, ob sie da war oder nicht.

Soviel zum Thema ‚eine Dosis Demut für die große Hollywood-Schauspielerin'.

Kat fing auch zu lesen an. Zumindest tat sie so als ob, aber sie konnte sich nicht wirklich auf die einleitenden Abschnitte konzentrieren.

Verstohlen warf sie einen Blick auf die Fotos auf dem Tisch neben sich. Eines zeigte Luke mit einer älteren Frau an seiner Seite. Er hatte einen maßgeschneiderten Anzug an. Die Frau war deutlich kleiner als er, aber da er über eins achtzig groß war, sagte das nicht viel. Sie hatte graues Haar und die gleichen silberfarbenen Augen. Sie standen vor einem großen weißen Haus, und Kat merkte, dass sie sich fragte, ob es das Zuhause war, in dem er aufgewachsen war.

Auf einem anderen Bild stand Luke neben mehreren anderen Männern. Derjenige, der ihm am nächsten stand, hatte muskelbepackte Arme, die vollkommen tätowiert waren. Die anderen Männer waren unterschiedlich groß, aber alle verströmten die gleiche Aura wie Luke–knallhart, stark und aufregend, und doch leuchteten auch Freundlichkeit und Sinn für Humor aus ihren Augen.

Kat blickte Luke an, der immer noch las.

Ja, definitiv knallhart, stark und aufregend.

Und verführerisch.

Nein, nicht einfach nur verführerisch. Zum Niederknien verführerisch!

Dieses Verführerische beruhte zum großen Teil auf der Tatsache, dass er es nicht einmal probierte. Sie musterte sein Gesicht, ließ ihre Augen auf dessen harten Flächen und Kanten verweilen. Seine Lippen waren schon fast sündhaft voll, und seine Wimpern fielen dicht und fächerartig, während er sein Buch las.

Er schaute auf und erwischte sie dabei, dass sie ihn beobachtete.

Wärme kroch in ihre Wangen, und sie versuchte, dies in einem Lächeln zu kaschieren. „Was lesen Sie?"

Er hielt sein Buch hoch.

„Ach! Ich liebe Aaron Price. Er schreibt so gute Charakterisierungen, und sein Tempo fesselt mich förmlich an die Seiten."

„Tatsächlich? Ich dachte nicht, dass er bei Frauen recht beliebt ist."

Kat zuckte die Achseln. „Vielleicht nicht so sehr."

„Was lesen Sie?", fragte er.

Sie hielt ihr Buch hoch.

Ein langsames, lässiges Grinsen breitete sich auf seinem Gesicht aus. „Damit bin ich gerade fertig geworden. Das ist echt gut. Diese Autorin ist eine meiner Lieblingsautoren."

„Meine auch", sagte Kat.

Wieder lächelte er, dann fuhr er fort, sein Buch zu lesen. Kat gab vor, ebenfalls zu lesen. Nach kurzer Zeit fühlte sie sich in einem Gefühl von Sicherheit eingehüllt, von dem sie wollte, dass es niemals enden möge. Sie erkannte, dass es sich für sie seit sehr langer Zeit behaglicher anfühlte, mit diesem Mann schweigend beieinander zu sitzen, als mit irgendjemand anderem.

WÄHREND LUKE NEBEN KAT SASS und vorgab, sein Buch zu lesen, verspürte er mehr als nur ein kleines Stechen von Schuldgefühl für das, was er getan hatte–Kats intuitive Kraft zu deaktivieren, indem er vorhergesehen hatte, dass sie womöglich zu ihm herüberkommen würde, damit er ihr helfe. Abgesehen von den Schuldgefühlen hatte sein Plan funktioniert. Sie war da. Sie war in Sicherheit. Und sie war von Nahem betrachtet genauso schön wie aus der Ferne.

Jetzt musste er einfach nur dafür sorgen, dass sie die heimeligen, nicht-bedrohlichen Requisiten in Augenschein nahm, die er vorbereitet hatte. Es war schwer, aber er missachtete Kat mit voller Absicht, indem er vorgab, in sein Buch vertieft zu sein, da er sich vorstellte, es würde dazu beitragen, sich unbeschwert zu fühlen, und sie sogar reizen, wenn er nicht nur sie nicht erkannte, sondern auch nicht schmeichlerisch um sie herumscharwenzelte, so wie es die meisten Menschen wohl tun würden. Es fiel ihm jedoch immer schwerer, so zu tun, als hätte sie keinerlei Wirkung auf ihn, vor allem jetzt, da er ihren Blick auf sich spüren konnte. Und auch deshalb, weil er den Funken gegenseitiger Anziehungskraft bereits mehrere Male hatte auflodern sehen.

Eine Anziehungskraft, die erneut bewirkte, dass er mit seinem Gewissen rang. Anfangs hatte er den Job, sie zu beschützen, abgelehnt, weil er nicht gewollt hatte, dass ihm seine Gefühle bei seinem Beruf in die Quere kamen, und auch weil er ihre Sicherheit nicht gefährden wollte wegen seiner Gefühle für sie. Aber Tatsache war, die Anziehung, die er spürte, *beeinflusste* seine Handlungen bereits jetzt. Warum wäre er sonst hier und kümmerte sich um ihre Sicherheit, wenn sie ihn doch eigentlich gar nichts anging?

Aber ob es ihn nun etwas anging oder nicht, er wollte, dass sie in Sicherheit war, und dies war die einzige Möglichkeit, die er sich vorstellen konnte, wie er dafür sorgen konnte. Angesichts ihrer Abneigung gegen Bodyguards, angesichts dessen, was mit Myers Mann geschehen war und angesichts der Art und Weise, wie sie mit ihrem Manager den Kontakt abgebrochen und sich hier isoliert hatte, konnte er nicht riskieren, dass sie ihn zum Teufel jagte oder wieder davonlief. Deshalb beschloss er, dass es einstweilen besser war, sie zu täuschen.

Möglicherweise würde er ihr einmal sagen müssen, warum er tatsächlich da war, aber erst wenn der Zeitpunkt dafür der richtige war. Erst wenn sie ihm vertraute und er wusste, dass sie nicht wieder davonlaufen und sich selbst in potentielle Gefahr begeben würde.

Als sie wieder in ihr Buch vertieft zu sein schien, warf Luke ihr einen Seitenblick zu. Ihre Gesichtszüge waren erlesen, ihre Haut makellos. Die meisten Rothaarigen hatten blasse Haut, die durch Wetter, bei Emotion und Berührung rot und fleckig wurde, doch Kats Haut war seidenweich und leicht hell gebräunt. Seit Luke in Tahoe angekommen war, hatten er und seine Männer Überwachungsmaßnahmen getroffen, Fragen gestellt und die umliegenden Nachbarn überprüft–aber während er das getan hatte, das konnte er nicht leugnen, hatte er auch viel Zeit damit verbracht, sich vorzustellen, wie sie aussehen und sich anfühlen würde, wenn sie nackt, verschwitzt und unter ihm wäre.

Wenn er sich selbst gegenüber völlig ehrlich wäre, gab es noch einen anderen Grund, warum er mit Kat Zeit verbringen wollte, ohne dass sie wusste, dass er Bodyguard war. Er wollte sie in der Form kennenlernen, wenn sie nicht Schauspielerin, nicht verängstigt, nicht verärgert oder sonst etwas wäre.

Am allerersten Tag, an dem er sie gesehen hatte, hatte er etwas Ähnliches gespürt, er hatte es nur zurückgewiesen.

Das musste er auch weiterhin tun. Egal, wie sehr sein Verstand ihn auch mit der Möglichkeit neckte, dass sie eine Frau war, die er wirklich gernhaben könnte, er musste stets daran denken, warum er eigentlich hier war. Um sicherzustellen, dass sie in Sicherheit war.

Ende der Geschichte.

KAPITEL VIER

DREISSIG MINUTEN VERSTRICHEN, EHE LUKE sich plötzlich aufsetzte, sein Buch weglegte und seine Arme und Schultern lockerte. Seine Muskeln wölbten sich, und Kat bedauerte nur, dass sie gezwungen war, ihn aus dem Augenwinkel zu beobachten, damit er nicht merkte, dass sie ihn angaffte. Viel lieber hätte sie einen ausgiebig langen Blick auf ihn geworfen. Un ihn gebeten, sich auszuziehen, um ihn noch eingehender zu inspizieren.

„Tut mir leid", sagte er. „Gerade ist mir eingefallen, dass ich anbieten hätte sollen, dass ich bei Ihnen einen Blick auf den Sicherungskasten werfen könnte. Ich glaube, mein Kopf war immer noch in meinem Buch", sagte er mit einem dümmlichen Grinsen.

Kat fand es liebenswert, wie er einerseits so stark wirkte, andererseits jedoch so geistesabwesend. Dadurch erschien er ihr irgendwie weniger furchteinflößend. Mehr zugänglich.

„Wollen Sie, dass ich rübergehe und das jetzt mache?"

Kat dachte darüber nach, aber es war kalt draußen. Außerdem hatte sie sich beruhigt. Sie wusste, dass vorhin wieder einmal ihre Fantasie mit ihr durchgegangen war. Sie musste zu ihrem Chalet zurück und beweisen, dass sie selbständig mit allem klarkam, egal, wie sehr sie sich womöglich ängstigte. „Nein, ich möchte Sie nicht in die Kälte hinausschicken. Lassen Sie mich nochmals bei dem Vermietungsbüro anrufen! Wenn sie wieder nicht antworten, werde ich zurückgehen, den Kamin im Schlafzimmer anheizen und es morgen erneut versuchen. Ich weiß es zu schätzen, dass ich hier sein durfte . . ."

„Es war schön, Gesellschaft beim Lesen zu haben", sagte er mit einem Grinsen. „Wie wäre es, wenn ich Ihnen etwas zu essen machen würde, ehe sie zurückgehen. Haben Sie Hunger?"

Als hätte er ein Eigenleben, knurrte ihr Magen genau in diesem Moment. Sie lachte. „Ich wollte eigentlich nein sagen, aber ich schätze, es ist doch so. Ich habe meinen Salat und die Suppe stehen lassen, als ich herüberkam. Wollen Sie, dass ich Ihnen zur Hand gehe?"

„Nö. Machen Sie doch einfach ihren Anruf!", sagte er im Aufstehen.

Diesmal konnte sie ihren Blick nicht abhalten, über ihn zu streifen. Er sah aus, als wäre er aus Marmor gemeißelt, so scharf und maskulin waren die Konturen seines Gesichts und seines Körpers.

Es war, als würde man versuchen, von einem kostbaren Kunstwerk in einem Museum wegzuschauen.

Unmöglich!

Er begab sich in die Küche, und sie sah seiner beeindruckenden Rückansicht nach, als er um die Ecke verschwand. Sie schüttelte ihren Kopf, um ihn freizubekommen, und benutzte sein Handy, um das Vermietungsbüro anzurufen. Wieder keine Antwort.

„Mögen Sie Sandwiches?", rief er aus der Küche.

„Klar."

„Pute mit Mayo und Senf?"

Sie dachte an all die Männer, die sie über die Jahre in allerlei elegante Restaurants zu diversen Essen ausgeführt hatten, und lächelte. „Perfekt."

Mit einem Seufzen lehnte sie sich in ihrem Stuhl zurück und schloss die Augen, genoss die Ruhe und den Frieden.

„Hier, bitteschön!", sagte er eine Minute später.

Blinzelnd schlug sie die Augen auf. Er reichte ihr einen Papierteller mit einem Sandwich darauf. Ihre Finger berührten sich, und Elektrizität raste durch ihre Adern hindurch. Sie war sich nicht sicher, aber sie meinte, er wäre erschauert. *Fühlt er die Verbindung also auch?*

„Vielen Dank", sagte sie und stellte den Teller vor sich ab. Dann nahm sie die Tasse Kaffee, die er ihr als nächstes anbot. „Das Vermietungsbüro antwortet wieder nicht."

Er nickte, ging zurück zu seinem Stuhl, setzte sich, und sie aßen beide in kameradschaftlichem Schweigen.

So erfrischend es auch war, es nervte sie, wie gemütlich er im Nichtreden war. War er denn überhaupt nicht neugierig, was sie betraf? Fand er sie attraktiv? Kam es ihm überhaupt in den Sinn, sie zu fragen, ob sie Single sei? Sie zu bitten, mit ihm auszugehen? Wartete er darauf, dass sie den ersten Schritt in diese Richtung machte? Wollte sie das?

Ja, sie wollte das.

Sie nahm allen Mut zusammen, um ihn zu fragen, ob er hier alleine sei und ob er eine Freundin habe, als sie im Augenwinkel eine Bewegung ausmachte. Bella war erwacht und streckte sich.

„Ach, sieh mal an, wer da wach ist!", sagte Luke. „Sie muss das Putenfleisch gerochen haben, der kleine Nimmersatt!

Kat klopfte auf ihr Knie. „Hallo, Bella! Hallo Mädchen!"

Bella trottete hinüber und schmiegte sich an Kat. „Ist sie immer so freundlich oder liegt es nur am Putensandwich?"

„Ehrlich gesagt, wahrscheinlich hilft die Pute erheblich."

„Kann sie einen Bissen haben?"

„Klar, wenn Sie wollen. Aber lassen Sie sich nicht von ihr unter Druck setzen. Ich muss mich wegen dir schämen, Bella, betteln in Gesellschaft!"

Kat kicherte. Bella, jedoch, sah überhaupt nicht so aus, als würde sie sich schämen, als Kat ein Stück ihres Sandwichs abbrach und es dem Hund ins Maul·schob. „Luke—" begann sie, gerade als er aufstand, um die Teller abzuräumen.

„Lassen Sie mich das hier aufräumen! Gerne können Sie noch etwas länger bleiben und mit mir lesen."

Kat zögerte, und Enttäuschung machte sich in ihr breit. Vielleicht hatte sie sich die Verbindung zwischen ihnen nur eingebildet. Wie stark konnte sie schon sein, wenn er schon wieder so schnell zu seinem Buch zurückkehren wollte? Trotzdem fand sie, dass sie noch nicht ganz bereit war, in ihr dunkles Chalet zurückzukehren. „Ähm. Gern."

Dein Buch, Kat! Konzentriere dich auf dein Buch!

Kat starrte auf die Seiten, sah aber die Wörter nicht. Stattdessen merkte sie, dass sie wieder einmal über ihre Karriere nachdachte und die Vorzüge, wenn sie sie aufgeben würde. Wenn sie das täte, wäre es leichter, mehr solche Nächte wie diese zu haben: Mit einem gut aussehenden Mann am Feuer zu sitzen und Bücher zu lesen. Aber nur bis es Zeit war, ins Bett zu gehen und etwas viel Aufregenderes zu tun als zu lesen.

Hmmm.

Kat warf einen kurzen Blick auf Luke. Ihre Augen wanderten über ihn und registrierten sein stark ausgeprägtes Kinn, die breiten Schultern, die großen Hände und muskulösen Oberschenkel.

Sie schloss die Augen und malte sich aus, wie sie Luke ins Schlafzimmer führte, seine große Hand in ihrer. Sie würden über den Canyon hinweg auf die funkelnden Lichter der Casinos in der Ferne schauen und wüssten, diese Lichter würden einen sanften Schein auf ihre Körper werfen, während sie sich liebten. Kat würde sich auf ihre Zehenspitzen stellen und diese kleine Lesebrille von seiner Nase nehmen und auf den Nachttisch werfen, dann die Arme heben, während er ihre Bluse auszog. Er würde sie küssen, dabei ihre Unterlippe in seinen Mund saugen und mit seiner Zunge mit ihrer spielen. Kat würde seine harte Länge an ihrer Hüfte spüren und damit die Bestätigung, wie sehr er sie wollte. Seine starken Hände würden über ihren Rücken gleiten, seine

Finger dabei ihr Fleisch kneten. Sie würde sich mit ihren Hüften an ihn pressen, währen sie gleichzeitig sein Hemd anheben und hochziehen würde, um seine harte Brust zu bewundern.

„Zieh deine Jeans aus!", würde er befehlen, und sie würde sich herauswinden, während er sich auch ausziehen würde. Sie könnte den ungehinderten Blick auf seine wunderschöne Erektion genießen, bis er sie an sich ziehen und küssen würde, während er nach hinten langen würde, um den Verschluss ihres BHs zu erwischen. Sobald er ihn aufgehakt hatte, würden ihre Brüste hervorquellen, und er würde sie so eng an sich ziehen, dass ihre Brustwarzen über seine Brust streifen würden . . .

Kat biss sich auf die Lippe und rutschte auf ihrem Platz herum. Sie presste ihre Oberschenkel zusammen, im Versuch, ihr Verlangen zu unterdrücken. Sie konzentrierte sich auf ihre Atmung, und ehe sie wusste, wie ihr geschah, hatte sich die Begierde in ein warmes, behagliches Gefühl zurückverwandelt.

Etwas später wachte sie auf. Sie war mit der Wolldecke zugedeckt, die über die Rückenlehne der Couch gebreitet gewesen war. Das Feuer war aus. Luke und Bella waren weg. Sie rappelte sich auf und ging ein paar Schritte Richtung Diele. Alle Türen waren geschlossen, aber ein mattes Licht leuchtete unter einer der Türschwellen durch. Luke musste zu Bett gegangen sein.

Kat faltete die Wolldecke zusammen und legte sie wieder über die Rückenlehne der Couch, dann schaute sie zum vorderen Fenster hinaus in Richtung ihres eigenen Chalets. Die Lichter waren wieder an. Sie blickte sich um, bis sie einen kleinen Notizblock und einen Stift entdeckte, um Luke eine Nachricht zu schreiben.

Vielen herzlichen Dank!

Sie zögerte und schrieb dann:

Ich würde mich gerne revanchieren, weil ich mich Ihnen so aufgedrängt habe und dermaßen zur Last gefallen bin. Ich kann ein erstaunlich gutes Denver-Omelette, falls Sie interessiert sind. Für gewöhnlich laufe ich als erstes am Morgen und sollte dann nicht später als neun zurück und fertig sein. Ich hoffe, Sie dann zu sehen.

Sie waren Lebensretter!

Kat

Sie platzierte den Zettel auf dem Beistelltisch, neben dem Platz, wo sie gesessen war. Auf dem Kaminsims entdeckte sie ein in einem silbernen Rahmen gerahmtes Bild eines Jungen und eines Mannes in Polizeiuniform. Sie nahm es zur Hand. Der kleine Junge sah aus wie Luke, wie auch der Mann in der Uniform. Dies musste sein Vater sein.

Mit einem Seufzen spurte Kat mit ihrer Fingerspitze das Gesicht des Jungen nach und lächelte ein wenig bei der Vorstellung, dass Luke einmal Kind war. Dann stellte sie das Bild zurück und verließ widerwillig das Chalet.

⚬⚬⚬

LUKE LAG MIT HINTER SEINEM Kopf verschränkten Armen auf dem großen Bett und beobachtete Kat auf dem Bildschirm seines Tablet-Computers, wie sie von seinem Chalet zu ihrem ging. Wieder einmal staunte er über ihre Schönheit. Mehr noch, Kat überraschte ihn immer wieder, wie bodenständig sie war. Wie wohl er sich mit ihr zusammen fühlte. Wie verdammt sehr er sie besser kennenlernen wollte.

Wenn sie ihn jetzt sehen könnte, würde sie sagen, dass er sie schon viel zu gut kennengelernt hatte und noch dazu mithilfe solcher Täuschungsmanöver. Tja, sie würde es vermutlich schreien, das war wahrscheinlicher.

Und er müsste ihr zustimmen. Er tat, was er tun musste, um ihre Sicherheit zu garantieren, aber dies geschah nicht ohne Schuldgefühl. Wenigstens hatten er und seine Männer die Kameras nur außerhalb ihres Chalets installiert–in ihre Privatsphäre einzudringen innerhalb ihres Chalets ohne ihre Zustimmung war dann doch eine Grenze, die er nicht hatte überschreiten wollen. Er bezweifelte allerdings, dass sie ihm dafür allzu viele Pluspunkte geben würde, wenn überhaupt welche.

Er beobachtete Kat, bis sie es zu ihrem Chalet geschafft hatte, wartete ein paar Minuten, um sicher zu sein, dass sie sich tatsächlich für die Nacht fertig gemacht hatte, dann nahm er sein Handy und wählte die Nummer Eins.

Craig antwortete. „Sie ist sicher im Haus."

„Ja, ich habe sie auch unter Beobachtung. Gibt es irgendetwas zu berichten?"

„Brandon spricht gerade mit Cole. Er hat etwas Neues über den Beinah-Zusammenstoß erfahren."

Lukes Augenbrauen schossen hoch. „Gab es irgendeine Aktivität um ihr Chalet herum, während sie weg war?"

„Nein. Ruhig wie eine Kirche."

„Okay, gut. Ich werde gleich da sein." Er beendete den Anruf, schlüpfte in die Jacke, dann überprüfte er noch einmal das Tablet, um sich zu vergewissern, dass Kat nicht wieder herausgekommen war. Leise ging er nach draußen, überquerte den Hof des leeren Chalets auf dessen linker Seite und hielt an dem Chalet gleich danach an. Nach zweimaligem Klopfen öffnete Brandon, ein wuchtig gebauter Rotschopf mit Igelfrisur, die Tür.

„Hallo, Luke."

„Hey, Brandon!" Luke trat ein, und Brandon schloss schnell die Tür hinter ihm. Luke blickte sich um. „Craig ist wohl dabei, den Umkreis des Chalets auszukundschaften?"

„Er ist gerade los."

Luke ging hinüber und schaute auf einen der Monitore. Eine Kamera war auf die Rückseite von Kats Chalet gerichtet. Er bediente die Maus und überprüfte alle vier Ecken. Es war immer noch ruhig. Er blickte auf einen anderen Monitor, der die Aufnahmen einer Kamera in einem Baum am Ende der Straße übertrug.

Sie war so positioniert, dass sie jeden sehen konnten, der sich den Chalets von der Hauptstraße aus näherte. Der nächste Bildschirm zeigte die kleine Zufahrtsstraße nach Norden, die aus Richtung des Campingplatzes kam. Er konnte nicht einmal einen Blick auf den umherstreifenden Craig erhaschen, so gut war der.

„Willst du eine Tasse Kaffee?"

Bei Brandons Frage schaute Luke verwundert zu der topmodernen Keurig-Kaffeemaschine.

Brandon lachte. „Die Firma hat die nicht bezahlt. Ich habe sie von Zuhause mitgebracht. Sie ist die einzige Annehmlichkeit, ohne die ich wirklich nicht leben kann."

Luke lächelte. „Nein, danke. Ich hatte schon einen Kaffee. Weißt du noch damals, als wir unsere eigenen Bohnen mahlen und über einer offenen Flamme kochen mussten, um unseren Kaffee zu machen."

„Klar, naja, ich weiß, dass du alt bist, aber . . ."

„Hat Cole dir irgendetwas berichtet?"

„Er sagte nur, dass es Neuigkeiten gebe über den Beinah-Zusammenstoß und dass er mit dir reden wolle. Ach ja, und er erzählte irgendeinen Scheiß über meine Giants. Ich verstehe nicht, wie du dir einen Partner suchen konntest, der Fan der Dodgers ist."

Luke zog sein Handy hervor. „Naja, er sieht eben wie einer dieser Kerle mit nacktem Oberkörper aus, die auf Buchdeckeln von Liebesromanen abgebildet sind. Er fährt Motorrad und ist ziemlich schlau. Ich schätze, er muss irgendeinen Makel haben, um all diese Vorzüge auszugleichen."

„Ich denke, dieser Makel ist zu viel des Guten."

Cole nahm beim ersten Läuten ab. „Hey, Luke!"

„Ich höre, du hast Neuigkeiten für mich."

„Ich habe Neuigkeiten über den Wagen, der Kat Bailey gestreift hat."

„Hast du eine Rückmeldung bekommen?" Sobald sie von dem

Vorfall gehört hatten, hatten sie sämtliche Berichte über Autoun-fälle angefordert, die letzten Samstag geschehen waren innerhalb eines Radius von fünfzehn Kilometern von der Stelle aus, wo Kat beinahe von der Straße abgedrängt worden wäre.

„Gestern."

„Warum erzählst du mir erst jetzt davon?"

„Ich wollte die Spur erst überprüfen, damit ich dir die ganze Information vollständig geben kann. Der Sheriff erhielt einen Bericht von einer Frau, die sich um ihren alten Vater kümmert. Der ist zweiundneunzig und sollte eigentlich nicht mehr Autofahren. Gestern Vormittag sah sie nach ihm. Ihrem Dad schien es gut zu gehen. Sie merkte nicht, dass irgendetwas geschehen war, bis sie gegen zwei den Müll rausbrachte und sah, dass der linke vordere Kotflügel seines Autos ziemlich zerkratzt war. Heute Morgen schickte ich zwei Techniker, die sich den Wagen anschauen sollten, um festzustellen, ob der Schaden und die Farbrückstände mit Kats Auto in Verbindung gebracht werden könnten. Es ist ein Übereinstimmung."

„Also war es kein Mordversuch. Was ist mit den zusätzlichen Drohungen?"

„Wurden keine berichtet. Laut Charlie waren sogar ihre Sites in den Social Media frei von abfälligen Kommentaren. Vielleicht weil sie verschwunden ist?"

„Vielleicht", sagte Luke. Er starrte auf den Bildschirm des Monitors, der das Außengelände um Kats Chalet zeigte.

„Hmm, ich dachte, du wärst mehr erleichtert. Du klingst nicht einmal froh. Was ist los?"

Luke schaute hinüber zu Brandon, der einen der Monitore beobachtete. Durch das Recken seines Kopfes gab er Brandon das Zeichen, dass er hinausgehen würde, und Brandon salutierte.

Draußen angelangt, meinte Luke: „Es ist nicht so, dass ich nicht erleichtert bin. Ich hoffe inständig, dass wirklich niemand es auf sie speziell abgesehen hat. Es ist bloß . . ."

„Es ist bloß die Frage, was du tun wirst, falls es tatsächlich so ist. Nun, da du sie kennengelernt, manipuliert, ausspioniert und angelogen hast."

Luke wand sich. „Schön, wie du das zusammengefasst hast. Danke."

„Du machst deinen Job, Luke."

„Nein, tue ich nicht. Sie hat mich nie beauftragt, Cole."

„Dann ist dies persönlich?", fragte Cole ruhig.

Luke zögerte, dann seufzte er. „Ja. Es ist so persönlich wie es nur sein kann, da ich Kat gerade erst kennengelernt habe. Sie ist nicht so, wie ich erwartet habe. In der Tat scheint sie . . . echt süß zu sein. Aber nichts ist geschehen, und es wird wahrscheinlich auch niemals etwas geschehen. Ich meine, verdammt, wie groß ist die Wahrscheinlichkeit, dass sie mir jetzt jemals eine Chance einräumen wird?" Wieder strich er sich mit einer Hand durchs Haar. „Scheiße!", brachte er abgehackt hervor.

Cole seufzte. „Es scheint so, dass die Liebe in letzter Zeit für mehrere meiner Freunde kein Zuckerschlecken ist."

Luke erstarrte. Liebe? Er kannte Kat doch kaum. „Wovon zur Hölle sprichst du?"

„Ich habe endlich etwas von Eric gehört."

Luke riss die Augen auf. „Verdammt nochmal! Und das erzählst du mir erst jetzt? Wo ist er?"

„Er sagte mir nicht, wo er ist, nur, dass er okay ist."

„Also warum versteckt er sich? Warum hat er Brianne dermaßen observiert?"

„Er teilte mir mit, warum er sich von ihr getrennt hat, aber er ließ mich schwören, einstweilen absolutes Stillschweigen darüber zu bewahren. Ich beginne zu begreifen, warum er das getan hat, was er getan hat; ich bin bloß mit dem ‚wie' nicht einverstanden. Es war nicht einfach ein Fall von ‚kalte Füße bekommen'."

„Werden sie also versuchen, die Sache–welche auch immer es war–wieder ins Lot zu bringen?"

„Das weiß ich nicht, Mann", sagte Cole ruhig. „Es ist kompliziert, und ich beneide sie nicht. Aber Eric sagt, er werde nächste Woche zurück sein. Er will, dass wir alle zusammen kommen, Ryan, Jamie und Gabe mit eingeschlossen, und dann werden wir reden."

Gott, das würde so eine Zusammenkunft werden! Nicht nur, weil Jamie Briannes Bruder war und zu Recht verärgert war, sondern weil Gabe, der Erics Trauzeuge war, auch gleichzeitig Briannes Freund war. Das letzte Mal, als sie Gabe gesehen hatten, hätte der Eric am liebste erdrosselt. „Naja, ich bin froh, zu wissen, dass er okay ist", sagte Luke.

„Ich bin mir nicht sicher, ob ‚okay' das richtige Wort ist. Ich hoffe, dass er letztendlich da ankommt. Ich hoffe, sie alle werden da ankommen."

„Sie?"

„Später", sagte Cole. „Was wirst du als nächstes machen?"

Luke wusste, was er *nicht* tun *konnte*. Kat weiterhin anlügen. In Anbetracht der Information, die Cole weitergeleitet hatte, gab es keinen Grund, Craig und Brandon hierzubehalten; ihre Dienste wurden anderswo gebraucht. Ihm gefiel es überhaupt nicht, Kat ohne Unterstützung hierzulassen, aber von der Logik her wusste er, dies hatte mehr mit seinen eigenartigerweise besitzergreifenden Gefühlen ihr gegenüber zu tun und mit seinem Wunsch, mehr Zeit mit ihr zu verbringen. Da morgen der Todestag seines Vaters war, war dies ein Tag, an dem er sich sowieso nicht recht wohl fühlte, sondern ziemlich von der Rolle.

„Ich kann nicht so weitermachen, sie weiterhin zu täuschen", sagte er schließlich zu Cole. „Sie hat das Recht, ihre eigenen Entscheidungen diesbezüglich zu treffen. Ich werde Craig und Brandon abziehen. Dann werde ich ihr in Ruhe ausklamüsern, was eigentlich los ist. Sie wird angefressen sein, und wahrscheinlich wird sie mit mir nichts mehr zu tun haben wollen. Das werde ich akzeptieren müssen. Aber ich werde die Kameras außerhalb ihres

Chalets installieren lassen und ihr das Tablet überlassen. Dadurch kann sie, solange sie hier ist, etwas ruhiger schlafen." Und ich auch.

„Damit nimmst du an, dass der Tablet-PC noch funktioniert, nachdem dein Mädchen ihn dir an den Kopf geschmissen hat."

„Ja, stimmt, diese Möglichkeit besteht", seufzte Luke.

„Ich werde morgen mit dir sprechen."

„Danke, Cole.

Er beendete das Gespräch. Starrte sein Handy an, dann schaute er in Richtung von Kats Chalet. Es war vollkommen dunkel. Wahrscheinlich lag sie im Bett und schlief. Er wünschte sich, sie würden wieder vor dem Feuer sitzen und lesen. Er hatte so viele Fragen, die er ihr stellen wollte. So viele Fantasievorstellungen, die er Wirklichkeit werden lassen wollte.

Im Grunde genommen wollte er mehr Zeit mit ihr.

Aber er musste sich auf die sehr reale Möglichkeit einstellen, dass er die nicht bekommen würde.

KAPITEL FÜNF

GERADE ALS DAS SONNENLICHT DURCH ihr Schlaf-zimmerfenster hereinzuscheinen begann, erwachte Kat. Sie schaute auf ihr Handy, das sie am Abend zuvor, nachdem sie heimgekommen war, zum Aufladen angesteckt hatte, und war überrascht, dass sie bis sechs Uhr dreißig geschlafen hatte. Für ihre Begriffe war das spät. Sie war oft schon vor Sonnenaufgang wach, aber das lag meist daran, dass sie einen recht vollen Tag vor sich hatte und sich nicht leisten konnte, in der Früh ein oder zwei Stunden zu verlieren.

Sie stand auf, machte sich eine Kanne Kaffee und spähte zu Lukes Chalet hinüber, das dunkel und ruhig dalag. Sie hoffte wirklich, dass er ihr Frühstücksangebot annehmen würde. Zuerst würde sie ihren Waldlauf machen und darauf hoffen, dass er da-nach bei ihr vorbeikommen würde. Sie zog ihre Laufklamotten an, band ihr langes Haar zu einem Pferdeschwanz zusammen und trat auf die Eingangsstufe.

Die Luft war frisch mit einer Spur frostiger Kühle. Der Geruch des Sees zusammen mit dem Pinienduft stieg ihr in die Nase, und Kat lächelte breit. Dies bekam sie in L.A. nicht, und deshalb beab-sichtigte sie, jede einzelne Minute davon zu genießen.

Sie fing mit Dehnübungen an, wärmte langsam ihre Muskeln auf, während ihre Augen die Wege absuchten. Es sah so aus, als wäre sie heute Morgen auch wieder allein, was ihr gerade recht kam.

Ihr Blick landete nochmal bei Lukes Chalet. Ein Bild von ihm in Laufbekleidung, mit breiter, nackter, von Schweiß glänzender Brust tauchte vor ihrem geistigen Auge auf und blieb längere Zeit bestehen. Fast konnte sie das Anspannen und Lockern der Muskeln sehen, während er rannte, und das kraftvolle Heben und Senken seines straffen, knackigen Hinterns.

Mensch, Mädchen, fahr dich etwas runter! Er mag ja ein netter Kerl sein, und er war auch freundlich zu dir, aber er sandte keinerlei Anzeichen aus, dass er an dir interessiert wäre.

Das war ja wieder mal klar! Seit langer Zeit war er der erste Mann, von dem sie wollte, er möge sie sexy und begehrenswert finden, doch er sah sie so, wie sie eigentlich wollte, dass jeder sie sah. Nett und sympathisch. Einfach als normale Frau. Nicht als eine besonders leicht zu vögelnde Frau, sondern einfach als die Durchschnittsfrau von nebenan.

Diese Erkenntnis löste bei ihr viel zu sehr Gefühle der Enttäuschung und Verwirrung aus.

Kat beendete ihre Aufwärmübungen und lief los, den Pfad entlang, der in die Wälder führte. Als sie schon recht weit im Wald war, verschwand der Himmel beinahe völlig, und nur ein paar Fragmente blieben sichtbar, wie verstreute Teile eines Puzzles. In der Luft lag der reichhaltige Duft von Wildblumen und Blättern, und die Erde war noch immer gesättigt vom Regen, der ein paar Tage vor ihrer Ankunft gefallen war.

Stellenweise stiegen leichte Nebelschwaden auf, und Kat stellte sich winzig-kleine Waldgeister vor, die auftauchten, um ihr Territorium zu verteidigen. Ihr gefiel es hier sehr. Alles roch so sauber, und die einzigen Geräusche waren gelegentliches Vogelgezwitscher oder das gehetzte Getrippel der Eichhörnchen, die ihre Nüsse sammelten und wieder in die Bäume hinaufkletterten. Hin und wieder hörte sie auch das klimpernde Plätschern von Wasser auf Felsen, je näher sie zum See kam.

Als sie den Teil des Weges erreichte, der sich Richtung See

und zu den dort liegenden Campingplätzen hin öffnete, bemerkte sie augenblicklich eine Gruppe von vier jungen Männern, die ungefähr sechs Meter vor ihr neben einem Boot standen. Zwei von ihnen hatten bereits ein Bier in der Hand.

Verdammt, sie hatte ihr Pfefferspray vergessen!

Sie lief auf ihrem Weg weiter, in der Hoffnung, die Männer würden sie einfach nicht beachten.

So ein Glück hatte sie offenbar nicht.

Sie war ungefähr auf halbem Weg zu ihnen, als die Männer zu pfeifen anfingen und in ihre Richtung schrien. Unwillkürlich blieb sie stehen. Da stand sie, schwer atmend, und versuchte, zu entscheiden, was sie machen sollte. Es gab nur zwei Optionen: Ihren Weg fortsetzen oder umdrehen. Vielleicht sogar davonrennen. Aber das würde sie schwach aussehen lassen, und sie konnte nicht anders, als zu denken, wenn sie schwach erschien, würde sie ihnen direkt in die Hände spielen. Nein, sie würde sich keine Angst einjagen lassen! Sie war eine erwachsene Frau. Sie hatte jedes Recht, hier zu sein, und in Wahrheit sahen die Männer ja auch nicht gefährlich aus. Außerdem war sie es gewohnt, dass Leute ihr zuriefen, und in den meisten Fällen waren sie zu höflich oder verschüchtert, um sich ihr zu nähern. Die Chancen standen nicht schlecht, dass diese Typen sie in Ruhe lassen würden.

Kat lief weiter und richtete ihre Augen starr geradeaus. Gerade war sie an ihnen vorbei und atmete einen Seufzer der Erleichterung aus, als sie aus ihrem Augenwinkel eine Bewegung wahrnahm. Sie lief schneller, aber bald wurde sie von zweien der Männer überholt, die sich ihr in den Weg stellten. Kat drehte sich um, und ein weiterer Mann stand hinter ihr.

„Hey, sexy Girl, willst du mit uns eine Bootstour machen?"

Ihr Herz schlug schneller. „Nein, danke. Aber ich würde es zu schätzen wissen, wenn ihr mir aus dem Weg gehet."

„Sam, du hast Recht! Sie ist es! Kat Bailey!"

Großartig. Sie hatten sie erkannt! Aber vielleicht waren sie ja Fans. Vielleicht wollten sie nur ein Autogramm oder ein Bild mit ihr, so wie die zwei Jugendlichen draußen vor dem HANG TOUGH CAFÉ. Aber diese Männer hatten nicht diese gutmütige, verlegene Verschämtheit wie jene Teenager. Einer der Männer hatte ein höhnisches Grinsen im Gesicht, das ausdrückte, als wäre es nicht so gut, dass Kat tatsächlich ‚sie selbst' war.

„Bitte, ich will keine Schwierigkeiten."

„Wir werden dir keine Schwierigkeiten machen, Kat Bailey. Du bist das doch, nicht wahr?"

Verdammt! Ich sollte mich doch in einen Turm einsperren! Kat wollte weggehen, aber einer der Kerle packte sie am Arm.

„Du siehst so heiß aus, Schätzchen. Küss mich!"

Sie riss sich los. Der Typ war offenbar betrunken, da er recht undeutlich sprach und eine Fahne hatte. Er ließ sie los und torkelte zurück.

„Oh, schaut! Die berühmte und schöne Kat Bailey will nicht angefasst werden!", spöttelte einer der anderen Typen.

„Geht mir aus dem Weg oder ich schreie!" In der Nähe des Sees standen einige Zelte. Gewiss würde irgendjemand ihr Schreien hören.

„Ich kann dich zum Schreien bringen, Schätzchen, die ganze Nacht lang!", sagte der Mann, der getaumelt war, und langte sich in den Schritt.

„Du bist vulgär und ein Schwein!"

„Und du tust so scheinheilig. Wir haben online die Fotos von dir gesehen. Die waren schon ziemlich heiß. Gib uns doch eine kleine Kostprobe davon, warum nicht?"

„Fick dich!" Kat wusste, dass sie die Typen nicht noch mehr in Rage bringen sollte, aber sie waren ekelerregend. Wie kamen sie darauf, dass sie das Recht hätten, sie anzufassen und in dieser Art mit ihr zu reden? Nur weil sie berühmt war, war sie Freiwild? *Diese Mistkerle!*

„Das hatten wir sowieso mit dir im Sinn", sagte einer von

ihnen und brachte damit alle zum Lachen.

Mittlerweile schlug Kats Herz dröhnend wie eine Trommel, und ihr Atem ging stoßweise. Ihre Augen schnellten hin und her auf der verzweifelten Suche nach einem Ausweg. Wieder wollte sie entkommen, aber der Mann vor ihr kam nah genug an sie heran, um sie mit der Brust zu stoßen.

„Los, Kat Bailey, komm mit uns Bootfahren! Du wirst es nicht bereuen." Erneut wollte er sie ergreifen, doch sie sprang zurück.

„Geht mir aus dem Weg!", schnauzte sie, aber sie konnte die aufsteigende Panik in ihrer eigenen Stimme hören.

„Ach, sei nicht so—"

Was auch immer der Mann, der ihr den Weg versperrte, hatte sagen wollen, wurde abgeschnitten, als plötzlich Luke auftauchte und seine Hand auf den Brustkorb dieses Kerls platzierte und ihn damit wegstieß.

Bella neben ihm stellte ihre Nackenhaare auf und stieß ein drohendes Knurren aus. Selbst dann sah sie noch nicht halb so bedrohlich aus wie der Mann, der ihre Leine fallen gelassen hatte und den aufgebrachten Typen weiter und weiter von Kat wegstieß. Kurz sah sich Luke zu ihr um. Feuer brannte in seinen Augen und verwandelte ihn von dem gut aussehenden in einen erstaunlich aufregenden und mit-dem-ist-nicht-zu-spaßen-Kerl.

Zu ihr sagte er gar nichts, er warf ihr aber auch kein beruhigendes Lächeln zu. Er musterte sie einfach nur mit einem Blick, als würde er abschätzen, ob sie okay war, ehe er sich wieder seiner Beute zuwandte. „Bist du auf der Suche nach einem Kampfpartner, Punk? Dann solltest du lieber in deiner eigenen Gewichtsklasse bleiben!"

Der Typ war entweder so betrunken, dass er kein Urteilsvermögen mehr hatte, oder er war dumm. Er machte einen Schritt auf Luke zu. „Das geht dich nichts an. Kümmere dich um deine eigenen Angelegenheiten!"

Luke stieß ihn nochmal mit einer Hand zurück.

Diesmal ballte der Kerl seine Finger zur Faust, als würde er für einen Faustschlag ausholen wollen.

Luke kicherte tatsächlich. „Du willst dich wirklich mit mir anlegen, Junge?"

Der Typ, der neben Luke wirklich wie ein Kind wirkte, sah aus, als würde er eigentlich am liebsten davonrennen oder vor Angst in die Hose machen. Er schaute sich über die Schulter nach seinen Freunden um, die mehrere Schritte zurückgewichen waren. Unklugerweise machte er einen weiteren Schritt vorwärts und langte nach Kat.

Schnell wich sie zurück und zog Bella mit sich, damit diese nicht in der Mitte des Gerangels steckte. Ein schneller, gut-platzierter Schlag von Luke, und der Mann landete mit seinem Hintern auf dem Boden.

Die Freunde des Typen eilten herbei, aber Luke richtete sein Augenmerk sofort auf sie. In dem Moment bemerkte Kat, dass er ein verblichenes Hemd des Los Angeles Police Departments trug. War Luke also doch Polizist?

„Habt ihr Interesse, euch zu eurem Kumpel hier am Boden zu gesellen?", fragte Luke sie.

Begreifen flackerte über ihre Gesichter, und sie hielten abwehrend die Hände hoch. „Tut mir leid, Mann. Der ist betrunken. Wir schaffen ihn dir aus dem Weg."

„Sie ist diejenige, die eine Entschuldigung nötig hat", sagte Luke, während er mit einem Rucken seines Kopfes in Richtung Kat deutete.

„Sorry, Fräulein", sagte der Punker, der ihr erst wenige Augenblicke vorher angedroht hatte, sie die ganze Nacht zum Schreien zu bringen.

Kat starrte ihn nur mit loderndem Blick an.

Er und sein Freund halfen dem dritten Kerl auf und zerrten ihn weg.

Luke stand bewegungslos da und sah ihnen nach. Er drehte

sich erst zu Kat um, als sie außer Sicht waren.

„Bist du in Ordnung?", fragte er schließlich. Er hörte sich besorgt an, aber da schwang noch etwas anderes mit. Er war doch gewiss nicht etwa wütend auf sie?

„Ja, mir geht's gut, danke."

Mit steifen, ruckartigen Bewegungen hob er Bellas Leine vom Boden auf.

„Bist du wütend auf mich?"

Er drehte sich um, um sie anzuschauen, und sie konnte die Antwort von seinen Augen ablesen.

„Du bist wütend? Du willst mich doch wohl verarschen?" Sie spürte direkt, wie ihr Blutdruck in die Höhe schoss. War er etwa ein Typ von der Sorte, die den Frauen die Schuld gaben, wenn sie vergewaltigt oder von ihren Ehemännern geschlagen wurden? Wo war der nette, Bücher lesende, Brille tragende Sonderling aus der vergangenen Nacht? „Ich wurde belästigt. Wie kann das zu dem Ergebnis führen, dass du auf mich wütend bist?"

Luke warf Bellas Leine zu Boden und stemmte die Hände in die Hüften. „Du hast anscheinend deinen Kopf nicht benutzt, sonst wärst du niemals an denen vorbeigelaufen. Du konntest sie schon aus sechs Metern Entfernung sehen. Du hast gezögert. Ich habe es gesehen. Aber du hast deinem Bauchgefühl nicht vertraut. Selbst nachdem sie anfingen, dir Sachen zuzurufen, hattest du noch massenhaft Zeit, umzudrehen, aber du hast es nicht getan."

„Ich hatte jedes Recht, in die Richtung zu laufen, in die ich wollte!"

„Natürlich, aber das bedeutet nicht, dass du das auch tun solltest."

„Na dann, vielen Dank dafür", sagte sie mit einer Stimme voller Sarkasmus. „Ist es das, was *du* getan hättest? Umdrehen und weglaufen, wenn du sie siehst?"

„Nein, aber das ist nicht das Gleiche."

„Warum? Weil du ein großer, starker Mann bist und ich bloß eine kleine, schwache Frau? Denkst du: Ich Tarzan, du Jane?"

„Nein, weil ich ausgebildet bin, mich zu verteidigen. Soweit ich das beurteilen kann, bist du das nicht."

„Die meisten Menschen werden nicht vom LAPD ausgebildet", stellte sie wütend klar.

„Stimmt", sagte er. „Aber egal, von wem oder wo du ausgebildet wirst, du weißt schon, was das Erste ist, das sie dir sagen?"

„Wenn du eine attraktive Frau bist, dann bleib Zuhause?"

Er blickte finster drein, und sein Brustkorb hob und senkte sich schnell. An seiner Augenbraue hatte sich eine Schweißperle gesammelt, und obwohl Kat echt angefressen war, fühlte sie sich seltsamerweise gezwungen, sie wegzuwischen, ehe sie ihm ins Auge laufen konnte. Gerade noch konnte sie dem Impuls widerstehen.

„Nicht wirklich", sagte er und ignorierte ihren Sarkasmus. „Das Erste, was sie dir, egal ob Mann oder Frau, in Selbstverteidigung beibringen, ist, dass man sich seiner Umgebung bewusst sein sollte. Wenn du Gefahr witterst, dann geh in die andere Richtung! Die beste Möglichkeit, sich zu schützen, ist, seinen Kopf zu gebrauchen und der Situation von vornherein aus dem Weg zu gehen."

„Meintest du nicht ‚meinen *hübschen kleinen Kopf* gebrauchen'?", fauchte sie ihn buchstäblich an.

Luke kniff seine lodernden, grauen Augen zusammen, und sein Kiefer verkrampfte sich, während er sie anstarrte. Seine Fäuste öffneten und schlossen sich, als bemühte er sich sehr, sie nicht zu packen und ihr den Hals umzudrehen. Seine Halsschlagader pochte rasend schnell, und jeder Muskel von seinem Oberarm abwärts war gespannt und angriffsbereit.

Ihre Wut ließ nicht nach, aber plötzlich wurde es schwierig, auseinanderzuhalten, wo die Wut endete und glühend-heiße Begierde begann.

Kat fragte sich, was Luke wohl tun würde, wenn sie sich einfach auf die Zehenspitzen stellen, ihre Arme um seinen Hals und seine harten Schultern legen und seine Lippen zu ihren herabziehen würde. Sie würde ihn so gerne schmecken, ihre Zunge an seiner Unterlippe entlangstreichen lassen, seine Zunge in ihren Mund saugen. Sie atmeten beide schwer, und gerade als sie im Begriff stand, einen Schritt nach vorn zu machen und sich nach ihm auszustrecken, drehte er sich um und ging weg. Als Bella ihm hinterherlief, hob er die Leine auf und eilte in Richtung Chalet, ohne sich umzuschauen.

Kat stand da und zitterte von Kopf bis Fuß, vor Adrenalin, vor Zorn, vor Begierde und durch den stechenden Schmerz wegen der gefühlt eindeutigen Abfuhr von Luke.

KAPITEL SECHS

E INE STUNDE SPÄTER LIESS SICH Kat selbst in ihr Chalet ein. Sie war immer noch stocksauer–auf Luke und auf sich selbst. Nicht einmal das Zurücklegen der doppelten Distanz, die sie normalerweise lief, hatte geholfen, ihre sich im Aufruhr befindlichen Emotionen zu besänftigen. Sie konntc nur an Luke denken und wie verärgert und wie arrogant er gewesen war. Und wie wütend sie gewesen war und wie unbedingt sie ihn hatte küssen wollen. Immer wieder spielte sie die Sache noch einmal durch, grübelte darüber nach und regte sich über das auf, was passiert war–von der Angst, die sie empfunden hatte, als jene Männer sie so frech belästigt hatten, bis hin zu der Intensität der Anziehungskraft zu Luke, die sie spürte–bis sie schreien wollte.

Sie sperrte die Tür hinter sich ab, eilte ins Badezimmer, zog ihre Klamotten aus und trat unter die Dusche. Und als sie da unter dem warmen Wasserstrahl stand, klappte sie, einfach so, zusammen und brach in Tränen aus. Vor Frustration. Und vor Erleichterung.

Als sie mit dem Weinen fertig war, fühlte sie sich besser. Sie fühlte sich sogar bereit, der Wahrheit ins Gesicht zu sehen.

Während sie die einzelnen Behandlungen ihres Haares mit Shampoo und Pflegespülung durchführte, durchdachte sie alles noch einmal in Ruhe.

Sie konnte das nicht gutheißen, wie Luke sie abgekanzelt hatte, aber sie konnte auch nicht abstreiten, dass er teilweise Recht

hatte. Sie *hatte* gespürt, dass die Männer beim Boot Schwierigkeiten bedeuten könnten, dennoch hatte sie ihren Weg in deren
Richtung fortgesetzt. Aber sie hatte wahrhaftig gedacht, dass sie,
selbst wenn sie sie auspfiffen oder etwas Anstößiges sagten, sie
unbehelligt vorbeilaufen lassen würden. In Abwesenheit einer realen Gefahr weigerte sie sich, so zu werden wie ihre Mutter, die
sich aus Angst vor jeder potentiellen Gefahr zusammenkauerte
und verkroch. Ihre Unabhängigkeit bedeutete Kat alles. Im Gegensatz zu dem, was Luke angedeutet hatte, war sie nicht dumm
oder unvorsichtig, wenn es um ihre Sicherheit ging. Sie kannte
sich selbst und wusste, dass sie vorsichtig war, zum Beispiel ab-
solvierte sie nur Auftritte, die absolut notwendig waren. Als ihre
Karriere steil bergauf gegangen war, hatte sie die Vorstellung, einen Bodyguard zu haben, verworfen, aber Charlie hatte sie letztendlich doch noch mürbe gemacht. Der Bodyguard jedoch, den
er eingestellt hatte, hatte sie nicht beschützen können.

Nicht so wie Luke sie beschützt hatte.

Sobald sie gemerkt hatte, dass Luke zur Stelle war, um ihr zu
helfen, war sie von Erleichterung erfüllt gewesen. Sie war auch
verängstigt gewesen, fürchtete, dass Luke beim Versuch, sie zu
beschützen, womöglich verletzt werden würde, da die anderen in
der Überzahl waren. Dies war einer der Gründe, warum sie, sogar nachdem sie Morddrohungen erhalten hatte, so ungern einen
Bodyguard einstellen wollte. Doch es war sehr rasch klar geworden, dass Luke recht gut in der Lage war, die anderen Männer
in ihre Schranken zu weisen. Je länger Kat zugesehen hatte, wie
Luke mit seinen großen Händen ihren Angreifer Stoß um Stoß
zurückgedrängt hatte, hatte sie gespürt, dass ihre Gefühle von
Furcht und Erleichterung dem Gefühl von Erregung Platz gemacht hatten.

Lukes grundlegende Fähigkeit, sie zu beschützen, das Spiel
der Muskeln in seinen Armen und seinem Rücken, die grimmi-
ge Entschlossenheit, die an allen starken Kanten seines Gesichts

abzulesen war–all dies hatte die überaus feminine Seite in ihr angesprochen. Sie hatte Angst gehabt, aber gleichzeitig–das konnte sie jetzt zugeben–hatte sie Schmetterlinge in ihrem Bauch gespürt und in ihrem Unterleib hatte es schmerzhaft gepocht. In jeder einzelnen Körperzelle war Begierde aufgeflammt. Und sie war nicht fähig gewesen, aufzuhören, ihn anzustarren. Er war so souverän und selbstsicher gewesen; das allein war schon sexy gewesen, aber seine Kunstfertigkeit und die Leichtigkeit, mit der er sich bewegt hatte, hatten vor ihrem geistigen Auge kleine blitzartige Bilder entstehen lassen, Bilder, wie er wohl im Bett sein würde.

Da sie sich durch die Erregung recht erhitzt fühlte, stellte Kat das Wasser etwas kühler und spülte abschließend ihr Haar aus. Dann nahm sie etwas parfümierte Reinigungslotion zur Hand und begann, ihren Körper zu waschen. Ehe sie wusste, was geschah, fing sie jedoch an, sich vorzustellen, dass Luke sie so auf so sanfte und intime Weise berührte.

Hauchend stieß sie den Atem aus. Gott, es würde sich so gut anfühlen, von Luke berührt zu werden.

Kat merkte, wie sich ihr Pulsschlag beschleunigte. Unter dem fließenden Wasser wurden ihre Brustwarzen härter, und ihre Haut fing an zu kribbeln. Sie stellte sich vor, wie Luke sie an seinen nackten Körper zog, sein hartes Glied gegen ihren Bauch drückte, und sie begann, leicht zu keuchen. Mensch, wie war sie angetörnt!

Mit einer Hand umfasste sie ihre Brust, massierte sie hart, während ihre andere Hand an ihrem straffen Bauch entlang hinunterglitt und dort durch den Streifen von kurzem Haar. Ihre Finger glitten in die glitschigen Falten, und sie schnappte leicht nach Luft, als sie ihre Klitoris erreichte. Sie massierte die kleine Knospe, zuerst sanft, dann immer drängender.

In ihrer Vorstellung bewegte sich Luke hinter ihr, bedeckte jede ihrer Hände mit einer von seinen und drängte sie dazu, sich selbst fester anzufassen. Tiefer vorzudringen. Seine stählerne

Erektion presste gegen ihre Rückseite.

Ihr Atmen wurde immer hektischer und wilder, während sich die Szene in ihrem Kopf abspielte.

Wenn er nur tatsächlich hier wäre!

Ihre Vagina pochte vor Verlangen, und Kat spürte, wie ihr eigenes Gleitmittel an ihren Oberschenkeln herunterlief. Ihre Finger tauchten ein und rieben es auf ihre Klitoris. Kat erschauerte, als die Empfindungen der Wonne und des Vergnügens sie zu überwältigen drohten.

Kat bog ihren Rücken durch und rieb noch fester, mit mehr Dringlichkeit und brachte sich selbst an den Rand der Ekstase. Als Kat ihre andere Hand von ihrer Brust absenkte, schlüpfte sie mit zwei Fingern in sich selbst hinein und stieß bis zu ihrem G-Punkt vor. Dabei wünschte sie sich verzweifelt, es möge Lukes Glied sein, lang und hart und dick, das in ihr eingebettet wäre.

Kat lehnte sich an die Wand der Dusche und spreizte die Beine weiter, und mit einem stummen Keuchen stieß sie sich selbst über die Klippe. Sie erschauerte, als sie durch ihre Finger einen wilden Höhepunkt hatte. Ihre Augen blieben geschlossen, während sie sich ausmalte, wie Luke ihr seine Befriedigung ins Ohr brummte.

„Das ist es, Kat! Gib dich ganz mir hin! Ich werde dir Sicherheit garantieren, das verspreche ich."

Zitternd und immer noch mit Lukes tiefer Stimme in ihrem Kopf dauerte es einen Augenblick, bis sie sich beruhigt hatte und erkannte, was sie gerade getan hatte. Beschämung überfiel sie. Sie konnte nicht glauben, dass sie in der Dusche gerade masturbiert hatte, während sie sich vorgestellt hatte, dass Luke bei ihr wäre. Schlimmer noch, anfänglich war sie angetörnt, heiß und geil geworden, indem sie an die Art und Weise gedacht hatte, wie er sie vor diesen Typen beschützt hatte! Anscheinend war sie diejenige, die nicht immun gewesen war gegen diese ganze *Ich-Tarzan-du-Jane*-Mentalität, die sie ihm vorgeworfen hatte.

Schnell spülte sie ihren Schaum ab, dann trocknete sie sich ab. Sie musste sich zusammenreißen.

Sie war nicht irgendeine hilflose Frau, die einen Mann brauchte, der sie rettete. Wichtiger noch, sie war nicht hier, um sich auf einen Mann einzulassen, weder im Bett noch sonst irgendwie. Sie war hier, um sich sicher zu fühlen und über ihr Leben zu reflektieren und über das, was sie wirklich wollte. Wahrscheinlich war es das Beste, dass sie Luke so verärgert hatte. Er hatte den Abstand zwischen sie gebracht, den sie hätte einbringen sollen. Also sei's drum.

Leider konnte sie nicht aufhören, an ihn zu denken, trotz ihrer mentalen Betrachtungen, wie klug es wäre, sich von Luke fernzuhalten. Die Fantasievorstellung, der sie unter der Dusche nachgegeben hatte, hatte anscheinend eine Art Tor geöffnet, sodass sich weitere Fantasievorstellungen bildeten, eine nach der anderen. Fantasien von ihnen beiden, angezogen und unangezogen, sich abwechselnd gegenseitig liebkosend, leckend und saugend und sich gegenseitig bis zur vollsten Zufriedenheit erforschend.

Bis sie angezogen war und ihren Zopf geflochten hatte, hatte Kat zweifelsfrei erkennen müssen, dass sie sich sehr stark zu Luke hingezogen fühlte und eher neugierig als wütend auf ihn war. Sie aß sowohl ihr Mittagessen als auch ihr Abendessen draußen, in der Hoffnung, dass er herauskommen würde, um mit Bella spazieren zu gehen oder zu lesen oder zu essen, damit sie reden könnten. Aber es war so, als wüsste er, wann sie draußen war, und deshalb ging er ihr aus dem Weg, denn sie sah ihn überhaupt nicht.

Als Kat in jener Nacht zu Bett ging, war er das Letzte, woran sie dachte, ehe sie einschlief.

Und das Erste, als sie erwachte.

AM NÄCHSTEN MORGEN ENTDECKTE KAT Bella, die den Waldweg alleine entlangtrabte. Zwanzig Minuten später kam Bella zurück. Wieder allein.

War Luke etwas zugestoßen?

Kat eilte auf Bella zu, mit noch immer dieser Frage im Sinn.

Sofort dachte sie an die Männer, mit denen Luke sich gestern auseinandergesetzt hatte. Dann dachte sie an die Person, die sie zu Hause bedroht hatte. An den Fahrer, der sie beinahe von der Straße abgedrängt hatte. Furcht explodierte in ihren Adern. Was wäre, wenn einer von denen, Luke auf den Fersen war, nachdem er ihr geholfen hatte? Oder auf der Suche nach ihr gewesen war, und stattdessen ihn gefunden hatte? War er von jemandem verletzt worden?

Und war es ihre Schuld?

„Bella! Hey, hübsches Mädchen, warte mal!"

Es war ein Beweis des guten Trainings von Luke, dass Bella anhielt und wartete. Kat hatte gesehen, dass Luke dem Hund gelegentlich mittels Handzeichen Kommandos gab. Sie hob ihre Hand, Handfläche nach unten, und Bella setzte sich.

Sogleich näherte sich Kat dem braven Hund, kauerte sich vor sie und kraulte sie hinter den Ohren. „Was machst du denn ganz alleine hier draußen, Mädchen? Wo ist Luke?"

Bellas sanfte Augen trafen ihre, und ihre pinkfarbene Zunge kam heraus und strich über Kats Hand. Kat schaute zögernd auf Lukes Chalet. Nach diesem Vorfall beim See und ihrem darauffolgenden Verhalten unter der Dusche gestern hatte sie sich wiederholt eingeredet, dass sie sich von Luke fernhalten müsste. Sie fühlte sich viel zu sehr zu ihm hingezogen, und solch eine Art Ablenkung konnte sie nicht brauchen.

Als Bella leise winselte, schrillten in Kats Kopf mehrere Alarmglocken. Ob Ablenkung oder nicht, sie schuldete es Luke, weil er ihr gestern zur Seite gestanden war. Im Aufstehen schnippte Kat mit den Fingern, so wie sie es bei Luke gesehen hatte. Bella folgte

Kat, als diese sich zu Lukes Chalet begab.

Wahrscheinlich war es nur eine übertriebene Reaktion ihrerseits, zu meinen, dass irgendetwas nicht stimmte. Die Möglichkeit bestand, dass Bella einfach nach draußen gelaufen war, ohne dass Luke es bemerkt hatte. Aber sie musste sich vergewissern. Selbst wenn es Luke gut ging, würde sie Bella zurückbringen und sehen, ob sie die Dinge mit ihm wieder ins Reine bringen könnte. Sie mussten nicht reden. Sie mussten auch nicht Freunde werden. Aber sie würde ihm nochmals für seine Hilfe am gestrigen Tag danken. Hoffentlich könnten sie wenigstens höflich miteinander umgehen.

Nervöse Unruhe erfüllte sie. Als sie auf Lukes Chalet zuging, musste sie sich zwingen, gleichmäßig zu atmen. Die Tür war unverschlossen. Kein Ton drang von drinnen heraus.

Kat schaute Bella an, die sich hingesetzt hatte und offensichtlich nicht gewillt war, ins Chalet zu gehen. Dadurch stieg Kats Beklommenheit noch um einige Grad an.

Kat schluckte schwer und betrat das Chalet, Bella neben sich.

Sie erschrak, und ihr Mund blieb offen stehen.

Wenn sie ein Wort hätte wählen müssen, um Luke zu beschreiben, dann wäre dies ‚beherrscht' gewesen. Und doch sah dieser Mann im Moment alles andere als beherrscht aus.

Luke saß auf der Couch, Kopf zurückgekippt, Augen geschlossen. Auch wenn er nun ein Freizeithemd und nicht mehr das LAPD-Hemd anhatte, so war dieses Hemd ziemlich zerknittert, er brauchte dringend eine Rasur, und er hatte lavendel-farbene Ringe unter den Augen. Er roch zwar nicht nach Alkohol, aber auf dem Kaffeetisch vor ihm befanden sich eine offene Whiskyflasche und ein leeres Schnapsglas.

Unwillkürlich wich Kat einen Schritt zurück. Das Letzte, was sie tun sollte, war, sich mit einem Betrunkenen einzulassen, Nur, dass ihr Kopf dagegen rebellierte, Luke auf diese Art zu charakterisieren. Er sah nicht betrunken aus, vielmehr erschöpft. Leer.

Leidend.

Ihr Blick fiel auf das gerahmte Foto, das er mit seinen Fingern umklammert hielt. Er als Kind mit dem Mann in Uniform. Dieses Bild war die Ursache seiner Qual, die von ihm ausstrahlte, vermutete sie.

Ihr Herzschlag flatterte unruhig vor Mitgefühl. Kat wurde überwältigt von dem Bedürfnis, zu ihm zu gehen, seine Wange zu streicheln und ihn in ihren Armen zu wiegen. Aber er war ein Fremder. Ein Fremder, der, obwohl er ihr gestern geholfen hatte, auch wütend auf sie gewesen war. Ein Fremder, mit dem sie sich nicht einlassen sollte.

Vor gerade mal einer Minute hatte sie noch befürchtet, dass die Schwierigkeiten, die sie betrafen, auch auf Luke Auswirkungen hätten. Sie konnte nicht zulassen, dass er oder irgendjemand sonst die Auswirkungen zu spüren bekäme. Ihr Leben war eine Katastrophe. Sie war eine Katastrophe. Selbst wenn sie nicht in Gefahr schwebte, traf dies dennoch zu.

Aber sie konnte Luke nicht einfach so zurücklassen.

Sie holte tief Atem. „Luke!"

Langsam öffneten sich seine Augen. Er schien nicht überrascht zu sein, sie in seinem Chalet vorzufinden. Es war so, als hätte er sie beinahe erwartet. „Hallo, Kat."

Kat sog einen langen Atemzug ein. „Hey. Ähm, Bella ist abgehauen, darum brachte ich sie zurück. Ich glaube, sie hat Hunger."

Luke erhob sich und stellte das Foto auf den Kaffeetisch. „Danke. Ich ließ sie eigentlich hinaus, damit sie ihr Geschäft im Garten erledigen kann. Durch ein loses Brett im Zaun oder so etwas kam sie wahrscheinlich raus."

„Aha."

Schweigend starrten sie sich an, und Kat bekämpfte den Drang, sich zu winden. „Naja, wie ich schon sagte, ich glaube, sie hat Hunger. Wenn du mir sagst, wo die Schüsseln und das Futter sind, kann ich mich darum kümmern."

Er kniff die Augen zusammen, dann fiel sein Blick auf die Schnapsflasche auf dem Kaffeetisch, ehe er wieder Kats Blick begegnete.

„Ich bin nicht betrunken", sagte er leise. „Nur . . . müde. Ich hatte einen Drink gestern Abend."

Aus irgendeinem Grund glaubte sie ihm. Trotz ihrer Bedenken bemühte sich Kat um Gelassenheit in ihrer Stimme. „Dann kann ich sie ja füttern. Wenn du müde bist, meine ich", sagte sie.

Er schüttelte den Kopf. „Schon okay. Ich schaff's. Du solltest gehen."

Kat verschränkte die Arme vor ihrer Brust. „Ist das ein Befehl?" Sie hob eine Augenbraue und lächelte, um anzudeuten, dass sie einen Witz gemacht hatte.

Er blinzelte, dann runzelte er die Stirn. „Eher ein Vorschlag. Ich bin momentan nicht in einer großartigen Verfassung."

„Nein. Sieht nicht so aus. Kann ich helfen?"

Er zögerte. Schüttelte den Kopf.

„Gut." Kat schaute sich um, entdeckte Bellas leeren Futternapf und hob ihn auf. Im anderen Napf war Wasser, doch sie holte auch diesen, um frisches Wasser einzufüllen.

„Was machst du?"

„Ich fülle Bellas Näpfe."

Luke starrte sie an. Sogar ungekämmt war er der verführerischste Mann, den sie je gesehen hatte. Dass er nicht daran gewöhnt war, dass andere Menschen ihn so sahen, war offensichtlich. Er war verwirrt und versuchte, einen klaren Kopf zu bekommen. Er wollte, dass sie ging, aber sie würde nirgendwo hingehen. Erst wenn sie wüsste, dass er wieder okay war und dass Bella gut versorgt war.

„Ich kann das machen."

„Ich weiß, dass du das kannst. Warum gehst du nicht stattdessen unter die Dusche?", meinte sie, als sie sich umdrehte und die Schüsseln auf der Theke abstellte. „Du hast mir geholfen, jetzt lass mich dir helfen. Das ist nur gerecht, und ich würde mich schlecht fühlen, wäre dir sogar beleidigt, wenn du diese Hilfe ablehnst."

Kat wollte den Wasserhahn aufdrehen, als Luke plötzlich ihre Oberarme packte und sie umdrehte, sanft, aber unnachgiebig. Dann ließ er ihre Arme los und platzierte seine Hände rechts und links von ihr auf der Arbeitsfläche.

Kat stockte der Atem, sie riss die Augen auf, und wildes Begehren pochte auf einmal tief in ihrem Körper.

Sein Duft überflutete sie, und seine Augen hielten mit ihren Augenkontakt. Kat konnte nicht wegschauen. Der Drang, mit ihren Händen über seine Schultern zu streichen, seine Muskeln zu drücken und deren Stärke auszuprobieren, war so stark, dass ihre Hände schon auf dem Weg waren, sie sie aber gerade noch rechtzeitig stoppen konnte.

„Du solltest nicht so viel herumkommandieren, Kat! Vor allem nicht einen Mann, den du kaum kennst."

Kat schluckte schwer. Ihr Puls am Ende ihrer Kehle pochte und raste wie verrückt, und ihre Knie gaben nach. Niemals war sie so aufgeregt gewesen. Ihr Unterleib bewegte sich auf seinen zu, aber Luke trat einen Schritt zurück. Während sie ungläubig zusah, fing er an, sein Hemd aufzuknöpfen, immer noch in Augenkontakt mit ihr.

„W—was machst du?"

„Mich vorbereiten für die Dusche, wie du es mir gesagt hast."

„Aha. Naja . . . damit bekräftigst du wahrscheinlich nicht gerade deine Aussage, ich solle nicht so viel herumkommandieren. Nicht, wenn dies dann das Ergebnis ist." Nervös leckte sie sich die Lippen.

Er verfolgte die Bewegungen ihrer Zunge genau. In seinem Mundwinkel zuckte ein unanständiges Grinsen. „Bist du dir dessen sicher? Du hast doch noch nicht alles gesehen."

Das   aufgeknöpfte   Hemd   verschwand,   und   sein

prachtvoller Brustkorb kam zum Vorschein. Kat stieß laut den Atem aus. „Nö", sagte sie. „Das führt nicht dazu, dass ich weniger herumkommandiere."

Er lachte. „Dann werde ich mich wohl daran gewöhnen müssen, dass du herumkommandierst. Solange du gewillt bist, selber Befehle entgegenzunehmen, sollte dies kein Problem darstellen."

Kat schnappte nach Luft.

Seine wohl definierten Muskeln glänzten im warmen Licht, das zum Fenster hereinschien. Unter jedem einzelnen Muskel schufen die Schatten Krater und betonten sie dadurch umso mehr. Eine dünne Linie flaumiger Härchen verlief von seinem Nabel an abwärts und verschwand in seiner Jeans. Auf seinem Körper waren mehrere Narben, die ihre Aufmerksamkeit erregten. Ein lange Narbe an einer Seite seines Bauches und eine kreisrunde Narbe direkt unter seiner Schulter. Nicht, das sie sich damit auskannte, aber irgendwie sah dies nach einer Schussverletzung aus.

Wahrscheinlich war er in Ausübung seiner Pflicht angeschossen worden.

Ihr Herz zog sich schmerzhaft zusammen bei der Vorstellung, dass er verletzt worden war. Beinahe gestorben war. Als Polizist würde er mit dieser Möglichkeit jeden Tag konfrontiert sein. Dieses Wissen sollte jeglichen Anflug von Begierde von vornherein im Keim ersticken. Stattdessen sehnte sie sich verzweifelt nach seiner Berührung. Nach seinem Kuss. Nach dem unanfechtbaren Beweis, dass dieser fantastische Mann gesund und am Leben war, sein Blut floss, sein Herz schlug, seine Lungen mit Luft gefüllt waren.

Luke starrte sie an, mit verschleierten, verhangenen Augen. Tief in ihr baute sich Hitze auf, und schon durch die bloße Intensität ihrer Reaktion musste sie um ihre Beherrschung ringen.

„Dusche!", brachte sie gerade noch mühsam heraus.

Er grinste verwegen, zögerte einen kurzen spannungsgeladenen Augenblick, dann trat er einen Schritt zurück. Er drehte sich um, ließ sie einfach dort stehen, gefangen in einem Gespinst von Begehren und Verlangen.

❧

IM BAD DREHTE LUKE DAS Wasser der Dusche auf, zog sich aus, dann trat er unter den Wasserstrahl. Mit gebeugtem Kopf und sich mit den Handflächen an der Duschwand abstützend, ließ er das kühle Wasser über seinen Körper laufen. Er schloss die Augen und versuchte, seine sich im Aufruhr befindlichen Gefühle in den Griff zu bekommen.

Was war da verdammt nochmal passiert? Gestern Morgen hatte er Craig und Brandon geholfen, ihr Zeug zusammenzupacken, damit sie nach L.A. zurückkehren konnten. Danach hatte er die felsenfeste Absicht gehabt, Kat zu sagen, wer er war und warum er tatsächlich hier war. Er hätte damit nicht warten sollen. Er sollte auch in die Stadt zurückkehren, und zwar so weit von Kat weg wie möglich.

Er hatte es bereits vorher gewusst, aber nie zuvor war es ihm klarer gewesen als gestern, nachdem er diesen Männern auf der Laufstrecke entgegengetreten war. Als professioneller Bodyguard hätte er genau das getan, was er getan hatte, allerdings cool und ruhig, ohne jegliche Emotion. Stattdessen hatte er sich sehr zusammenreißen müssen, die Männer, die Kat belästigt hatten, nicht komplett auseinanderzunehmen.

Der instinktive Besitzanspruch, den sie in ihm auslöste, war nicht normal. Er war erleichtert gewesen, dass er rechtzeitig dort gewesen war, um ihr zu helfen, aber hauptsächlich war er wütend gewesen. Der Großteil dieser Wut war auf die Männer gerichtet gewesen, aber er war auch durch die Tatsache verärgert gewesen, dass sie sich nicht einfach von diesen Typen entfernt hatte, lange bevor sie ihnen so nahe kam. Luke hatte sie schütteln wollen, hätte ihr am liebsten etwas Verstand in ihren Kopf geküsst, und er war davongegangen, um diese letzte Idee zu vermeiden. Zurück in seinem Chalet war er hin- und hergerissen, was er als nächstes machen sollte. Abreisen? Oder bleiben und sie beschützen? Denn Gott weiß, es war nötig. Selbst wenn der alte Mann Kat nicht absichtlich von der Straße abgedrängt hatte. Da war immer noch der Stalker, der sie bedroht hatte. Und offensichtlich legte sie keinen Wert darauf, Vorsicht walten zu lassen, obwohl sie sich als Frau ganz allein hier draußen aufhielt. Plötzlich hatte es den Anschein, als wäre das Weggehen von ihr das Letzte, was er tun sollte. Seine Gefühle diesbezüglich wurden auch noch durch die Tatsache verstärkt, dass gestern der Todestag seines Vaters gewesen war. Der war erschossen worden, nur weil sein Partner ihm keine Rückendeckung gegeben hatte.

Da Luke nicht riskieren konnte, sich zu betrinken und Kat somit angreifbar zu machen, hatte er gestern Abend nur ein einziges Schnapsglas Whisky im Gedenken seines Vaters getrunken. Dann hatte er beschlossen, dass er ihr die Wahrheit nicht sagen würde und dass er nicht abreisen würde. Noch nicht. Was er tun würde, war, so weit als möglich Distanz zu Kat zu halten. Er würde sie aus der Entfernung beschützen.

Diese Absicht hatte sie vollkommen zunichte gemacht, als sie aufgetaucht war.

Das Letzte, was er erwartet hätte, war, dass sie hereinplatzen und anfangen würde, ihm Befehle zu erteilen. Das hatte sofort seine dominante Seite angestachelt, und er hatte sich nicht beherrschen können, sie rückwärts gegen die Theke zu drängen. Aber er konnte auch nicht bedauern, das getan zu haben. Er konnte nicht bedauern, ihre weit aufgerissenen Augen gesehen zu haben, und auch nicht die Flammen der Leidenschaft gespürt zu haben, als ihr hungriger Blick über seinen nackten Brustkorb gewandert und auf seinem Mund gelandet war.

Sie hatte gewollt, dass er sie küsste, dringend. Und er war verdammt nah dran gewesen, es auch tatsächlich zu tun.

Luke drehte das heiße Wasser auf, in der Hoffnung, seine angespannten Muskeln zu entspannen, aber er hätte das Wasser lieber eiskalt aufdrehen sollen. Denn genau in diesem Moment, als der heiße Wasserstrahl auf seine Haut prasselte, spukte eine kleine, unverschämte Fantasievorstellung durch seinen Kopf.

Kat war unter der Dusche neben ihm. Ihre Augen vagabundierten über seinen ganzen Körper, bis sie auf dem Fleisch zwischen seinen Beinen anhielten.

Er umfasste seinen Schwanz mit einer Hand und fing an, sich einen runterzuholen, indem er drückte und dann an seinem Schaft entlangpumpte Richtung Spitze. Er keuchte leise.

Die Fantasie ging weiter.

Kat starrte wie hypnotisiert, als er sich selbst streichelte. Dann entfuhr ihrer Kehle ein gedämpfter Schmerzenslaut. Sie kniete sich zwischen seine Beine, ihre schweren Brüste begleiteten jede ihrer Bewegungen, indem sie hin- und herschwangen und ihm das Wasser im Munde zusammenlaufen ließen. Sie stieß seine Hand weg, wickelte ihre Finger um ihn und saugte und leckte an seinem Schwanz, während er zu ihr hinunterschaute und sie beobachtete. Kraftvoll saugte sie an ihm, nahm seinen harten Schwanz tief in ihre Kehle, so tief sie konnte, aber selbst nach einiger Zeit war er noch nicht so weit, bald einen Höhepunkt zu haben.

Kat verstand dies als Herausforderung und völlig ungehemmt leckte sie nun seinen Schaft hinauf und hinunter, saugte ihn hart an, bis die Eichel ihre Kehle traf. Mit ihrer Hand spielte sie an seinen Hoden, kratzte die weiche Haut seiner Penisspitze ganz sanft mit ihren Zähnen, bis er erbebte und aufstöhnte . . .

Luke erlebte seinen Höhepunkt intensiv und plötzlich. Er unterdrückte ein Aufstöhnen und öffnete seine Augen. Mit seinem Unterarm stützte er sich an der Wand der Dusche ab. Seine Beine zitterten leicht, und es dauerte eine Zeitlang, bis er sich erholte.

Schließlich beendete er das Duschen und trocknete sich ab. Nackt tappte er ins Schlafzimmer, um sich ein paar Klamotten zu

schnappen und sich anzuziehen. Dann setzte er sich auf die Bett-
kante und starrte zu Boden. Was zum Teufel sollte er bloß tun? Er
begehrte Kat Bailey mehr als er jemals irgendwen begehrt hatte,
und das Wissen, dass sie ihn genauso sehr begehrte, durchstreifte
seine Gedankenwelt. Es nagte auch an seiner Entschlossenheit. Er
versuchte, das Richtige zu tun, aber diesmal war sie aus eigenem
Antrieb zu ihm gekommen, völlig frei, ohne Manipulation oder
Bemühen seinerseits. Das war doch etwas wert, oder nicht? Außerdem wollte er sie ja nicht nur vögeln, er hatte sie echt und von
Herzen gern und wollte ihr vor allem ein Gefühl von Sicherheit
geben. Wenn sie ihn in ihrer Nähe haben wollte, warum sollte er
ihnen dann nicht das, was sie beide wollten, geben?

Schließlich stand er auf. Als er die Schlafzimmertür aufmachte, roch er einen köstlich aromatischen Duft. Er hörte Kat leise in
der Küche singen und lauschte intensiv. Ihre rauchige, tiefe Stimme war angenehm und warm, und er ging zu ihr und wollte, dass
sie niemals damit aufhörte.

KAPITEL SIEBEN

K AT WANDTE SICH VOM HERD ab und sah, wie Luke auf sie zu ging. Sein schlanker Körper steckte lediglich in einer abgewetzten Jeans und einem T-Shirt, das vom Waschen und Tragen weich geworden war. Ihr Herzschlag beschleunigte sich dermaßen, dass sie beinahe befürchtete, vor ihm mit dem Gesicht voraus zu Boden zu fallen.

Junge, da würde ich ja supertoll cool, ruhig und gefasst aussehen, nicht wahr?

Es war schwer, in Lukes Gegenwart cool, ruhig und gefasst zu bleiben. Jedes Mal wenn sie ihn anschaute, spürte sie sehnsuchtsvollen Schmerz und Unruhe. Sie war es nicht gewohnt, dermaßen aus dem Gleichgewicht gebracht zu werden, auch nicht von einem Mann, der so attraktiv war wie Luke.

„Das riecht gut", meinte er.

Du riechst auch gut, dachte sie. *Mehr als gut. Köstlich!* Sein Aftershave hatte eine ganz bestimmte Note, und der Seifenduft passte gut dazu. Unter diesen Düften war noch ein anderer Geruch auszumachen, moschusartig und maskulin, ganz einzigartig, so wie nur er roch.

„Hier, nimm Platz!", sagte sie und stellte einen Teller vor ihn hin.

„Du hast also keinen Scherz gemacht, als du sagtest, du würdest dich um mich kümmern. Aber ich dachte, du würdest nur Bella füttern."

Kat zuckte die Achseln. „Ich habe ein wenig in deinem Vorratsschrank gestöbert. Ich hoffe, das ist okay."

„Natürlich. Danke."

Sie wartete, bis er einen großen Bissen von seinem Sandwich abgebissen hatte, und biss dann in ihres. Es war perfekt goldbraun, und der süße Käse wurde vom säuerlichen, knackigen Apfel ausgeglichen.

Luke schaute überrascht drein, während er kaute. Als er fertig war, sagte er: „Du machst ein erstaunlich fantastisches Sandwich."

Kat lachte. „Das lernte ich durch Selbstverteidigung. Meine Mam ist eine grottenschlechte Köchin, aber sie kochte viel. Sie meinte, das gäbe unserem Leben Normalität."

„War deine Kindheit denn nicht normal?"

Sie hatte zu viel gesagt. Sie wollte nicht über die Beschränkungen sprechen, die ihr als Kind einer Figur des öffentlichen Interesses auferlegt worden waren. Sie wollte überhaupt nicht über Beschränkungen sprechen oder auch nur daran denken. Hier, mit Luke, und ihrem immer noch vorhandenen nervös-kribbeligen Gefühl, als er sie vorhin an die Küchentheke gedrängt hatte, wollte sie stattdessen lieber über Möglichkeiten nachdenken. „Hat eigentlich irgendjemand eine wahrhaftig normale Kindheit?", fragte sie.

„Nun ja—"

„Luke, ich muss dir etwas sagen. Eigentlich zwei Sachen. Kann ich—kann ich das tun?"

Er lehnte sich in seinem Stuhl zurück. „Selbstverständlich."

„Erstens wollte ich mich bei dir bedanken, weil du mir bei diesen Männern am See zu Hilfe gekommen bist. Du hattest Recht. Ich hätte meinen Kopf mehr gebrauchen sollen. Da du ja keine Frau bist und es offensichtlich auch nie warst . . ." Kat hielt inne, entspannte sich ein wenig mehr, als er lächelte. „Naja, es ist schwierig, einem Mann zu erklären, wie schwer es ist, sein Leben nach der Vorgabe zu führen, was Männer dir eventuell antun oder auch nicht."

„Das verstehe ich, Kat, ehrlich. Es tut mir leid, dass ich dich so abgekanzelt habe. Ich wollte nicht andeuten, du hättest verdient, was passiert ist. Ich wollte bloß, dass du nächstes Mal vorsichtiger bist."

„Klar, na hoffentlich gibt's kein nächstes Mal."

„Richtig. Hoffentlich", sagte er. „Also was ist das Zweite, das du mir sagen willst?"

„Heißt das, wir sind—wir sind wieder gut?"

„Wir sind mehr als gut, Kat", sagte er. „Ich bin ziemlich sicher, ich habe mich vor meiner Dusche klar ausgedrückt, wie gut ich finde, dass du bist."

Kat lief rot an, dann reckte sie ihr Kinn. „Naja, es schien mir eher, als wärst du auch wütend auf mich."

„Ich war nicht wütend", sagte er mit einem Grinsen. „Ich war . . . aufgebracht. Und das ist nicht immer schlecht."

Kat brach in Lachen aus. „Nein, wahrscheinlich nicht. Aber das Zweite, was ich sagen wollte, ist, es tut mir leid, wenn ich herumkommandierend erschienen bin, als ich hier hereinspazierte."

„Du *hast* ziemlich schlimm herumkommandiert", meinte Luke, während er sich in seinem Stuhl zurücklehnte. Seine Augen leuchteten weiterhin durch seine gute Laune, aber sie loderten auch noch mit etwas anderem. Etwas, wodurch seine Lider wieder schwerer wurden.

Plötzlich durchströmte Kat ein Gefühl der Waghalsigkeit. Sie schaute zunächst zu Boden, dann wieder zu ihm hoch. „Durch die Art und Weise, wie du mich an dieser Küchentheke in die Enge getrieben hast, würde ich sagen, du kennst dich selber recht gut damit aus, jemanden herumzukommandieren."

⚬⚬⚬

LUKE RÄUSPERTE SICH UND RUTSCHTE etwas auf seinem

Platz herum, da ihm unbehaglicherweise bewusst wurde, dass er wieder erregt war, und das schon seit sie sich zum Essen hingesetzt hatten. Kat hatte langsam gegessen, wie eine Katze hatte sie sich gelegentlich ein Krümel aus dem Mundwinkel geschleckt mit einer lebhaften Zufriedenheit, die seinen Unterleib dazu brachte, sich zu sehnen und zu versteifen trotz des Orgasmus, den er in der Dusche gehabt hatte.

Darüber hinaus versteifte sich sein Schwanz umso mehr, jedes Mal, wenn das kleine rosafarbene Dreieck ihrer Zunge über ihren Mund strich und ihm die Fantasievorstellung ins Gedächtnis rief, durch die er masturbiert hatte. Er musste sich ernsthaft um den Zustand seiner Jeans Gedanken machen. Sie war alt und abgetragen, und er war sich nicht sicher, dass der Baumwollstoff der Beanspruchung durch den Druck seiner Erektion Stand halten würde.

„So viel ich mich erinnern kann, hat es dir anscheinend gefallen, als ich dich herumkommandiert habe. Oder irre ich mich?"

„Nein. Du irrst dich nicht."

Lukes Brauen hoben sich. Er war verwundert, dass sie dies so bereitwillig zugab. Er war noch mehr überrascht, als sie fortfuhr.

„Mir hat es sehr gefallen. Am meisten gefiel mir, dass du mich als ganz gewöhnliche Frau behandelt hast. Als eine normale Frau, die du begehrst."

„Warum sollte ich dich nicht auf diese Weise behandeln?" Es war ein kühner Vorstoß von seiner Seite aus. Er lockte sie aus der Reserve, und wenn sie den Köder nicht schlucken würde, würde er weiterhin so tun müssen, als wüsste er nicht, wer sie war. Das wollte er eigentlich nicht.

Kat schob ihre Schüssel beiseite. „Weil ich das nicht bin. Eigentlich bin ich . . . so etwas wie eine Berühmtheit." Sie schaute ihn erwartungsvoll an.

Vorsicht! warnte Luke sich selbst. „Bist du Sängerin? Tänzerin?"

„Tatsächlich bin ich Schauspielerin. Mein vollständiger Name ist Katherine Bailey."

„Ach. Ich schaue nicht viel Fernsehen." Das war nicht einmal eine Lüge.

Kat lachte. „Das ist prima. Aber ich mache nicht mehr viel fürs Fernsehen. Hauptsächlich drehe ich Kinofilme."

„Dann . . . bist du wohl berühmt?"

Sie nickte. „Ja."

„Gefällt es dir?"

„Es ist natürlich gut für meine Karriere."

„Aber gefällt es dir?"

„Im Moment hasse ich es. Kürzlich war ich in einen ziemlich großen Skandal verwickelt, der in der Öffentlichkeit breitgetreten wurde."

„Was für ein Skandal?"

Kat schaute finster drein. „Nichts Neues. Ich war mit einem Mann zusammen. Er betrog mich. Ich trennte mich von ihm. Daraufhin spielte er der Presse Fotos von mir zu, als ich letzten Sommer im Urlaub oben ohne in der Sonne lag."

„Wie gemein! Das ist echt Scheiße, Kat!"

Instinktiv verschränkte sie ihre Arme vor der Brust, und wieder einmal wollte Luke ihren Ex am liebsten umbringen, weil er solch intime Fotos an die Öffentlichkeit gebracht hatte.

„Verdammt richtig. Es ist Scheiße. Nicht nur, weil mein Privatleben–unter anderem–an die Öffentlichkeit gezerrt worden ist und weil diese Leute meine Privatsphäre nicht respektieren, sondern auch weil . . ."

Luke wartete, aber Kat blieb still.

„Weil was?"

Kat schluckte schwer. Biss sich auf die Lippe. Schaute, als wäre sie sich nicht sicher, ob sie ihm vertrauen konnte. „Ich wurde bedroht", sagte sie ruhig. „Von jemandem, der denkt, ich hätte meinem Ex Unrecht getan."

„Das ist ja entsetzlich! Das tut mir leid, Kat. Und es tut mir leid, weil ich nicht weiß, wie ich überhaupt ausdrücken soll, wie entsetzlich das ist. Ich kann mir nicht vorstellen, wie schwierig es ist, damit umzugehen."

Sie nickte, dann hielt sie den Atem an, als er seinen Stuhl so drehte, dass er ihre Hände in seine nehmen konnte.

Kat starrte auf ihre verflochtenen Hände, ehe sie sich auf die Lippen biss und fortfuhr. „Ich hoffte, dies würde vorübergehen, aber die Drohungen kamen weiterhin, deshalb stellte mein Manager einen Bodyguard für mich an."

„Tatsächlich, wo ist er? Oder kann ich ihn nur nicht sehen?"

„Nein, nein. Ich hatte einen Bodyguard, aber . . . naja, es lief darauf hinaus, dass er sich betrank und mich im Stich ließ. Jetzt brauche ich einfach etwas Zeit, um mich wieder neu zu besinnen. Zeit für mich. Weg von allen anderen. Ich brauche Zeit, um nachzudenken. Darum bin ich hier. Und das ist der Grund, warum ich so schlimm reagiert habe, als du mich gestern beschuldigt hast, unvorsichtig zu sein. Ich muss wissen, dass ich mich um mich selbst kümmern kann. Ich muss!"

Der Heftigkeit in ihrer Stimme und dem Ausdruck in ihren Augen nach zu urteilen, hatte er den Verdacht, dass an der Geschichte noch mehr dran war. Er war so beschäftigt gewesen, sie aufzuspüren und die Sicherheitsvorkehrungen hier zu treffen, dass er nicht allzu tief in ihrem Hintergrund nachgeforscht hatte. Aber vielleicht sollte er das tun. Momentan jedoch, wollte er sie nicht drängen. „Ich habe keine Zweifel, dass du dich in den meisten Situationen um dich selbst kümmern kannst, Kat. Aber wenn dich jemand bedroht? Dann ist es keine Schande, Hilfe anzunehmen." Einige Sekunden lang sah er sie eindringlich an, dann sagte er: „Wenn schon nicht von einem Profi, dann von einem Freund. Während ich hier bin, kann ich dich im Auge behalten. Ich würde mich geehrt fühlen, wenn ich mich um dich kümmern dürfte."

Ihre Augen weiteten sich. „Du hast dich bereits um mich

gekümmert."

Er beugte sich zu ihr, unfähig, sich abzuhalten, sie zu berühren. Seine Hand streichelte ihren Arm hinauf und wieder hinunter, und Kat erzitterte. Durch ihr Hemd hindurch konnte er sehen, wie ihre Brustwarzen steif wurden.

„Gestern habe ich mich um dich gekümmert. Heute hast du dich um mich gekümmert. Vielleicht können wir weitermachen, uns um einander zu kümmern."

Kat errötete. Dieser leichte Schwall von Röte, der ihre Wangen überzog und sich bis zu ihrer Stirn fortsetzte, erinnerte ihn an jene zauberhafte Röte, die eine Frau bekam, wenn sie ihren Höhepunkt hatte. Sein Schwanz pochte auf quälend-aufregende Weise.

„Was meinst du?"

Seine Finger bewegten sich aufwärts. Ihre Lippen teilten sich etwas. Er steckte ihr eine winzige Strähne ihres Haars hinters Ohr, dann ließ er seine Finger an ihrem Hals hinabwandern. An ihrem Schlüsselbein hielten sie an, und er sagte: „Ich gestehe es rundheraus, Kat. Ich fühle mich zu dir hingezogen. Ich fühlte mich schon zu dir hingezogen, lange bevor du mir sagtest, du wärst eine berühmte Schauspielerin."

In ihr spielten sich unterschiedliche Emotionen ab. „Ich fühle mich auch zu dir hingezogen."

Seine Hände rutschten tiefer, kamen herum, sodass seine starken Finger leicht auf den Puls an ihrer Halsbeuge drückten. Er spürte, wie er sich beschleunigte, und sein eigener Puls begann ebenfalls zu rasen. „Du hast einen betrügerischen Ex-Mann erwähnt. Heißt das, du bist Single?"

„Ich bin absolut eindeutig Single. Was ist mit dir? Hast du eine Frau oder eine Freundin, die du irgendwo versteckt hältst und passenderweise vergessen hast, zu erwähnen?"

„Überhaupt   nicht.   Also,   da   wir   beide   Single sind . . . und anscheinend recht gut darin sind, uns um einander zu kümmern . . . vielleicht können wir einander Gesellschaft leisten, solange wir hier sind. Einfach etwas Spaß haben."

Kat bedachte ihn mit einem langen, taxierenden Blick. „Meinst du auch einander Gesellschaft leisten im Bett?"

„Wenn es das ist, was du willst. Ich auf jeden Fall will das. Aber selbst wenn du das nicht willst, so würde ich doch gern mehr Zeit mit dir verbringen. Angefangen mit einem Abendessen heute Abend."

Kat verharrte, hielt ihre Augen fest mit seinen verknüpft. Einen Moment lang war er sich sicher, dass sie seine Einladung zurückweisen würde. Sie räusperte sich. „Ich suche nicht jemanden, der mich bewacht und auf mich aufpasst, Luke. Ich kann mich selbst schützen."

„Ich versuche nicht, dich zu beschützen." Verdammt nochmal, das tat er nicht, doch sie täuschte sich–sie konnte sich nicht selbst beschützen. Nicht, wenn jemand teuflisch wild darauf aus war, ihr weh zu tun. Zugegeben, es schien nicht der Fall zu sein, dass die Bedrohung Kat bis zum Lake Tahoe gefolgt war, aber er würde wachsam bleiben. Dies bedeutete aber nicht, dass sie in den Chalets versteckt bleiben mussten.

„Wie wär's damit? Du brauchst doch eine Dosis Normalität, nicht wahr? Also dann lass uns heute Abend ausgehen und einfach etwas Spaß haben, ohne Druck."

„Wohin ausgehen?", fragte sie.

Er zögerte. Verspürte sie Angst bei der Vorstellung, sich in die Öffentlichkeit zu begeben? Vielleicht sollte er auf Nummer Sicher gehen und vorschlagen, zu Hause zu bleiben. Es war nur so, dass alles an Kat förmlich danach schrie, ein wenig Normalität in ihr Leben zu lassen. Sie meinte, sie könne kein normales Leben führen, obwohl sie sich danach sehnte, sich sicher zu fühlen und zugleich Schauspielerin sein. Er wollte ihr das Gegenteil beweisen, wenn auch nur für einen Abend. Sie vertraute sich ihm allmählich an; wenn er ihr zeigen könnte, dass die Tatsache, einen

Beschützer zu haben, ihr Leben bereichern, nicht einschränken würde, könnte dies einen gewaltigen Unterschied machen in allem, was sie von nun an tat.

„Wir könnten mit den Casinos anfangen? Dann einen Drink nehmen und danach zu Abend essen?"

Kat biss sich auf die Lippe. Dann breitete sich ein strahlendes Lächeln aus, das die gesamte Seeseite hätte erhellen können. „Das klingt perfekt!"

KAPITEL ACHT

ALS LUKE PUNKT NEUNZEHN UHR an die Tür klopfte, holte Kat einen tiefen Atemzug, in der Hoffnung, ihre Nerven zu beruhigen. Der Drang, etwas Verführerisches anzuziehen, war verlockend gewesen, doch letzten Endes hatte sie beschlossen, sich eher unauffällig zu kleiden, um die Wahrscheinlichkcit zu minimieren, dass sie entdeckt und erkannt werden könnte. Sie entschied sich für ein legeres rückenfreies Kleid mit Neckholder und Glitzersandalen. Ihr Haar hatte sie zu einer gefälligen Hochfrisur aufgesteckt. Sie sprühte eine geringe Menge ihres sehr teuren Parfums in die Luft, bevor sie dann durch den Nebel ging, sodass der leicht moschusartige Duft sie in dekadenten, aber fast unmerklichen Wohlgeruch einhüllte.

Kat ging zur Tür, öffnete sie und sah einen frisch-rasierten Luke vor sich, der eine dunkle Hose und ein schlichtes Button-Down-Shirt trug, das seine kräftigen Schultern und Arme betonte.

Bleib locker, Mädchen! Spring ihn nicht gleich hier und jetzt an, selbst wenn du das willst–sogar unbedingt tun willst. Benimm dich!

Luke schaute Kat ausgiebig an, und ein Lächeln strahlte in seinem Gesicht auf. „Du siehst fantastisch aus."

„Du auch." Ihre Augen wanderten über seinen kräftigen Brustkorb, dann fielen sie automatisch auf die leichte Wölbung vorne an seiner Hose. Hastig riss sie den Blick nach oben. „Wo geht's hin?"

„Wirst du schon sehen." Er zog eine Hand hinter seinem Rücken hervor, und Kat kreischte in wahrem Vergnügen auf. Luke hielt ihr einen Strauß Wildblumen entgegen, frisch gepflückt. Mochten sich andere Frauen lustvoll nach Treibhausblumen sehnen so sehr sie wollten, was Kat betraf, waren Wildblumen die Blumen, die ihr am allerbesten gefielen. „Sie sind wunderschön. Lass sie mich schnell ins Wasser stellen, okay?"

Als Luke nickte, trat sie einen Schritt zurück, um ihn einzulassen. Sie drehte sich um, fand einen Glaskrug in einem Hängeschrank und füllte ihn mit Wasser. Sie fügte etwas Zucker hinzu, ein alter Trick, um die Blumen länger frischzuhalten.

Danach nahm sie Lukes entgegengestreckten Arm, und gemeinsam spazierten sie den Weg zu seinem Chalet hinunter, wo sein Wagen in der Einfahrt stand. Luke machte die Autotür für sie auf und half ihr beim Einsteigen, ehe er auf seine Seite hinüberging. Sie genoss es, ihm zuzusehen, wie er sich bewegte. Er hatte ein tolles Aussehen *und* wunderbare Manieren. Beides zusammen ergab eine berauschende Kombination.

Sie fuhren auf die Seeseite, wo sich die Casinos befanden, und genehmigten sich als erstes einen Drink an der Bar. Luke hob sein Glas. „Auf eine amüsante, normale Nacht!"

Kat hob ihres. „Zum Wohl!" Sie stießen an, und dabei berührten sich ihre Fingerspitzen.

Niemand schien sie zu erkennen. Kat war erleichtert, dass niemand ein Handy zückte, Fotos machte oder mit dem Finger auf sie zeigte.

Das war genau das, was sie gebraucht hatte, um sich zur Abwechslung mal wie ein ganz normaler Mensch zu fühlen und um ihre Ängste und die Fragen über ihre Zukunft abzuschütteln.

Sie sprachen nicht viel. Sogen einfach die Atmosphäre und die Gesellschaft des anderen auf. Einmal jedoch nahm Luke Kats Hand und streichelte gedankenverloren mit seinem Daumen ihre Fingerknöchel. Er war so aufmerksam. Und sie hatte das eindeutige Gefühl, dass der Grund für sein Schweigen war, dass er ihr Zeit geben wollte. Zeit, darüber nachzudenken, was er ihr gesagt hatte.

Dass er sie begehrte.

Und dass er ihre Hand hielt, damit sie sich an seine Berührung gewöhnte. Da er wusste, dass sie ihn begehrte. Und in dem Wissen, dass er sie noch sehr viel mehr berühren würde, ehe der Abend vorbei war, wenn sie nur den Mut hätte, ihm zu sagen, dass sie das wollte.

Kat erbebte, und ihre Brustwarzen wurden hart. Ihr ganzer Körper kribbelte, als Luke sich nah an sie lehnte.

„Also was würdest du jetzt gerne machen? Spielen vielleicht?"

In seinen Augen konnte sie fast eine Herausforderung lesen. Als würde er sie auffordern, nein zu sagen. Sie wollte nicht spielen. Sie wollte in ihr Chalet zurückkehren und Sex haben. Sie dachte es. Sie wollte es sagen. Aber sie brachte die Worte nicht heraus. Zum Einen weil sie nicht den Nerv dazu hatte. Aber zum anderen weil sie ihre Zeit mit Luke hier viel zu sehr genoss.

Außerdem gäbe es eine Menge zu sagen über das Hinausziehen der erwartungsvollen Vorfreude, nicht wahr?

„Können wir an einem der Tische spielen?" Das hatte sie noch nie gemacht. Sie hatte sich immer zu sehr eingeschüchtert gefühlt. Aber jetzt, mit Luke an ihrer Seite, fühlte sie sich stark und zu Allem fähig.

„Klar."

Als sie die bevölkerten Tische überblickten, blieb Luke an ihrer Seite und hatte seine starke Hand auf ihren Rücken gelegt. Es überraschte sie, wie sehr sie dies mochte. Es war eine besitzergreifende Geste seinerseits und diente gleichzeitig dazu, die Anziehung zu ihm zu intensivieren.

„An welchem Spiel bist du interessiert, es als Erstes zu spielen?", fragte er.

Kat biss sich auf die Lippe und fragte sich, ob sie sich den sexuellen Beiklang in seinen Worten einbildete. Sie räusperte sich und wog die Möglichkeiten ab. Von einigen Spielen hatte sie nie gehört. „Black Jack", meinte sie schließlich.

„Bist du gut darin?"

„Ich habe keine Ahnung, ich hab es noch nie gespielt."

Luke lachte. „Okay, dann fangen wir mal bei dem Fünf-Dollar-Tisch an."

Sie fanden einen Tisch, der nicht zu stark belegt war. Sobald sie sich hingesetzt hatten, kam eine Cocktail-Bedienung herbei und fragte, was sie gerne trinken würden. Kat bestellte ein Cosmo und Luke ein Bier. Sie wollte gerade einen Zwanzig-Dollar-Schein auf den Tisch platzieren, als Luke ihre Hand mit seiner bedeckte.

„Ich mache das."

„Du musst nicht . . ."

„Ich will aber. Du bist mein Date. Ich lasse Frauen nicht bezahlen—" Er beugte sich vor, um ihr ins Ohr zu flüstern. „Selbst wenn sie atemberaubende, berühmte Filmsternchen sind." Er zwinkerte ihr zu, und sie spürte, wie sie innerlich dahinschmolz. Sie sah Luke zu, wie er dem Mann einen Hundert-Dollar-Schein reichte und im Gegenzug die Chips erhielt. Der Kartengeber platzierte eine Sieben und eine Zehn vor sie. Sie schaute in Lukes Hand. Er hatte eine Zehn und eine Acht.

Sie beugte sich hinüber, und diesmal flüsterte *sie ihm* ins Ohr. „Was soll ich tun?"

Sein Körper versteifte sich merklich. Die Vorstellung, dass er sie genauso sehr begehren könnte wie sie ihn, führte dazu, dass die Gegend zwischen ihren Beinen heftig zu pochen anfing. Er schaute auf ihre Karten. Er legte seinen Mund so nah an ihr Ohr, dass er es beinahe berührte und sagte: „Sag: *Hit me*–Noch eine Karte!"

Sein warmer Atem in ihrem Ohr war wie ein Aphrodisiakum. Kat nahm einen Schluck von ihrem Getränk und räusperte sich.

Mit zitternder Stimme sagte sie: „*Hit me!*"

Der Kartengeber legte eine Kreuz Vier hin.

Kat quietschte. „Ich hab 21!"

Luke grinste sie an. „Stimmt."

Der Kartengeber zahlte Kat mit Chips aus und mischte die Karten erneut. Luke gewann das nächste Spiel mit zwanzig, weil der Kartengeber bei siebzehn passte und Kat mit dreiundzwanzig übers Ziel hinausschoss. Beim dritten Spiel konnte Kat kaum die Ziffern ihrer Karten verfolgen, weil Luke seine Hand auf ihr bloßes Bein gelegt hatte. Sie konnte sich auf nichts anderes mehr konzentrieren. Sie stellte sich vor, wie diese Hand immer weiter aufwärts gleiten, unter ihren Rock rutschen und an der Außenseite ihres Stringtangas, den sie trug, entlangstreifen würde . . .

„Kat?"

„Was?"

Luke lächelte sie wissend an, und sie errötete wieder. „Willst du noch eine Karte?"

„Oh . . . klar!"

Luke schmunzelte, als der Geber eine weitere Karte auf ihre sechzehn drauflegte. Durch die Königin floppte nun ihr Spiel, aber das interessierte Kat nicht die Bohne.

„Willst du etwas anderes ausprobieren?", fragte er sie.

Ja, deine Hand, wie sie unter meinen Slip gleitet, damit du beurteilen kannst, wie feucht du mich gemacht hast. Kat lachte in sich hinein. „Gern, spielen wir doch eine Zeitlang an den Automaten."

Als sie aufstanden, nahm Luke ihre Hand in seine. Ihr gefiel es ungemein, wie intim es sich anfühlte, Hand in Hand mit diesem prachtvollen Mann durch das Casino zu schlendern. Er führte sie zu einer Reihe Glücksspielautomaten, und Kat suchte sich ein Monopoly-Spiel aus und setzte sich. Luke blieb mit einer Hand auf ihrer Schulter hinter ihr stehen, während sie den Automaten mit ihrem Geld fütterte.

„Willst du nicht spielen?"

„Es macht mehr Spaß, dir zuzuschauen."

Sie drückte auf den Knopf, damit sich die Räder drehten. Sie spürte, dass Lukes andere Hand auf ihrer anderen Schulter ruhte, und während sie darauf warteten, dass die Räder anhielten, massierte er ihre Oberarme. Kat spielte noch an dem Automaten weiter, bis sie kein Geld mehr hatte, dann stand sie einfach da und genoss Lukes Berührung. Seine Hände strichen nun ganz sanft durch ihr Haar und legten sich zögernd zärtlich an die Seite ihres Halses. Kat erzitterte am ganzen Körper und fragte sich, ob er wusste, was er mit ihr anstellte. Doch natürlich wusste er das! Sie verbarg ihre deutliche Reaktion auf ihn ja auch nicht gerade.

„Was jetzt?", fragte er sie.

Sex. Heißen, schweißnassen Sex. Harten, leidenschaftlichen, wilden Sex . . . Kat schluckte schwer. „Such du's dir aus!", hauchte sie.

„Abendessen?"

Sein Gesichtsausdruck verriet, dass er sie neckte. Er wusste, was sie dachte. Und die Tatsache, dass er es ihr mit gleicher Münze heimzahlte, indem er die erwartungsvolle Vorfreude in die Länge dehnte, gefiel ihr.

„Perfekt."

Das Abendessen nahmen sie im Fünf-Sterne-Steakhaus des Casinos ein. Er genoss sein Essen, doch er freute sich auch sehr, dass sie ihr Essen auch genoss und es sich schmecken ließ. Als sie gestand, dass sie selten Steak aß, obwohl sie es sehr gern mochte, sagte er: „Dann hast du dir heute Abend ja den richtigen Typen ausgesucht. Ich kenne alle besten Steakhäuser."

„Ist das wahr?"

„Aber natürlich."

„Warum natürlich?", fragte sie, indem sie mitspielte, da sie sein Augenzwinkern liebte.

„Ich Tarzan, du Jane, weißt du noch?"

„Okay, Tarzan. Erzähl mir etwas von dir!"

„Nun ja, ich bin ein Kalifornier, durch und durch. Was ist

mit dir? Hast du von irgendwo im Mittelwesten den Bus genommen und dich mit hochfliegenden Hoffnungen ins gelobte Land aufgemacht?"

Kat lachte. „Nein, ich bin auch Kalifornierin. Als Kind verbrachte ich viel Zeit in Nordkalifornien. Mein Vater war Politiker, deshalb hatten wir ein Haus in Sacramento und eins in Orange County. Er reiste viel nach Washington D.C., aber Mam und ich fuhren nicht immer mit ihm mit."

„Ist er im Ruhestand?"

„Nein, er ist gestorben." Kat beließ es dabei. Sie war nicht bereit, darüber zu sprechen, wie ihr Vater niedergeschossen worden war und wie der Mann, der ihn hätte bewachen sollen, auch ums Leben kam. „Was ist mit deinem Dad?"

„Mein Vater wurde getötet, als ich ein Junge war."

Kat sog den Atem ein. Sie konnte nicht glauben, dass ihre beiden Leben so viele Parallelen aufwiesen.

„Es tut mir leid, das zu hören", sagte sie.

„Danke. Der Tod meines Vaters . . . war für meine Mutter und mich sehr schwer zu verkraften. Aber er war ein großartiger Vater, und deshalb habe ich viele gute Erinnerungen."

Kat merkte den altvertrauten Schmerz in ihrer Brust aufsteigen, der immer dann kam, wenn sie an ihren Dad dachte. Luke musste ihre Stimmung wahrgenommen haben, denn er langte zu ihr hinüber und nahm ihre Hand. Seine Finger waren lang und stark, und Kat fragte sich, wie sie sich wohl anfühlten, wenn sie in ihrem Körper wären, wie grob er wohl mit ihr umgehen würde.

Ein Teil von ihr wusste, er *würde* grob sein, allerdings nur im bestmöglichen Sinn. Es würde auch Zärtlichkeit geben, ja, aber der Gegensatz und die Spannung zwischen den zwei Aspekten von Lukes Persönlichkeit würden den Sex nur umso vergnüglicher machen.

Luke hielt ihre Hand nicht nur fest. Er liebkoste sie, indem er sie mit seinem Daumen zwischen ihren Fingern und ihre

Fingerknöchel streichelte. Kat spürte die elektrisierende Intensität bis hinunter in ihre Zehenspitzen. Gleichzeitig lief Gänsehaut an ihren Armen hinauf und an ihrer Wirbelsäule hinunter, verglühte schwelend in ihrer Magengrube.

Seit sehr langer Zeit hatte sich Kat nicht mehr so stark zu einem Mann hingezogen gefühlt . . . wenn überhaupt schon einmal. Und sie konnte es kaum erwarten, zu erleben und zu fühlen, was als nächstes kam.

⁓ ♪⁓

LUKE BEFAND SICH KAT GEGENÜBER und konnte nicht aufhören, sich vorzustellen, wie er mit ihr Liebe machte. Er begehrte sie so sehr. Die ganze Nacht lang schon hatte der Duft ihres Parfums, der Druck ihrer weichen Brüste an seinen Armen, wenn sie sich zu ihm beugte, und das kurze stromschlagartige Berühren ihrer Hände ihn absolut verrückt gemacht.

Nachdem er ihr an diesem Nachmittag sein Verlangen nach ihr gestanden hatte, hatte er gewusst, dass er vorsichtig vorgehen musste. Obwohl er sie anlog, fühlte er sich doch auch berechtigt, sie weiterhin zu beschützen. Aber die Tatsache, dass er log, blieb bestehen. Konnte er wirklich zulassen, dass sich die Dinge zwischen ihnen noch weiter entwickelten, obwohl er das wusste?

Nein, hatte er beschlossen. Auf keinen Fall. Er würde sie ausführen, ihr einen netten Abend bereiten, und er würde sich um sie kümmern, wie er gesagt hatte, aber er würde nicht mit ihr schlafen. Erst wenn er ihr gegenüber ehrlich sein konnte.

Jetzt im Moment allerdings stellte sie seine Entschlusskraft auf eine harte Probe.

Er wollte eine dunkle Ecke finden, sie dorthin drängen und brutal küssen, dabei mit seinen Händen in ihr Haar greifen, um die Haarnadeln herauszuziehen, die es hoch und von ihrem wunderhübschen Gesicht weg hielten. Er wollte mit seinen Händen unter den Saum ihres Rockes gleiten und dann aufwärts, das seidenweiche Fleisch ihrer oberen Oberschenkel streicheln und dann immer höher hinauf, bis seine Finger in ihr wären und das Verkrampfen ihrer glitschigen inneren Wände spürten.

„Kat—" fing er an, doch da hörte er das Brummen seines Handys. Er hatte alle Anrufe blockiert außer die von Cole und seinen Männern, deshalb musste er rangehen. „Es tut mir leid, Kat, aber ich muss diesen Anruf annehmen. Würdest du mich einen Moment entschuldigen?"

„Natürlich." Kat trank noch einen Schluck Wein, beobachtete ihn über den Rand ihres Glases hinweg, und er könnte schwören, er sah ein winziges Stückchen ihrer süßen Zunge. Während er aufstand, unterdrückte er ein Stöhnen. In einer Nische in der Nähe nahm er den Anruf an. Von dort konnte er sie immer noch sehen und schnell zu ihr gelangen, falls nötig.

Es war Cole.

„Was gibt's?"

„Vor ein paar Stunden bekam ich die Nachricht, dass jemand in Kats Haus eingebrochen ist. Dieser Unbekannte hat den Fernalarm ausgelöst, war aber verschwunden, bis die Polizei am Tatort eintraf."

„Gibt es Überwachungskameras?"

„Nein."

„Verdammt!" Sein Blick traf Kats. „Sonst noch was?"

„Sie fanden Fingerabdrücke. Es sieht so aus, als wäre der Einbrecher dieselbe Person, die die Morddrohungen geschickt hatte. Und auch wenn Baileys Sicherheitssystem keine Kameras hat, so fiel doch einem Nachbarn der Täter auf, als dieser verschwand. Wir haben eine Beschreibung. Die ist zwar ungenau, aber genau genug, um loszulegen. Ich werde dich auf dem Laufenden halten."

„Danke, Cole."

Gerade stand Luke im Begriff, den Anruf zu beenden, als Cole nochmals seinen Namen rief.

„Ja?"

„Weißt du, was du tust, Mann?"

Luke seufzte und fuhr sich nervös mit einer Hand durchs Haar. „Ja und nein. Es gibt keine aktive Bedrohung, soweit wir das beurteilen können, zumindest nicht hier, aber ich will auf keinen Fall ein Risiko eingehen, noch dazu jetzt mit diesem Einbruch. Ich kann nicht riskieren, sie ungeschützt hier zurückzulassen. Ich bin vorangekommen. Sie fängt an, mir zu vertrauen. Ich hoffe, dass ich sie mit ausreichend Zeit überzeugen können werde, wieder einen Leibwächter einzustellen, aber dann jemanden, von dem wir wissen, dass sie ihm vertrauen kann."

„Nicht dich?"

„Nicht mich", sagte er felsenfest, im Wissen, dass Cole die Botschaft verstehen würde. Wegen der starken Anziehung zu Kat hatte er schon zu Beginn den Job abgelehnt. Jetzt ging es noch stärker um das Persönliche. Sie war nicht nur eine potentielle Klientin oder eine Frau, die er vögeln wollte–sie war eine Frau, zu der er eine wachsende Zuneigung verspürte, und nachdem dies alles hier vorbei wäre, hatte er die feste Absicht, deswegen irgendetwas zu unternehmen.

Nachdem er den Anruf beendet hatte, beobachtete Luke, wie Kat den Kellner anlächelte, dann lachte. Er spürte den Klang in der kleinen Welle von Vergnügen, die sich durch ihn ausbreitete, und er kostete sie sogar noch länger aus, während er zum Tisch zurückkehrte. „Tut mir leid deswegen."

„Kein Problem. Ich amüsiere mich großartig."

„Ich auch, Kat."

Sie nahmen ihr Gespräch und das Essen wieder auf, aber er merkte, dass sie seine Gedankenabwesenheit wahrnahm. Vielleicht lag es an der Information über den Einbruch, aber Lukes Gefühl von Besitzanspruch Kat betreffend war auf die höchste Stufe geschnellt. Er setzte sich nah neben sie. Berührte sie oft.

Jedes Wort, das sie sprachen, jede Bewegung, die sie machten, war von einem Mantel von Intimität eingehüllt. Eine halbe Stunde später waren ihre Teller leer, aber Lukes Hunger war nicht gestillt. Kats Gesichtsausdruck sagte Luke, dass Kat auch hungrig war; tatsächlich am Verhungern sozusagen.

Heute Abend war zwar ihr Appetit gesättigt worden, doch die Gelüste für einander waren erst richtig geweckt worden.

„Luke!" Kats Stimme war rauer und tiefer als gewöhnlich, und ihre Pupillen hatten sich vor Verlangen verdunkelt. „Ich—ich—"

Es war nicht so sehr das Verlangen in ihren Augen, wodurch seine guten Vorsätze zunichte gemacht wurden. Es war die reine Begierde, die aus ihrem Tonfall sprach. Sie begehrte ihn. Sehr.

Und er begehrte sie genauso sehr. In seinen Gedanken würde sie die Seine sein, nicht nur hier und jetzt, sondern für die nähere Zukunft. Diese Tatsache mochte ihr zwar noch nicht bewusst sein, dennoch stand sie für ihn fest. Und er kümmerte sich gut um das, was ihm gehörte. Kat sehnte sich nach ihm. Und er würde ihre Sehnsucht stillen. Er würde ihr zeigen, dass er mehr als fähig war, sich auf jede erdenkliche Art und Weise um sie zu kümmern.

Es wurde Zeit, zu gehen.

Sie gingen zu seinem Auto, und Kat wartete, bis er die Türen aufgesperrt hatte.

Stattdessen überraschte er sie, indem er sie rückwärts an den Wagen drängte und sie mit seinen muskulösen Oberschenkeln an jeweils einer Seite festhielt. „Kat", wisperte er, kurz bevor er sein Gesicht in der anmutigen Biegung ihres Halses vergrub.

„Luke."

Er hob den Kopf und nahm die Schönheit ihres geröteten Gesichts und der vor Verlangen lodernden Augen in sich auf, ehe er seinen Mund auf ihren drückte und sie leidenschaftlich küsste. Kat stöhnte auf und verschmolz in seine Umarmung, küsste ihn sanft zurück, beinahe scheu. Luke hatte erwartet, dass sie wie

eine Schauspielerin und erfahrene Frau küssen würde, mit Sach-
kenntnis und voller Selbstvertrauen. Doch das tat sie nicht. Sie
küsste wie ein verwundbares unschuldiges Mädchen, voller Leidenschaft, aber unsicher, wie sie weiter vorgehen sollte. Schon
wieder hatte sie ihn überrascht. Und er mochte das.

Schmeichlerisch brachte er sie mit kleinen Zungenbewegun-
gen dazu, den Mund zu öffnen, und umfasste dabei fest ihren
Hinterkopf. Indem er den Winkel seines Mundes änderte, konnte
er tiefer in sie eintauchen. Sie fühlte sich so gut in seinen Armen
an. Er wollte sie nicht gehen lassen. Der Kuss wurde immer hei-
ßer, bis er drohte, sie zu verschlingen.

Luke zwang sich, zurückzuweichen. Dabei platzierte er beide
Hände auf Kats Taille und hielt sich an ihr fest, bis sie beide ihr
Keuchen und Nachluftschnappen unter Kontrolle hatten. Dann
grinste er und zwinkerte ihr zu, und half ihr in den Wagen.

KAPITEL NEUN

DIE FAHRT ZURÜCK ZUM CHALET verlief schweigend. Kats Herz raste und hämmerte so wild in ihrer Brust, dass sie sich fragte, ob Luke es hören konnte.

Sie beobachtete ihn beim Fahren, das Spiel seiner Muskeln an seinem Unterarm, während er das Lenkrad hielt. Auch wenn er seinen Blick auf die Straße gerichtet hatte, so wusste sie doch, dass er sich bewusst war, dass sie ihn beobachtete. Auf seinen hohen Wangenknochen waren hochrote Stellen auszumachen. Seine Kiefermuskeln zuckten, und seine Finger umklammerten das Lenkrad, als müsse er sich zwanghaft davon abhalten, sie zu berühren.

„Kann dieser Wagen auch schneller fahren?"

„Ja", brachte Luke kurz angebunden hervor. „Aber das wäre nicht sehr sicher."

Sie wollte kein sicher. Sie wollte wild. Rücksichtslos. Sie wollte ihn bitten, dass er rechts ranfahren möge, damit er sie gleich hier und jetzt auf der Kühlerhaube nehmen würde. Doch sie machte einen Kompromiss. „Willst du—willst du mich berühren?"

Kurz schnellte sein Blick zu ihrem, und Kat schnappte nach Luft angesichts des intensiven Feuers. das in seinen Augen brannte. Als er wieder auf die Straße schaute, schluckte sie ihre Enttäuschung hinunter. Aber dann platzierte Luke seine Hand auf ihren Oberschenkel, knapp unterhalb des Saumes ihres Rockes, und mit seinem Daumen malte er kleine Kreise auf ihr Fleisch. Sie keuchte, und die Innenseiten ihrer Schenkel erbebten, nur leicht, aber genug, dass er es spüren musste.

Er holte einen tiefen Atemzug, und seine Finger bewegten sich zentimeterweise aufwärts. Die Luft der Klimaanlage blies ihren Rock hoch, und der unglaublich verlockende Duft seines Rasierwassers stieg ihr in die Nase. Kat wollte an seinem Hals knabbern und mit ihren Händen über seinen Körper streichen. Bei jedem Streicheln seiner Finger schoss Feuer durch sie hindurch.

Kat versank in ihrem Sitz, öffnete leicht ihre Beine, um ihn stumm zu mehr Berührung einzuladen.

Im Scheinwerferlicht zeigte sich die Steilheit der Hügel, die sie hinauffuhren. Seine Hand bewegte sich wieder weiter, gerade mal eineinhalb Zentimeter. Ihr Slip war mittlerweile feucht; das wollte sie ihn selbst erfühlen lassen. Sie wand sich und wollte ihn verlocken, sie noch intimer anzufassen.

Nun ging es um eine schwierige Kurve. Seine Hand rutschte noch zwei Zentimeter hoch, wobei seine Finger das seidige Fleisch der Innenseiten ihrer Oberschenkel streichelten. Kat war kurz davor, sein Handgelenk zu packen und seine Finger an sich zu ziehen, als sie sah, dass sie das Chalet erreicht hatten.

Nachdem er den Motor abgestellt hatte, beließ er seine Hand auf ihrem Oberschenkel. Anstatt Kat aus dem Auto zu zerren oder erneut zu küssen, lehnte er seinen Kopf an den Sitz zurück und schloss die Augen. Indem er tief Atem schöpfte, versuchte er eindeutig, sich selbst wieder unter Kontrolle zu bringen, obwohl alles, was sie wollte, war, dass er die Kontrolle verlieren und sie in wechselseitiger Leidenschaft mit sich reißen möge.

„Luke", flüsterte sie.

„Bitte . . . gib mir bloß eine Minute!" Er sah so gequält aus, dass Kats Begierde für einen Augenblick abflaute. Sie langte hinunter, zog seine Hand von zwischen ihren Oberschenkeln weg und um schloss sie mit ihren beiden Händen. „Luke, es ist okay. Wir müssen nicht—"

Aufbrausend riss er die Augen auf. „Doch. Wir müssen das tun."

Bei der Heftigkeit seines Tonfalls lächelte sie leicht. „Also warum sind . . . ?"

„Weil ich gut für dich sein will. Ich will mich um dich kümmern, Kat, genau wie ich es gesagt habe."

Er drehte ihre Hand um und brachte eines ihrer Handgelenke sanft an seine Lippen. Zärtlich küsste er ihr Fleisch.

„Du musst dich nicht *um* mich kümmern, Luke. Nicht auf diese Art. Das ist das Letzte, was ich will. Ich will von Leidenschaft mitgerissen werden. Ich will, dass du mich wie eine normale Frau behandelst."

„Du begreifst das einfach nicht, Kat. Du bist keine normale Frau."

„Weil ich ein Filmstar bin?"

„Weil du süß bist. Klug. Wunderbar. Lustig, wenn man mit dir zusammen ist. Du bist in jeder Hinsicht fantastisch."

„Oh! Naja, in diesem Fall bin ich damit einverstanden, nicht normal zu sein. Aber können wir reingehen? Bitte!"

Er zögerte nochmal. „Du kennst mich nicht, Kat. Ich befürchte, du fühlst dich so waghalsig wegen all dem, was passiert ist. Weil du mit deinem Leben aus dem Tritt geraten bist und auch verwirrt bist, wie es mit deiner Karriere weitergehen soll, und weil du einfach dies alles eine Zeitlang vergessen willst. Weil ich dir doch ein Gefühl von Sicherheit gebe, trotz allem was du vorhin gesagt hast darüber, dass du niemanden brauchst, der sich um dich kümmert. Aber wahrscheinlich bin ich sogar gefährlicher als du denkst."

Seine Worte ermöglichten ihr, nochmals alles zu überdenken, aber gleichzeitig bewirkten sie auch, dass ihr Herz schneller schlug. Wenn es jemals eine deutliche Warnung gegeben hatte, dann diese. Er hatte Recht. Sie kannte ihn nicht. Aber was sie gesehen hatte, gefiel ihr. Aber dass er gesagt hatte, er wäre für sie gefährlicher? Sie glaubte nicht, dass er ihr je körperlich weh tun würde. Könnte er auf andere Art und Weise gefährlich werden? Für ihr Herz und ihren Verstand? Naja, sie wusste bereits, dass er in dieser Hinsicht gefährlich war.

Aber es gefiel ihr.

„Wäre das so schlimm? Wenn wir unsere Probleme für ein paar Momente vergessen könnten? Das Risiko eingehen, dass wir einander das geben können, was der andere braucht? Denn du gehst auch ein Risiko ein, Luke. Du kennst mich wirklich überhaupt nicht, aber du behauptest, zu glauben, ich sei besonders."

„Du *bist* besonders, Kat."

„Sag mir das nicht nur! Zeig es mir!"

SCHWEIGEND STIEG LUKE AUS DEM Auto, öffnete Kats Tür und geleitete sie dann mit der Handfläche auf ihrem Rücken zu ihrem Chalet. Sobald sie drinnen waren, verriegelte er die Tür, schloss die Jalousien und überprüfte dann jedes Zimmer. Kat beobachtete ihn stirnrunzelnd, auch wenn sie wusste, was er tat. Sich wieder einmal um sie kümmern. Wegen dem, was ihr passiert war. Sie hatte bemerkt, dass er das den ganzen Abend über getan hatte. Wie er ständig, anstatt ihr einen amüsanten Abend zu bereiten, mit geschärftem Blick aufgepasst hatte. Nah bei ihr geblieben war.

Da sie nicht wusste, was sie sonst tun sollte, ging sie in die Küche und schenkte für jeden von ihnen ein Glas Wein ein. Sie stand an der Arbeitsfläche und nahm einen Schluck, als sie spürte, wie er hinter ihr herankam. Als sein Brustkorb an ihren Rücken stieß, hielt sie den Atem an, da ihr wieder klar vor Augen stand, wie er sie erst letzthin schon einmal an die Küchentheke gedrängt hatte. Langsam drehte sie sich zu ihm um, der Wein war vergessen.

Luke senkte seinen Kopf, als sie sich auf die Zehenspitzen

stellte und ihre Hände auf seinen harten Brustkorb legte. Ihre Lippen berührten sich. Luke stieß ein leises Knurren aus und ließ seinen Arm abwärts gleiten, umfasste ihren Hintern und zog sie fester zu sich heran. Er hielt sich besitzergreifend an ihr fest, aber bewegte sich nicht, um sie nochmals zu küssen. Kat wagte einen weiteren Vorstoß mit ihren Lippen auf seine, und dann noch einmal. Beim dritten Mal zog sie mit ihrer Zungenspitze eine Spur über seine Lippe. Seine freie Hand bewegte sich herauf, ergriff leicht ihren Zopf und benutzte den Halt daran dazu, ihren Kopf in einen bestimmten Winkel zu drehen.

Luke bedeckte ihre Lippen mit seinen und stieß seine Zunge auf eine recht hemmungslose, rücksichtslose Art und Weise in ihren Mund. Sein Ächzen war dröhnend an ihren Handflächen spürbar und brachte sie dazu, ähnlich aufzustöhnen. Sein Kuss war dominant und besitzergreifend. Sie wollte mehr, und er gab es ihr, indem er sie an die Theke drängte und ihre sich aufbäumenden Körper zusammenschmolz.

Als er den Kuss schließlich abbrach, keuchte sie dermaßen, dass es sich anhörte, als würde sie gleich hyperventilieren. Er grinste sie an, atmete selbst aber auch schwer. „Bist du bereit, dass ich dir zeigen kann, wie besonders du bist?"

Diese Worte entfachten ihre Begierde. Seine Hände fanden den Reißverschluss ihres Kleides und zogen ihn herunter. Gemeinsam bewegten sie sich ins Schlafzimmer, und hastig zog er sie aus, dann schob er sie weiter, bis sie auf dem Bett lag. Er stand über ihr mit geballten Fäusten und leicht geöffnetem Mund. Er sah von Verlangen überwältigt aus, bemühte sich aber zugleich auch verzweifelt, die Kontrolle zu bewahren. Freudige Erregung durchflutete sie, als sie zusah, wie er seine Kleidung ablegte. Als er nackt war, ragte sein Glied von seinem schlanken, straff muskulösen Körper aufwärts heraus. Es war so groß und stark, wie sie es sich vorgestellt hatte, und sie schluckte schwer, als er sich zu ihr aufs Bett gesellte und die Matratze unter seinem Gewicht nachgab.

Erneut küsste er sie. Sie ertrank im Aroma seines Kusses, während seine Hände ihren Körper erkundeten. Seine Finger bewegten sich zu der Stelle zwischen ihren Beinen, wo er sie nass und willig vorfand. Er sondierte ihr Tiefen, dehnte sie weiter.

Sein Körper war schwer, heiß und stark. Ihre Finger streiften über seinen Rücken, befühlten das Lockerlassen und Anspannen seiner Muskeln, ehe sie sich mit einer Hand hinunterbegab, um seinen Schwanz zu streicheln. Unter ihrer Berührung schwoll er an, und sie stöhnte lustvoll auf, während sie ihre Beine für ihn weiter spreizte.

Plötzlich drehte Luke sie herum. Kat kam auf ihre Knie, erwartete, dass er in sie eindringen würde. Stattdessen knetete er ihre Pobacken, hob sie an und massierte sie dann. Ihr ganzer Körper bebte. Ihre Finger ergriffen krampfhaft die Bettlaken und brachten sie durcheinander.

Ihre Brustwarzen streiften über die Bettdecken, als ihr Körper auf ihn zu taumelte. Seine Finger umfassten ihre Taille, fanden ihre Klitoris und rieben daran, bis ihre Knie weich wurden. Sie drückte ihr Gesicht in die Kissen, und der Duft des Waschmittels und des Weichspülers drang in ihre Nase.

Er brachte beide Hände wieder zu ihrem Hintern, drückte mit seinen Daumen so stark in die Muskeln direkt unterhalb ihrer Pobacken, dass es fast weh tat, aber gleich darauf brachte es auch Vergnügen mit sich.

Sie spreizte die Beine und spürte, wie die kühle Luft ihren Schamhügel liebkoste und sie noch mehr erregte. Sein Körper traf auf ihren, sein Glied glitt zwischen ihre Beine, drang aber nicht in sie ein. Sie schrie lang und laut auf.

Seine Finger gingen wieder zu ihrer Klitoris zurück. Mit einem Finger spurte er in einem langsamen, sie verrücktmachenden Kreis darum herum, dann stieß er seine Finger wieder in sie hinein. Ihre Hüften zuckten vor und zurück. „Bitte, Luke! Bitte, gib mir das, was ich brauche!"

„Was brauchst du, Kat?"

„Dich!"

„Wie brauchst du mich?"

„In mir. Du füllst mich auf."

„Ja. Ich werde dich auffüllen. Besser als du es je hattest. Aber vorher will ich dir noch etwas anderes geben. Etwas, das dir hilft, dich gehen zu lassen. Ich möchte diesen wunderschönen Arsch versohlen. Würde dir das gefallen?"

Kat erstarrte. Er wollte sie versohlen? Sie war noch nie versohlt worden. Niemand hatte je gewagt, so etwas überhaupt vorzuschlagen. Sie hatte sich auch nie als pervers gesehen. Aber mit Luke fühlte sie sich anders. *Sie* war anders. Sie hatte es in der Minute gewusst, als sie von ihm fantasiert hatte, dass er grob mit ihr umgehen würde. „Ja", sagte sie. „Tu es, Luke! Versohle—"

Er schlug auf ihre rechte Pobacke.

„Ahhh", schrie sie auf, als der Schmerz bei ihr ankam. Fast gleichzeitig schossen Blitze des Vergnügens durch sie. Sie stieß mit ihrem Kopf am Kopfbrett des Bettes an, aber es war ihr egal. Seine Oberschenkel stießen an ihre, und sein Schwanz ruhte genau unterhalb ihres Körpers, an ihrem Unterleib und den äußeren Schamlippen zitternd.

Und wieder schlug er sie. Sie drückte ihre Faust in den Mund, um sich vom Schreien abzuhalten. Ihr Hinterteil hob sich, ihre Unterarme stießen sie höher, während ihr Kopf zwischen ihren Schultern hing und ihr Haar ihr Gesicht verdeckte. Die Empfindungen, die sie durchlebte, waren so intensiv, dass sie kaum atmen konnte. Sie wurde von diesen Empfindungen übermannt und an einen Ort getragen, wo der Schmerz des Schlagens auf das Vergnügen traf, das es mit sich brachte.

Sein Atem strich über ihren Rücken und ihre Schulter. Seine Hüften zogen sich zurück. Sie hörte das verräterische Aufreißen von Folie, und sie jammerte, da ihr Verlangen so stark war, dass sie es nicht einmal in Worte fassen konnte.

Sein mit Gummi umhüllter Schwanz glitt in sie, gerade mal einen Zentimeter. Seine Hand haute wieder auf ihren Hintern, und plötzlich begann ihr Höhepunkt, ein leises Pulsieren, das in ihren schlummernden Tiefen pochte.

Er stieß hart und schnell. Er pumpte seine Hüften vorwärts, drang tief ein und dehnte sie weit, als er ihre klammernde, durchnässte Scheide mit seinem Fleisch füllte. Kat konnte das Verlangen, zu kommen, nicht leugnen. Ihre Wände umklammerten sein Fleisch, hielten sich daran fest, als er sich zurückzog, dann wieder vorstieß.

Seine Hand spielte in ihrem Haar. Mit seinen Fingernägeln kratzte er über ihre Kopfhaut, dass sie brannte und kribbelte. Er riss ihren Kopf zurück, und seine Zähne trafen auf ihren Hals, während er sich zurückzog und wieder vorstieß, sein Atem und sein nasser Mund verursachten berauschende Gefühle, die sich in ihrem Oberkörper ausbreiteten.

Seine Hoden klatschten an ihren Körper. Seine schlanken Oberschenkel stießen und knallten an ihre. Kats Zehen rollten sich ein, als die Nachbeben ihres intensiven Orgasmus anfingen, anzusteigen, abzuebben, um dann wieder anzusteigen.

Ihre Schreie kamen aus tiefster Kehle und waren leise. Seine Stöhnschreie waren mal lauter, mal leiser, und seine Faust verstrickte sich noch fester in ihren Haaren, als er noch einmal vorwärtsstieß, bevor er steif wurde, und sein Schwanz innerhalb ihres Körpers heftig erbebte und dumpf aufprallte.

Sie brachen auf dem Bett zusammen. Luke lag da, sein Körper hatte den ihren in die Matratze gedrückt, bis ihr buchstäblich das Atmen vergangen war. Er zog sich langsam zurück, hob seinen Körper von ihrem weg. Die Phantomwärme, die er zurückließ, entlockte ihr ein Lächeln.

Luke entfernte das Kondom und warf es in einen

nahestehenden Abfalleimer. Dann zog er sie in seine Arme und schmiegte sich eng an sie. Der Geruch ihres Sexes hing schwer in der Luft, ein angenehmer Geruch, der sie dazu brachte, verwegen zu grinsen.

Luke strich mit seinen Händen an ihrem Körper hinauf und hinunter, seine Finger fuhren dabei über ihre weichen Brustwarzen und dann über die Haut unterhalb ihres Nabels. Kat war niemals so zufrieden gewesen, nach dem Sex in den Armen eines Mannes zu liegen.

„Ich bin niemals zuvor versohlt worden", gestand sie.

Luke schmunzelte und zog sie noch enger an sich. „Ich habe deine Überraschung bemerkt. Aber es schien dir zu gefallen."

„Stimmt. Ich werde mir ungezogene Dinge einfallen lassen müssen, um dich zu inspirieren, mich wieder zu verhauen."

„Ich hätte da mehrere Vorschläge, falls du welche brauchst. Und glaube mir, einfach nur dich anzuschauen, ist Inspiration genug."

Sie lächelte. Gott, er war so sexy! Stark. Dominierend. Aber zugleich witzig und auch zärtlich.

Kat drückte ihr Gesicht in seinen Hals. Der Hauch von Schweiß und eine leichte Spur von Zigarettenrauch von den Menschen, die im Casino geraucht hatten, drangen in ihre Nase, aber der natürliche Duft von ihm war stärker. Sie atmete ihn tief ein, kostete diesen komplexen, maskulinen Wohlgeruch voll aus.

Ruhe überkam sie. Als sich seine Atmung wieder normalisiert hatte, legte sie eine Hand auf seinen Brustkorb und spürte, wie er sich unter ihren Fingern hob und senkte. Und sie fühlte das kräftige, gleichmäßige Pochen seines Herzschlags.

Luke spielte mit ihrem Haar und küsste ihren Hals, ihre Wangen und ihre Lippen. Es waren zarte, kleine Schmetterlingsküsse, die ihr das Gefühl gaben, sexy, schön und begehrt zu sein. Begehrenswert.

Und er hatte Recht gehabt mit dem, was er vorher gesagt hatte.

Er gab ihr ein Gefühl von Sicherheit.

KAPITEL ZEHN

LUKE ATMETE TIEF EIN, SOG all das, was Kat ausmachte, gierig in sich auf. Ihr Rücken lag an seine Brust gedrückt, ihr weiches Haar kitzelte sein Gesicht, und ihre zarte Gestalt schmiegte sich so passgenau an ihn, als wäre ihre Figur genau so geformt, dass sie in jede Mulde seines Körpers passte. Kat seufzte und verlagerte sich, zeigte damit an, dass sie noch wach war, und durch das köstliche Gefühl, das ausgelöst wurde, als ihr Hintern sich an ihm bewegte, wurde sein Schwanz automatisch härter.

Der Hintern, den er versohlt hatte.

Er hatte auch früher schon Frauen im Bett versohlt, aber nie bevor er nicht schon mehrere Male mit dieser Frau geschlafen hatte. Dafür brauchte man schon ein gewisses Fingerspitzengefühl, um sie dorthin zu führen und ihre Gefühle zu antizipieren, um sicherzugehen, dass sie auch wahrhaftig davon angetörnt wurden. Aber bei Kat hatte ihn seine Intuition dorthin geleitet. Wahrscheinlich weil er erspüren konnte, wie bekümmert und angespannt sie war. Nur wenn sie imstande war, sich im Bett völlig gehen zu lassen, würde es ihr viel Gutes einbringen und nur dann würde es auch wirklich Sinn machen.

Seine Intuition hatte ihn offensichtlich nicht getäuscht. Nach nur kurzem Zögern hatte sich Kat seiner Hingabe und seiner Dominanz ergeben. Kat war die beste Art Liebhaberin, sinnlich und offen. Sie war von Natur aus bodenständig und wild und so weit von einer Diva entfernt wie nur möglich.

Sein Vorhaben, sie für sich zu gewinnen, hatte funktioniert. Aber nicht ohne Aufwand.

Wie sollte er sie halten, nun, da er sie gewonnen hatte? Denn er machte sich keine Illusionen darüber, dass es, wenn sie erst einmal herausgefunden hätte, dass er sie angelogen hatte, nicht leicht werden würde.

Er war gerade drauf und dran, dies anzusprechen, als sie plötzlich flüsterte: „Mist!" Dann fing sie an, sich langsam und vorsichtig aus dem Gewirr seiner sie umschlingenden Arme zu befreien. Fast wollte er sie einfach fester umarmen, aber ihr gedämpft gemurmelter Kraftausdruck ließ ihn zurückschrecken. Eigentlich hätte durch das Vögeln all die Anspannung aus ihrem Körper und Geist verschwunden sein müssen, doch er konnte praktisch spüren, wie die Spannungen wellenartig von ihr ausströmten. Schweigend zog sie sich an und begab sich ins Wohnzimmer.

Er wartete auf das Geräusch der sich öffnenden Eingangstür, war bereit, ihr nachzugehen, falls sie weggehen würde, aber dieses Geräusch kam nicht. Nach mehreren Minuten stand er auf und zog sich seine Jeans an, ohne sich die Mühe zu machen, sie zuzuknöpfen. Er holte allerdings die Waffe und das Beinholster; beides hatte er vorher unter das Bett geschoben, als sie in der Küche damit beschäftigt gewesen war, ihnen Wein einzuschenken. Nachdem er sich schnell bewaffnet und dabei die Waffe unter seinem Hosenbein versteckt hatte, ging er ihr nach. Im Türrahmen der Schlafzimmertür verharrte er, als er sah, dass sie eingeigelt auf dem Sofa saß und aus dem Fenster starrte.

„Bedauerst du es?", sagte er leise, sodass sie aufschrak.

Sie legte ihre Hand auf ihren Brustkorb und lachte nervös. „Gott, du hast mich erschreckt!"

Luke hob einen Arm, stützte sich am Türrahmen ab und wartete.

Kat biss sich auf die Lippe, dann schüttelte sie den Kopf. „Ich bedaure nichts."

Ihre Antwort bewirkte, dass sich die Anspannung in seiner Brust löste. „Was dann?"

„Ich verspüre einfach ein Gefühl der Angst. Das ist nicht ungewöhnlich. Ich neige dazu, in meinem Kopf Verschiedenes hin- und herzuwälzen, sowohl Gutes als auch Schlimmes, und dadurch kann ich manchmal schwer einschlafen."

Da Luke die Vorstellung, dass sie Angst haben könnte, hasste, ging er zu ihr, um sich neben sie zu setzen. Als er seine Arme ausbreitete, sank sie sofort hinein. Er seufzte und umschlang sie fest.

„Manchmal hilft es, die Dinge auszusprechen. Wegen was hast du Angst?"

Sie wich zurück, starrte in seine Augen und schluckte schwer. Mehrere Sekunden pochte die Stille zwischen ihnen, und in Gedanken drängte er sie: *Komm schon, Engel. Vertrau dich mir an! Teile deine Probleme mit mir und lass mich dir helfen!*

Doch sie zuckte nur halbherzig mit den Schultern und sagte: „Naja, eine Sache, um die ich mir Sorgen mache, ist einfach zu beheben. Bella."

Seine Augenbrauen schossen in die Höhe. „Was ist mit ihr?" Mit einer Hand streichelte er an Kats Rücken hinunter, enttäuscht, dass sie ihm offensichtlich nicht genügend vertraute, um das mit ihm zu teilen, was ihr wirklich Sorgen bereitete, obgleich sie anscheinend doch diese körperliche Verbindung mit ihm brauchte.

„Bella ist seit einiger Zeit allein, und so gern ich auch in deinen Armen einschlafen würde, wahrscheinlich sollten wir doch mit ihr einen Spaziergang machen, meinst du nicht? Und wer weiß, vielleicht wird uns die kühle Nachtluft wiederbeleben und inspirieren."

„Ich bin momentan schon ziemlich wiederbelebt und inspiriert."

Sie gab ihm einen schnellen Kuss. „Komm schon. Spazierengehen. Dann Bett."

„Du bist ganz schön streng!"

❦

ALS LUKE AUFSTAND, UM SICH ein Hemd zu schnappen, konnte Kat nicht anders als seinen herrlichen, vom fahlen Licht erhellten Körper zu bewundern. Das Spiel seiner kräftigen Muskeln begleitete seine langsamen, aber gleichmäßigen Bewegungen. In ihrem Bauch flatterten Schmetterlinge, und wiedererwachte Begierde durchströmte ihre Sinne.

Einen Moment lang war sie versucht, ihn zu sich ins Bett zurückzuziehen, aber sie stellte sich vor, dass der Spaziergang ihnen guttun würde. Er würde beitragen, ihren Kopf freizubekommen und alles in die richtige Perspektive zu rücken. Wie Luke betont hatte, kannten sie sich ja kaum. Ja, er war erstaunlich. Und ja, sie hatten erstaunlichen Sex. Aber es gab keinen Grund, anzunehmen, dass es mehr als das war.

Zu ihrer Überraschung war es genau dies, was ihr vorhin Angst gemacht hatte, als sie mit ihm im Bett gelegen war. Es gab einen Stalker, der sie bedrohte, und vor einigen Tagen wäre sie fast von der Straße abgedrängt worden, aber das, was sie am meisten wachhielt und ihre Gedanken beschäftigte, war Luke und ihre Angst, dass diese Nacht alles gewesen war, was sie jemals mit ihm haben würde.

Nachdem sie sich angezogen hatten, begaben sie sich zu Lukes Chalet, wo Bella sie freudig begrüßte. Eine Minute später waren sie auf dem Waldweg unterwegs, und Luke führte Bella an der Leine.

Die Nacht war bereits hereingebrochen, und der Pfad lag still und verlassen da. Unter ihren Füßen knackte gelegentlich ein am Boden liegender Zweig. Luke stieß einen langen und leisen Pfiff aus, auf den ein Nachtvogel antwortete, und Kat klatschte vor Freude in die Hände. „Mach dies noch einmal!"

Bella, gewohnt souverän wie Labradore nun mal sind, beachtete die Pfiffe, die nicht an sie gerichtet waren, nicht und verdiente sich damit ein wohlwollendes Tätscheln von Kat. Luke schlang einen Arm um Kats Nacken, und sie schmiegte sich an seinen Körper. Ihr Arm fand seine Taille und blieb dort. Es war einfach gemütlich, und sie war geschockt, wie wohl sie sich mit ihm zusammen fühlte.

„Ich fühle mich hier so unheimlich wohl. Es ist so friedlich.“

„Ich nehme an, dein sonstiges Leben ist nicht so friedlich?“

Kat zuckte die Achseln. „Die Schauspielerei bringt mir Frieden, ob ich im Studio bin oder durch den Dschungel renne, um vor etwas abzuhauen. Es ist das einzige, bei dem ich spüre, dass ich der Welt etwas gebe und mir selbst gleichzeitig genauso viel, wenn nicht sogar mehr. Hört sich selbstgefällig an, ich weiß. Ich sagte das einmal zu einer Reporterin, und die zuckte zusammen. Also sie zog so eine Riesengrimasse. Mir war klar, sie betrachtete mich als hochnäsige Schlampe, und vielleicht war ich das. Aber so hatte ich das nicht gemeint. So eigenartig es auch klingen mag, aber nur indem ich vorgebe, jemand anderer zu sein, kann ich der Welt zeigen, wer ich wahrhaftig bin. Das ist der Grund, warum ich weitermache, auch wenn ein Teil von mir die Art und Weise nicht mehr ausstehen kann, wie mein Leben dadurch beeinflusst wird, wenn ich nicht am Set bin. Und dabei rede ich jetzt nicht von der Person, der mich bedroht.“

Unschlüssig schaute Luke erst den Himmel, dann sie an. „Du meinst jetzt den Mangel an Privatleben generell.“

Damit hatte er den Nagel auf den Kopf getroffen. „Natürlich bin ich dankbar, dass ich Fans habe, aber ich kann mich des Gefühls nicht erwehren, dass ich, weil ich in meinen Filmen so viel von mir selbst preisgebe, ein Recht habe, einen Teil meines Lebens auch nur für mich behalten zu wollen. Und für jene, die ich liebe.“

„Dieses Recht hast du. Aber den Menschen würde es schwer fallen, dich zu übersehen, egal, was du machst, Kat.“ Luke warf einen Stock für Bella und ließ sie von der Leine, damit sie ihn holen konnte. „Was willst du also tun? Wenn du aufhörst, dich hier zu verstecken, meine ich?"

„Ich überlege mir, mit meiner Bildung weiterzumachen. Warst du auf der Uni?"

∽ↄ✤ↄↄ

BEI KATS FRAGE ZÖGERTE LUKE, da er durch das, was sie vorhin gesagt hatte, wusste, dass sie gesehen hatte, wie er das alte Polizeihemd seines Vaters trug, und deswegen glaubte, er sei Polizist. Schließlich sagte er: „Klar."

„Auf welcher?"

„Die Uni der harten Schläge."

Kat lachte und Luke lächelte.

„Ich fing an der Uni an, habe mein Studium aber nie abgeschlossen. Ich konnte schon immer viel mit meinen Händen anfangen und war eher straßentauglich als büchertauglich. Einen Beruf zu wählen, bei dem man andere beschützt, erschien mir genau richtig", sagte er, während er sie aufmerksam beobachtete.

„Das ist ein ehrenwerter Beruf", meinte sie.

„Ja", sagte er, obwohl er von Schuldgefühl fast erdrückt wurde. „Hast du mit irgendwem darüber gesprochen, dass du an die Uni gehen willst? Mit Freunden oder mit der Familie?"

„Mit meinem Bekannten Ben. Und mit meiner Mutter. Ihr würde es sehr gefallen, wenn ich studieren würde, aber das liegt eher daran, weil sie Angst vor der Welt hat und denkt, ein akademisches Leben sei wenigstens ein klein wenig sicherer als Schauspielerin zu sein. Wenn es nach ihr ginge, sollte ich am besten online Kurse besuchen."

„Warum das?"

„Sie leidet an Agoraphobie. Verlässt nur selten das Haus."

„Es tut mir leid, das zu hören. Lebt sie bei dir?"

Kat schüttelte den Kopf. „Sie lebt allein. Ich besuche sie oft.

Ich stelle auch sicher, dass sie alles hat, was sie braucht, um es gemütlich zu haben."

„Hmm."

„Was?"

„Ich weiß, du meinst es gut, aber es hört sich so an, als würdest du ihre Krankheit noch unterstützen, indem du es für sie leichter machst, zu Hause zu bleiben."

Kat zog die Stirn in Falten. „So habe ich das noch gar nicht betrachtet."

„Hast du jemals versucht, professionelle Hilfe für sie zu bekommen? Vielleicht braucht sie nur einen Anreiz, um das Haus zu verlassen. Egal, wie luxuriös ihr Zuhause ist, sie ist trotzdem eine Gefangene darin, und dass muss ihr klar sein."

„Nachdem mein Vater starb, war sie bei einigen Therapeuten. Das half ihr aber nicht wirklich." Sie räusperte sich. „Was ist mit dir? Wie war dein Vater eigentlich?"

Ohne es ändern zu können, merkte Luke, wie seine inneren Abwehrmechanismen hochfuhren. „Ich sagte dir bereits, dass er großartig war." Er hatte nicht beabsichtigt, so kurz angebunden zu ihr zu sein. Sie hatte ihm gerade etwas Bedeutsames über ihre Mam anvertraut, von daher war es nur natürlich, dass sie neugierig in Bezug auf seine Eltern war, aber er wollte einfach nicht darüber sprechen.

„Aha. Was ist mit deiner Mutter? Lebt sie noch?"

„Nein", brachte er knapp hervor.

Kat legte eine Hand auf seinen Arm. „Das tut mir leid. Ich sah ein Bild von dir und deiner Mutter in deinem Chalet. Sie war wunderschön. Wie war sie denn so?"

Sein ganzer Körper versteifte sich, und er vermutete, dass sich sein Gesichtsausdruck noch mehr verschloss. „Ich will nicht über meine Mam reden."

Sie entzog ihm ihre Hand. Biss sich auf die Lippe. „Tut mir leid. Ich wollte nicht—"

Er schüttelte den Kopf, dann pfiff er Bella herbei. Ohne Kat anzuschauen, sagte er: „Tut mir leid. Aber ich muss sie füttern und ihr Wasser geben."

„Klar", sagte Kat, doch man erkannte den Schmerz in ihrer Stimme.

Luke seufzte, dann schaute er sie an. Er wollte ihr nicht weh-tun, aber er wollte sich nicht auf das Thema einlassen, zu dem sie ihn führen wollte. Verdammt, sie kannte ihn nicht einmal richtig, deshalb war es nicht unbedingt sinnvoll, etwas so Schmerzliches mit ihr zu teilen. Als Bella auf sie zu trottete, versuchte er, dies zu erklären. „Schau, Kat, ich mag dich wirklich gern. Aber es ist ein wenig früh, sich gegenseitig das Herz auszuschütten."

Kat blieb der Mund offen stehen. „Zu früh, weil wir uns erst so kurze Zeit kennen? Oder zu früh, weil ich für dich nur eine Frau bin, mit der du geschlafen hast?"

Luke runzelte die Stirn. „So habe ich das nicht gemeint."

„Nein?", sagte sie.

„Nein", schnauzte er. „Aber wenn du glaubst, ich sei ein Wei-chei, der sich jetzt bei dir über so etwas Persönliches wie den Tod meiner Eltern ausheulen wird, dann täuschst du dich."

Kat zog sich körperlich von ihm zurück. Trat mehrere Schritte von ihm weg, reckte das Kinn und stemmte ihre Fäuste in die Hüf-ten. „Na schön. Aber wenn man schon seinen Körper mit jeman-dem anderen teilt, ist eigentlich der nächste natürliche Schritt, dass man sich auch gegenseitig das Herz ausschüttet. Wenn du dafür nicht bereit bist, könnte es vielleicht ein Fehler sein, noch weitere Zeit zusammen zu verbringen."

Er wollte die Distanz, die sie nun zwischen ihnen geschaffen hatte, wieder aufheben. Er wollte sie küssen, bis sie vergaß, wor-über sie stritten. Aber er wusste, dass er dieses Recht nicht hatte. „Vielleicht hast du Recht, Kat. Wie ich schon sagte, ich muss Bella versorgen. Gute Nacht."

KAPITEL ELF

KAT SAH LUKE FASSUNGSLOS NACH, wie er sich auf den Weg zu seinem Chalet machte, hineinging und die Tür leise hinter sich zumachte. Verwirrt und verletzt begab sie sich zu ihrem eigenen Blockhaus. Dann riss sie verzweifelt die Hände hoch.

„Willst du mich verarschen?"

Diese Worte richtete sie an das leere Wohnzimmer. Ihre Emotionen schwankten zwischen Wut und Verwirrung.

Männer waren nicht so wie Frauen. Das wusste sie. Das begriff sie. Aber Luke hatte während ihres Spaziergangs da draußen eine komplette Hundertachtzig-Grad-Wende hingelegt. Er hatte sich von einem einfühlsamen, witzigen und sexy Typen in einen unhöflichen und zornigen Mistkerl verwandelt.

Wenn er über seine Eltern nicht reden wollte, konnte sie das verstehen. Über ihre Eltern zu sprechen, war auch schwierig, aber sie hatte ernsthaft geglaubt, dass er sie gernhatte und dass sie ihm genügend vertrauen konnte, um ihm ein Kleinwenig über sich selbst mitzuteilen. Das, was sie miteinander erlebt hatten, war doch für ihn auch von Bedeutung gewesen.

Ihre Wut verrauchte.

So *hatte sie* sich gefühlt, aber sie hatten sich ja gerade erst kennengelernt. Sie konnte nicht wütend auf ihn sein, weil er sich ihr gegenüber nicht öffnen wollte. Nur, weil er fand, sie sei etwas ‚Besonderes', hieß das nicht gleich, dass er mehr als nur Sex von ihr wollte.

Andererseits hatte sie die Wahrheit gesagt, ehe er gegangen war. Sein Verhalten war ein ziemlich gutes Anzeichen dafür, wie es zwischen ihnen momentan stand.

Sie biss sich auf die Lippe und drehte sich langsam im Kreis. Das Chalet wirkte auf einmal zu klein und beengend. Von da, wo sie stand, konnte sie das Bett sehen, die zerwühlten Decken und die durcheinander gebrachten Bettlaken.

Sex mit Luke war genau so, wie sie es sich vorgestellt hatte. Natürlich hatte sie versucht, bevor sie auf ihren gemeinsamen Spaziergang gingen, sich einzureden, dass sie einander zu nichts verpflichtet seien oder dass sie plötzlich einen Freibrief hätte, um in seinem Leben herumzustochern. Aber sie hatte nicht damit gerechnet, dass er sich zu sehr abkapseln und sich wegen einer simplen Frage verschließen und davonrennen würde. Sie hatte auch nicht mit ihrer intensiven und plötzlichen Anziehung zu ihm gerechnet, die sie so verletzbar und redselig werden ließ.

Kat fluchte ein paar Mal. Dann ging sie in die Küche und entdeckte die Weingläser, die sie vorher eingeschenkt hatte. Sie trank ein paar Schlucke, dann nahm sie ihr Herumtigern wieder auf.

Was er wohl jetzt gerade machte? Er fehlte ihr bereits jetzt, und er war gerade erst fort. Es war schon verrückt, welche Gefühle für ihn er in ihr auslöste.

Es war offensichtlich, dass sie sich überaus stark in ihn verknallt hatte. Dass sie ihm vertraute. Dass sie für ihn mehr sein wollte als nur ein körperliches Ventil. Aber gleichermaßen offensichtlich war auch, dass er nicht das Gleiche empfand wie sie.

Sie seufzte, ergriff eine dünne Decke vom Ende des Sofas, wickelte sich darin ein, um ihren Körper vor der frostigen Kühle, die mit der Nacht hereinbrach, zu schützen, und begab sich nach draußen, um ihren Wein zu trinken und nachzudenken.

LUKE FLUCHTE UNHÖRBAR, ALS ER mit seinem Blick Kat folgte, als sie in ihr eigenes Chalet ging. Angespannte Muskeln arbeiteten in seinem Kiefer. Er holte Bella herein, gab ihr Futter und Wasser und setzte sich dann auf die Couch, mit dem Gesicht in seinen Händen.

Was zum Teufel war bloß mit ihm los? Sie hatten fantastischen Sex gehabt. Sie hatten geredet und ihren Spaziergang genossen. Kat hatte sich ihm anvertraut, hatte von ihrer Familie erzählt, und dann, sobald sie ihn nach seiner Mutter gefragt hatte, war er ausgeflippt.

Und alles nur, weil sie erwartet hatte, dass er sich ihr gegenüber etwas öffnen sollte. Natürlich hatte sie das erwartet. Selbst wenn sie nicht gevögelt hätten, war das etwas, was menschliche Wesen nun mal taten. Es würde ihm wehtun, auf dieses Thema einzugehen, ja, aber noch mehr als das, war es etwas schwer, das zu tun, in Anbetracht der Tatsache, dass er sie täuschte. Jede Einzelheit, die er über sich preisgeben würde, würde nur jede Lüge, die er sie bis jetzt hatte glauben lassen, umso mehr betonen–einschließlich der Tatsache, dass er Polizist sei.

Er hatte Angst.

Angst, weil seine Gefühle für Kat in so kurzer Zeit so sehr außer Kontrolle geraten waren. Er war daran gewöhnt, die Regie zu führen. Er war daran gewöhnt, die Antworten zu haben. Er war immer die Lösung, nie das Problem. Das war der Grund, warum er das tat, was er tat.

Aber von dem Moment an, da er Kat getroffen hatte, hatte sie allen Erwartungen getrotzt.

Nachdem er sie im HANG TOUGH CAFÉ gesehen hatte, war er überzeugt gewesen, sie sei eine freche, leichtsinnige Frau, die Ruhm und Geld liebte. Er hatte erwartet, sie sei hohl und halb-verrückt wie der Großteil der Berühmtheiten.

Stattdessen war sie intelligent, warmherzig, freundlich und natürlich. Sie war so erotisch wie er sie sich vorgestellt hatte, aber zugleich war sie reizend. Sie stellte Fragen. Zu viele Fragen.

Selbst wenn sie ihm seine Lügen verzeihen würde, was würde geschehen, wenn sie wieder in der wirklichen Welt zurück wären? Klar, sie sprach davon, Hollywood aufzugeben, um an die Uni zu gehen, aber wie wahrscheinlich war das? Sie würde immer der berühmte Filmstar sein und er immer der Bodyguard, der ihre Sicherheit garantieren wollte. Und wenn sie diese beiden Dinge nicht vereinbaren konnten?

Er holte tief Luft, ging zum Fenster und sah, dass sie jetzt draußen saß, auf ihrer Eingangsstufe, mit ihrem Rücken zu seinem Chalet. Sie war in eine dünne Decke eingehüllt; die Füße hatte sie auf dem Geländer.

Genauso gut hätte sie auch ein Schild an die Tür nageln können mit der Aufschrift: *Bring mich um, wenn du willst!* Aber ihrer zusammengesunkenen Gestalt nach zu urteilen, verstand er die wahre Botschaft klar und deutlich.

Indem er sich so sehr abgekapselt hatte, hatte er ihr weh getan. Und das war das Letzte, was er eigentlich beabsichtigt hatte.

Er begab sich nach draußen, schloss die Tür seines Chalet hinter sich. Unten an ihrer Eingangsstufe angekommen, hielt er an. „Du solltest hier draußen nicht alleine sein." Er hatte leise gesprochen, aber seine Worte hallten durch die Nacht.

Ihr Körper versteifte sich. „Ich brauche dich nicht, damit du mir sagst, wo ich sein sollte oder nicht."

Er machte einen Schritt auf die Eingangsstufe und stellte sich vor sie. „Ich versuche nur, dir zu helfen."

Kat zog die Decke, die sie mit ihren blassen Fingern umklammert hielt, enger um sich. „Tu das nicht! Ich bin nicht hierher gekommen, um herumkommandiert zu werden und das Gefühl zu bekommen, ich sei hilflos und zu dumm, um auf mich selbst aufzupassen. Geh weg!"

Der brüske Ton ihres Befehls entfachte seine Wut. Er ballte die Fäuste, dann wandte er sich ab. Aber er ging nicht davon. Er holte einen tiefen Atemzug und war drauf und dran, sich wieder umzudrehen, als sie sagte: „Warte! Es tut mir leid."

Sie seufzte und ließ die Decke von den Schultern gleiten. „Es hat mich wirklich verletzt, als du dich so verschlossen hast und einfach weggegangen bist. Ich weiß, dass es mir nichts hätte ausmachen sollen, aber es tat weh."

Luke drehte sich um. In ihrer Miene stand die reine Wahrheit. „Ich hatte nicht die Absicht, dir weh zu tun, Kat. Ich kann mich bloß nicht so gut anderen mitteilen. Besonders nicht Persönliches über meine Eltern."

„Ich auch nicht."

Und doch hatte sie das getan. Sie hatte ihm von der Angststörung ihrer Mutter erzählt, das war etwas, das sie bis jetzt hatte geheimhalten können. Das zog er in Betracht.

Kat beugte sich vor. Ihr Haar leuchtete im Mondlicht. Ihr Profil, makellos und wunderhübsch, ließ sein Herz schneller schlagen. „Ich mag dich gern, Luke. Wenn du dich nicht wohl dabei fühlst, dich mir anzuvertrauen, dann tu es auch nicht! Aber tu es nicht nur aus Gewohnheit *nicht*! Aber schließe mich nicht so absolut aus, bloß weil du nicht darüber sprechen willst, denn das ist nicht fair."

Er starrte sie an. Dachte an die Handvoll Menschen in seinem Leben, denen er wahrhaftig so sehr vertraut hatte, dass er seine Gefühle mit ihnen besprechen würde. Und er erkannte, dass er mit Kat reden wollte. Sie hatte Recht–er hatte sich zurückgehalten, weil er daran gewöhnt war, weil er daran gewöhnt war, sich selbst vor Schmerz zu schützen. Vielleicht war das Sprechen über den Schmerz die beste Art und Weise, ihn loszulassen. „Mein Dad ist in der Ausübung seiner Pflicht gestorben", sagte er und überraschte sich damit selbst, als diese Worte aus seinem Mund kamen. „Es war schlimm und schmerzvoll. Sein Partner hatte ihn im Stich gelassen."

„Das tut mir so leid, Luke!"

Er nickte. „Sie mussten bei einem Fall von häuslicher Gewalt einschreiten. Dabei teilten sie sich auf. Mein Dad befragte die Ehefrau, während sein Partner den Ehemann befragen sollte. Sein Partner machte Pause und ging hinaus, um eine Zigarette zu rauchen. In dieser Minute ließ er den Ehemann unbeaufsichtigt. Das war einfach nur dumm. Der Kerl hatte eine Waffe versteckt und kam an sie heran. Kam zu meinem Dad. Dads Partner hätte da sein sollen. Er war nicht da. Dad wurde erschossen, weil sein Partner nicht da war, um ihn zu beschützen."

Kat schrie entsetzt auf. „Oh, nein! Das tut mir so sehr leid!"

Luke hatte die Augen geschlossen, und ehe er sich's versah, war sie aufgestanden und hatte ihn nah an sich herangezogen. Automatisch schlossen sich seine Arme um sie, und er genoss intensiv ihre Nähe. Ihre Wärme und ihren Duft. Die Art und Weise, wie er ihren Herzschlag an seinem eigenen spüren konnte.

Sie wich etwas zurück, damit sie ihm in die Augen sehen konnte. „Wie alt warst du?"

Normalerweise war das der Moment, in dem er auf den Panik- und Ausschaltknopf schlug. Und zwar fest.

Kats leuchtende Augen waren auf seine geheftet, und Luke sah etwas in ihrem Gesichtsausdruck, das er nie zuvor gesehen hatte. Empathie. Nicht Mitleid, auch nicht das Bedürfnis, die schaurigen Einzelheiten zu erfahren. Nur Mitgefühl.

Natürlich hatte sie Empathie. Auch sie hatte ihre Eltern verloren. Zwar lebte ihre Mutter noch, allerdings auf eine ungewöhnlich eng begrenzte Art und Weise. Das Leben, das sie führte, war extrem eingeschränkt. Luke schluckte schwer. „Ich war zwölf. Meine Mam konnte nicht gut mit dieser Situation umgehen. Das ist eine Untertreibung. Sie gab ihr Leben buchstäblich auf. Welkte dahin. Sie war nur noch das blasse Abbild jener Frau, die sie einmal gewesen war. Vor fünf Jahren starb sie, während sie nachts nach Hause fuhr. Unfall mit nur einem einzigen involvierten Fahrzeug. Es gab keinen Beweis, dass sie den Unfall absichtlich herbeigeführt hatte, aber tief im Herzen spüren meine Schwester und ich, dass sie einfach keinen weiteren Tag mehr ohne Dad leben wollte."

„Ach, Luke", wisperte Kat ergriffen. Er rang um Fassung, und diesmal zog er sie nah an sich heran. Er musste sich an etwas festhalten. Musste sich an *ihr* festhalten. Sie gab ihm, was er brauchte, murmelte süße Worte des Trostes und streichelte seinen Rücken, bis er imstande war, die schlimmen Erinnerungen und den Kummer an einen vertrauten Ort zu schieben, wo es zwar immer schmerzte, aber irgendwie erträglich war.

„Es tut mir leid. Ich bedaure, dass ich dich auf dieses schmerzliche Thema zurückgeführt habe, auch wenn es nur kurz war."

„Schon okay. Du hattest Recht. Das steckt eben so in mir drin. Immer. Selbst wenn ich es tief in mir verstecke, verschwindet es deswegen nicht."

Als er sich zurückzog, sah er die Tränen in ihren Augen. Er beugte sich vor und küsste sie weg. „Es ist okay, Engel. Das meine ich ernst. Es tat mir gut, mich dir mitzuteilen. Zu wissen, dass du mitfühlst, nimmt den Schmerz ein wenig weg. Aber was ist mit dir? Ich sehe auch Schmerz in dir. Wegen deiner Mutter. Aber auch wegen deines Vaters. Was ist ihm passiert?"

Erneut stiegen ihr Tränen in die Augen, und ihr vor Kummer schmerzverzerrter Gesichtsausdruck brach ihm fast das Herz. „Mein Dad war Politiker. Wir hatten Leibwächter, aber es waren nicht ausreichend viele. Dad wurde getötet, und sein Bodyguard auch. Meine Mutter wurde schwer verletzt, und beinahe hätte ich sie auch verloren."

„Wie schrecklich! Das tut mir leid." Er umarmte sie. Versuchte, ihr genauso Trost zu spenden, wie sie ihm tröstliche Unterstützung geschenkt hatte. Dennoch richtete er auch einen Teil seines Augenmerks auf das, was sie ihm vom Bodyguard ihres Vaters erzählt hatte und wie dieses Ereignis ihre eigenen Handlungen beeinflusste. Einerseits fühlte er sich deswegen schuldig, andererseits konnte er es auch nicht ignorieren. „Und deshalb vertraust du Leibwächtern jetzt nicht mehr?"

Sie lachte, aber es war ein schwaches, humorloses Lachen. „Es ist nicht so, dass ich allen Leibwächtern nicht vertraue, obwohl ich dir ja schon von dem einen Bodyguard berichtet habe, der mich sitzen ließ, um sich einen anzutrinken. Ich finde nur . . . sie vermitteln einem ein trügerisches Gefühl von Sicherheit. Und mir gefällt es nicht, mir vorzustellen, dass einer wegen mir getötet werden könnte."

„Aber das ist ein Risiko, das Bodyguards willentlich eingehen, Kat. Es ist ihr Job, andere zu beschützen, und wenn sie gut ausgebildet sind und effizient arbeiten, werden sie in den meisten Fällen zum Erfolg kommen."

„Ich weiß, dass sie meistens nicht scheitern. Aber ich will so nicht leben. Ich sollte nicht in Angst leben *müssen*. Es sollte nicht nötig sein, dass ich einen Mann brauche, der mich in jedem Augenblick des Tages überwacht. Das ist nicht richtig. Das fördert Abhängigkeit und Schwäche. Ich will nicht schwach sein oder von jemand anderem abhängig sein. Es tut mir leid, wenn ich das sage, aber wenn sich dein Vater nicht auf seinen Partner als Rückendeckung verlassen hätte . . ."

Verdammt, damit hatte er sich in seiner eigenen Schlinge gefangen! „Der Partner meines Dads hat ihn im Stich gelassen. Dieses Risiko besteht immer. Du musst einfach dem richtigen Menschen vertrauen, einem, die dafür geboren wurde, andere zu beschützen. Der eine, der sich wahrhaftig verschrieben hat, *dich* zu beschützen."

Kat zog sich zurück und zuckte die Achseln, als würde sie seinem Standpunkt rechtgeben und ihn doch gleichzeitig als nebensächlich abtun.

Irgendwie musste sie seine Frustration gespürt haben, denn sie brachte entschuldigend die Hände in die Höhe. „Tut mir leid. Ich schätze, es gefällt mir nicht, die Kontrolle abzugeben. Vielleicht ist es einfach nur das."

„Im Bett hast du die Kontrolle an mich abgegeben."

„Das ist etwas anderes."

„Inwiefern?"

„Naja, zum Einen sind wir hier allein, nur wir beide. Dort draußen, da gibt es viele Unbekannte. Gute Polizisten, schlechte Polizisten. Kompetente Leibwächter, inkompetente Leibwächter. Fans, die einen bewundern, und Fans, die zu Stalkern werden."

„Und dadurch wird die Ansicht, dass man jeden Augenblick alles und jedes ohne Hilfe kontrollieren könnte, noch utopischer."

„Kann sein. Aber ich kann mich auf mich selbst verlassen. Ich kenne meine eigenen Stärken und Schwächen. Ich kenne mich."

„Dann hör mir mal zu! Lass nicht zu, dass dir dein Stolz oder deine Angst, sich auf andere verlassen zu müssen, in die Quere kommen!"

„Was meinst du?"

„Ja, du hast einen Bodyguard angeheuert, der dich enttäuscht hat. Das heißt nicht, dass du es nicht noch einmal probieren solltest. Du solltest deinem Bauchgefühl vertrauen!"

„Das tue ich ja!"

„Kat, du wusstest, dass du dich von diesen Männern beim Boot hättest fernhalten sollen. Warum bist du nicht weggegangen?"

❦

SCHWEIGEND STARRTE KAT LUKE AN, erschüttert von seiner Beschuldigung, und ja, auch ein wenig besorgt, dass das, was er sagte, stimmte. „Ich habe dir bereits gesagt, dass ich glaubte, dass es in Ordnung wäre. Dass sie vielleicht etwas Anstößiges rufen würden, mich aber vorbeilaufen lassen würden."

„Hat dir das dein Bauchgefühl gesagt oder hast du dir das selbst eingeredet, weil du den Gedanken nicht ertragen konntest, dass sie damit gegen dein Recht auf Freiheit verstoßen?"

„Beides wahrscheinlich. Ja, zum Teil war es Stolz und dass ich nicht nachgeben wollte. Ich wollte beweisen, dass ich ein normales Leben führen kann. Wenn ich anfange, der Angst nachzugeben, kann man überhaupt nicht mehr sagen, wohin mich das bringen wird. Du siehst doch, wohin das meine Mutter gebracht hat!"

„Das verstehe ich. Aber du bist nicht deine Mutter. Vor weniger als einer Woche ist dir etwas Schreckliches zugestoßen, und doch du hast dich nicht eingesperrt und den Schlüssel weggeworfen."

„Doch. Ich kam hierher und habe genau das drei Tage lang getan."

„Warum bist du dann hier? Warum solltest du all die Sicherheit zurücklassen und dich möglicherweise sogar noch mehr Gefahr aussetzen?"

„Ich bin der Gefahr entkommen. Ich *verstecke* mich vor der Gefahr!"

„Vielleicht hast du dich am Anfang versteckt. Aber seitdem— du hast es selbst gesagt, du versuchst, dich normal zu verhalten. Willst beweisen, dass es geht. Deshalb bist du hier, Kat, und ich habe genau in deine Fantasievorstellung hineingepasst, und es hat gut funktioniert. Du hattest eine tolle Zeit, obwohl ich zusammen mit dir da war. Inwiefern hätte sich das geändert, wenn ich ein Bodyguard gewesen wäre?"

Sie kniff die Augen zusammen. „Ich dachte, wir hätten ein Date. Ein ganz normales Date. Doch vielleicht lag ich falsch."

„Kat, du bist *keine* normale Person. Das wirst du nie sein, nicht solange du Schauspielerin bleibst. Also was willst du? Wirklich und wahrhaftig normal sein? In der Unauffälligkeit der Masse untertauchen? Oder weiterhin Schauspielerin bleiben, und dich dabei ausreichend sicher fühlen, um die Freiheit, die dir so viel bedeutet, auch tatsächlich genießen zu können?"

Gott, er stellte solche schwierigen Fragen, und sie hatte nicht die Antworten parat. Einerseits liebte sie die Schauspielerei. Das konnte sie gut. Aber in einem Beruf festzustecken, der ständige Bewachung erforderte, erschien ihr einfach grundfalsch. Man brauchte sich nur ansehen, was ihrem Vater passiert war . . .

Luke nahm ihre Hände in seine. „Was für ein Leben willst du, Kat?"

„Ich weiß es nicht", sagte sie ehrlich. Das war eine solch weitreichende Frage, eine, von der sie Kopfschmerzen bekam. „Könnten wir gerade jetzt bitte nicht davon sprechen?"

„Du wirst diese Fragen irgendwann beantworten müssen."

„Aber nicht jetzt. Genau jetzt will ich etwas anderes." Wild entschlossen, das Thema zu wechseln, legte sie ihre Arme um seinen Hals und schmiegte ihren Körper ganz eng an seinen. Luke holte einen tiefen Atemzug und ließ seine Hände automatisch auf ihre Taille fallen.

„Sie wollen mich wohl mit Sex ablenken, Miss Bailey?"

„Nicht *bloß* Sex", sagte sie. „Ich möchte Zeit mit dir verbringen. Mit dir reden. Dich berühren. Einfach mit dir zusammen sein. Ich weiß, dass unsere Zeit hier begrenzt ist, dass ich all jene Fragen, die du da gestellt hast, bald beantworten muss, aber einstweilen . . . Können wir nicht einfach zusammen sein?"

Sein Blick flackerte zu ihrem Mund. „Lass uns jetzt damit anfangen!" Seine Hände wanderten an ihrem Rücken hinauf, und dabei drückten seine Finger sehr stark auf die einzelnen Wirbel ihrer Wirbelsäule. Ihr Becken kippte vorwärts aufwärts und traf seinen Unterleib. Seine Härte drückte sich an ihren Körper und erweckte noch mehr Lust.

Langsam, mit kreisendem und wiegendem Taumeln, bewegte er seinen Körper. Ihrer tat es ihm gleich. Bald tanzten sie gemeinsam auf ihrer Veranda, von den Armen des jeweils anderen umschlungen. Ineinander verschlungen. Sein Duft stieg ihr in die Nase. Ihre Brüste wurden von seinem breiten und starken Brustkorb flach gedrückt. Ihre Brustwarzen streiften über sein Hemd,

sanft abgeschliffen vom Stoff ihres dünnen Tops. Die Kühle der
Nacht überzog ihre Glieder, aber beide waren sie zu erhitzt, um
es zu bemerken.

Es war zauberhaft und wunderbar. Kat legte den Kopf zurück,
und ihre Münder trafen sich. Seine Hände glitten wieder zu ihrer
Taille, und das Gewicht und die Wärme seiner Hände fühlten sich
so richtig auf ihrer Haut an. Mit seinen Fingern schob er ihr Top
hinauf, entblößte dabei ihren sonnengebräunten Bauch, der nun
der kalten Nachtluft ausgesetzt war. Dann entblößte er ihre Brüste. Mit seiner Zunge streichelte er die hohen Gipfel ihrer Brustwarzen, während er die festen Hügel darum herum sanft drückte.

Kat vergrub ihre Finger in seinem dichten Haar. Sie wölbte
ihren Rücken und gab lustvolle Töne von sich, als seine Finger
über ihren Rippenbogen hinauf und wieder hinunter glitten,
ehe sie unter den Gummizug ihrer Jogginghose schlüpften. Kats
Atem stockte und sie hielt ihn an, als sich seine Hand zum Schei-
telpunkt ihrer Oberschenkel bewegte und sie dort umfasste. Sie
schrie auf, und ihr Kopf fiel noch weiter zurück.

Mit seinen Fingernägeln schabte er an ihrer Taille entlang und
zu ihrer Brust hinauf. Sie strichen über die Rundungen ihrer Brüste und brachten prickelndes Blut an die Oberfläche. Frische, unbekannte Gefühle rauschten durch ihren Körper und ließen sie
erzittern.

Ohne je den Kuss zu unterbrechen, hob Luke sie auf und trug
sie in das Chalet, wobei er die Tür hinter ihnen zuknallte.

KAPITEL ZWÖLF

ALS SIE ERST EINMAL DRINNEN waren, stellte Luke Kat auf die Füße und schlang seine Arme um ihre Taille, während sie sich auf die Zehenspitzen stellte und ihre Handflächen an seinen Brustkorb legte. Durch sein Hemd konnte sie tatsächlich das Rasen seines Herzens spüren.

Mit ihrer Zunge spurte sie seine Unterlippe nach. Luke stöhnte auf und ließ von ihrem Mund ab, um sanfte Küsse auf ihrem Hals zu verteilen, während er ihren Rücken streichelte, dann ihre Schulter, dann ihren Hintern, bevor er mit seinen Händen wieder an ihrem Körper hinaufstrich und sie letztendlich in ihrem Haar vergrub. Leicht zog er daran und setzte damit sämtliche Nervenenden in Flammen.

Fest zupackend platzierte Kat ihre Hände auf seinen Schultern, während sich ihre Hüften ohne eigenes Zutun an seiner wachsenden Erektion rieben. Luke küsste sich an ihrem Hals entlang hoch und über ihr Kinn weiter, ehe er seine Lippen knapp über ihrem Mund schweben ließ. Kat stöhnte auf, und Luke grinste, und dann versiegelte er ihren Mund mit seinem. Seine Zunge stieß hinein und forderte Kat auf eine Art und Weise, die einfach perfekt war. In Sekundenschnelle wandelte sich der Kuss von heiß zu einem tobenden Inferno.

Als er sich schließlich doch zurückzog, kämpften sie beide um Atem. Das Blut, das durch ihre Adern rauschte, war so heiß, dass sie das Gefühl hatte, sie würde sogleich selbstentzündlich explodieren.

„Luke, mach bitte Liebe mit mir!"

Lächelnd küsste er eine Seite ihres Gesichts. „Mit Vergnügen!" Er führte Kat zum Bett, beugte die Knie, umschloss sie mit seinen Armen und hob sie vom Boden hoch. Sie schlang ihre Beine um seine Taille. Noch ein weiteres Mal küssten sie sich, dann lagerte er sie auf das Bett, zog sie bis zu ihrem BH aus und fing an, seine eigene Kleidung abzulegen. Kat beobachtete seinen schönen, durchtrainierten Körper, setzte einen Schmollmund auf, als er seine Boxershorts anbehielt. Doch dieser Schmollmund verschwand schnell, als er sich niederbeugte, um ihren BH zu öffnen. Sobald er diesen entfernt hatte, umfasste er ihre Brüste. Kat fand den Gummizug seiner Shorts und zog sie hinunter, setzte somit seine Erektion frei.

Sein Schwanz streifte an ihre Hüfte, und Luke sog scharf den Atem ein. Als sich Kat in Bewegung setzte, ihn in die Hand zu nehmen, schüttelte er den Kopf und bewegte sich weg. Er riss ihr den Slip vom Körper und küsste ihre Oberschenkel, bevor er sie weit auseinander drückte. Kat schrie auf, als seine Lippen und seine Zunge einen Überraschungsangriff starteten. Fachkundig streifte er mit seiner Zunge an ihren Schamlippen entlang und tauchte lediglich leicht zwischen ihnen ein, um ihre geschwollene Klitoris flüchtig zu berühren. Indem er ihre Hüften packte, zog er Kat zu seinem Gesicht hinunter und tauchte mit seiner Zunge in einem langen, sondierenden Stoß in sie ein.

Kat warf den Kopf auf das Kissen zurück, packte die Decke unter sich und stemmte sich mit den Fersen in der Matratze ab. Indem er mit seinen Händen unter ihren Hintern griff, hob Luke ihre Hüften an und brachte sie in den Winkel, den er brauchte, damit er mit seiner Zunge tiefer eintauchen und härter und schneller zustoßen konnte. Voll in Ekstase stöhnte Kat auf, kreiste mit ihren Hüften an seinem Gesicht, konnte nicht glauben, was für Töne und Bitten er ihren Lippen entlockte. Luke hob seinen

Kopf und strich sich mit der Zunge über seine Lippen. Der Ausdruck seiner Augen teilte ihr sowohl seine Wonne als auch seinen Besitzanspruch auf sie mit, und schon tauchte er wieder zwischen ihre Oberschenkel ein. Dieses Mal fand er ihre Klitoris und knabberte genüsslich daran.

„Oh, Luke! Das fühlt sich so gut an!"

„Ich liebe die Art, wie du schmeckst. So unglaublich süß!"

Allein schon der Klang seiner Stimme schickte eine weitere Welle von Begierde durch sie. Gleichzeitig mit seiner Zunge in ihr spielend, glitt er mit einem Finger in sie hinein. Er bog ihn leicht ab und fand ihren G-Punkt, wodurch er bewirkte, dass sie mit den Hüften hochstieß. Er ließ nicht locker. Auch als sie laut schrie, dass sie gleich zum Höhepunkt kommen würde, hörte er nicht auf. Als sich ihr Körper anspannte und der Orgasmus von ihr Besitz ergriff, und dabei keinen einzigen Körperteil unberührt ließ, fuhr er fort, an ihrer Klitoris zu saugen. Erst als die Wellen abebbten und sie sich zu entspannen begann, ließ er langsam nach. Er küsste die Innenseite eines jeden ihrer Oberschenkel, während er allmählich seine Finger aus ihr herauszog.

„Irre!" So etwas hatte sie noch niemals zuvor erlebt. Zitternd stützte sie sich auf den Ellbogen hoch, und er brachte seinen Mund mit aller Macht auf ihren. Seine Zunge, die immer noch mit ihren Säften behaftet war, tanzte mit ihrer. Sie liebte die Art, wie sich sein Geschmack mit dem ihren vermischte.

Aber sie wollte noch mehr von ihm schmecken.

Sanft stieß sie Luke an, bis er neben ihr saß. Dann rutschte sie herum, bis sie auf dem Boden und zwischen seinen muskulösen Oberschenkeln kniete. Als sie seine Männlichkeit mit beiden Händen umfasste, spürte sie, wie er erbebte. Das gefiel ihr über alle Maßen, und sie blickte zu ihm auf und sagte: „Jetzt bist du dran."

Luke stöhnte auf und vergrub seine Hände in ihrem Haar. Kat strich mit ihrer Zunge an seinem Schaft entlang, und durch den Halt in ihrem Haar konnte Luke ihren Kopf auf und ab bewegen, um ihr zu zeigen, wo genau er ihre Lippen, ihre Zunge und ihren Mund haben wollte.

Kat lächelte. Dann, ohne Vorwarnung, sog sie ihn so weit es möglich war in ihren Mund, sodass Luke aufschrie. Während sie saugte, benutzte sie ihre Zunge, um die besonders empfindsame Unterseite seines Glieds zu massieren. „Gott, wie gut du das kannst!", hauchte er und umfasste ihre Brust. Er zupfte und zwickte ihre harte Brustwarze, obwohl er gleichzeitig mit einem lodernd heißen Blick auf sie starrte, was sie aber noch mehr anstachelte. Mit einer Hand streckte sie sich nach seinen Hoden aus und benutzte die Spitzen ihrer langen Fingernägel, um leicht darüber zu streicheln.

„Oh Herrgott nochmal, Kat!", ächzte er. „Das fühlt sich so fantastisch gut an, aber du musst wirklich aufhören . . ."

Kat schenkte ihm ein letztes, langes Saugen und strich mit ihrer Zunge noch einmal um die Eichel, ehe sie sich zurückzog.

„Hattest du etwas anderes im Sinn?"

„Komm her und ich werde es dir zeigen!"

Mit seiner Hilfe stand sie auf, und sofort zog er sie mit sich aufs Bett herunter. Er presste seine Lippen auf ihre, und sie glitt mit ihrer heißen Zunge in seinen Mund. Dieser fantastische Mann küsste so gut, dass Kat es am liebsten die ganze Nacht lang tun würde, bis hin zu dem Moment, als er anfing, mit dieser pochenden und harten Erektion direkt in ihren Bauch zu mahlen. Der sehnsuchtsvolle Schmerz zwischen ihren Beinen war fast nicht mehr auszuhalten.

Als Luke seinen Kopf senkte, um an ihren Brustwarzen zu saugen, drückte Kat ihren Kopf in die Laken und machte die Augen zu. Ihr entfuhren lustvolle Laute, als sie seine Zähne spürte, die leicht über ihre Haut streiften. Luke bewegte seine Hüften so, dass sein Schwanz wiederholt über ihre angeschwollene Klitoris glitt. Kat stöhnte laut auf, da ihr die Art und Weise, wie er sich einfach nahm, was er wollte, ungemein gefiel. Auch dass er sie nicht so behandelte, als wäre sie zerbrechlich oder fragil oder ‚ein Filmstar'. Sie war einfach eine Frau, und er war einfach ein Mann, und beide wollten sie einfach vögeln . . . und zwar hemmungslos.

Noch einmal leckte er mit seiner Zunge abschließend über jede Brustwarze, ehe er sich zurückzog. Schnell holte er ein Kondom aus seiner Brieftasche, während sie versuchte, wieder zu Atem zu kommen.

„Anscheinend hast du ja einen großen Vorrat stets griffbereit", meinte sie.

„Nicht so viele. Bloß genügend." Fragend hob er eine Augenbraue. „Ist das ein Problem?"

„Überhaupt nicht", sagte sie.

Er grinste. „Na also."

Mit den Zähnen riss er die Verpackung auf, dann legte er das Kondom wie selbstverständlich an. Während er seinen Schaft mit einer Hand hielt, glitt er an ihren Falten entlang.

„Wirst du ihn jetzt einführen oder nicht?", brachte Kat keuchend hervor.

Luke lachte. „Geduld, hübsche Dame. Es lohnt sich sicher, darauf zu warten." Er rieb sich selbst an ihrer Klitoris und brachte sie dazu, sich hochzuwölben und aufzustöhnen.

Atemlos sagte Kat: „Das weiß ich bereits. Darum will ich es ja so dringend."

„Ich auch, Kat. Immer." Und er führte nur die Eichel in sie ein. Kat erbebte stark. „Du magst das?"

„Ich will mehr davon."

„Wie viel mehr?"

„Alles, was du mir geben kannst. Bitte!"

Kat wölbte die Hüften, und Luke langte mit einem starken Arm unter sie, hob sie noch etwas an und stieß dann mit einem Male in sie hinein. Sie schrie laut auf. „Ja!"

Einige Sekunden hielt er sich an ihr fest und kreiste nur langsam mit seinen Hüften. Es fühlte sich so gut an, dass sie glaubte, sie würde den Verstand verlieren. Indem er ihre Hüften in einem idealen Winkel hielt, begann er, stetig in sie hineinzupumpen.

„Ist es das, was du willst, Engel?", knurrte er mit tiefer, heiserer Stimme, die ihr Schauer über den Rücken jagte.

„Ja!", rief sie aus und merkte, dass sich ein weiterer Orgasmus aufbaute. „Hör nicht auf!"

Luke hob ihre Beine an und hielt sie hoch und auseinander, während er weiterhin in sie hineinstieß. Jedes Mal, wenn sie einen neuen Stoß empfing, spürte sie die volle Wucht seines Gewichts auf sich. All seine Muskeln waren angespannt. Seine Haut war von einem feinen Schweißfilm bedeckt. Er ließ sich selbst vollkommen gehen, stieß immer weiter hart und tief in sie. Er sprach nicht mehr, und er genoss es auch nicht mehr. Er knurrte und ächzte und hämmerte in sie hinein, und ihr Körper befand sich sozusagen über einer Klippe baumelnd, bereit, sich kopfvoraus hinunterzustürzen, mitten in ihren Höhepunkt hinein. Kat merkte, wie sich ihre Muskeln um seinen Schwanz enger zusammenzogen, ihn fester zusammendrückten und ihn auf schmeichlerische Weise dazu drängten, zusammen mit ihr den Höhepunkt zu erreichen. „Hör nicht auf, Liebling! Hör nicht auf, Luke! Oh, Gott! Oh verdammt!"

Luke hörte nicht auf, und Kat schrie, als das Glücksgefühl durch ihren Körper barst und jegliche Kontrolle mit sich nahm, die sie noch gehabt hatte. Mit einem letzten Knurren und einem letzten Stoß versteifte sich sein Körper und begann dann, einem Erdbeben gleich auszubrechen. Während er nach vorne fiel, ließ er seine Zähne leicht über ihre Haut schrammen.

„Verrückt!", hauchte er. „Einfach völlig unglaublich!"

Luke umfasste Kats Kinn mit seiner Handfläche und zog ihr Gesicht zu seinem heran. Mit einer Zärtlichkeit, die vorher nicht vorhanden gewesen war, sog er nun ihre Unterlippe in seinen Mund. Ihre beiden Zungen drückten sich in einem, langen, langsamen, sexy Tanz aneinander, als sie sich küssten und Kat sich immer noch um ihn herum verkrampfte. Er erschauerte und drängte sich gegen ihr Becken. Unkontrolliert brach ihr Körper in Zuckungen aus, als er ihren empfindsamen Kitzler berührte. Sogar als er sich von ihr zurückzog, schenkte er ihr noch Vergnügen. Kat war weit davon entfernt, unerfahren zu sein, aber das war als würde sie Sex komplett neu entdecken.

Luke rollte das Kondom ab und warf es weg. Dann zog er ihren Körper nah an seinen heran und hielt sie fest, während sie sich beide erholten. „Von welchem anderen Stern kommst du denn?", wisperte er in ihr Haar.

Kat lächelte. „Dasselbe dachte ich gerade von dir."

Aber während sie in dem Genuss des Hochgefühls, den jeweils anderen zu spüren, schwelgten und allmählich in den Schlaf drifteten, beschäftigte Kat innerlich noch eine ganz andere Frage.

Wohin würde das mit ihnen führen?

KAPITEL DREIZEHN

L ANGSAM WACHTE KAT AUF. DAS Gezwitscher der Vögel in den Bäumen löste ein Lächeln aus, doch das an sie drückende Gewicht des an sie geschmiegten Körpers bewirkte ein noch intensiveres Lächeln. Im Schlaf war Lukes Gesicht nicht weniger hinreißend. Er hatte die Augen geschlossen, seine langen Wimpern lagen auf seinen Wangen, und sein Mund war leicht geöffnet, und dieses kleine verführerische Detail ließ sie dahinschmelzen.

Eines seiner schlanken Beine war über ihres drapiert, und seine starken, guttrainierten Arme hielten sie eng umschlungen. Es war die perfekte Art, aufzuwachen.

Mit nur einem geöffneten Auge sagte er: „Guten Morgen."

Kat grinste. „Guten Morgen. Hast du gut geschlafen?"

„Ja. Ich war müder als ich dachte." Er drehte sich etwas und sein Schwanz, der sich bereits wieder versteifte, drückte gegen den oberen Teil ihres Oberschenkels. Kat schmiegte sich an Luke, und sein Glied verhärtete sich nur umso mehr. „Ich glaube, jetzt ist jeder heute Morgen wach."

„Das glaube ich auch."

„Also, dann . . ." Sie streckte sich nach seiner Brieftasche, die er auf dem Nachttisch liegen gelassen hatte, und reichte sie ihm.

Verwundert hob er eine Augenbraue. „Einfach so? Kein Guten-Morgen-Kuss. Kein Frühstück. Nur zieh dich an und tu deine Pflicht?"

„Beklagst du dich?"

„Ich bin doch nicht verrückt, oder?"

Kat lachte, und er legte wieder den Verhütungsschutz an. Dann rollte er sich auf sie. Mit seinen Händen streichelte er genüsslich und gemächlich an ihrem Körper hinunter. Ihre Hüften hoben sich, um seine zu treffen, während sie gleichzeitig die Beine breit machte. Er fand ihre nasse Öffnung und glitt in sie hinein.

Kat wickelte ihre Beine um seine Taille. Ihr Mund verschmolz mit Lukes. Sie stöhnte auf, als er sich aus ihrem Körper zurückzog, dann von neuem in sie stieß, mit Unterstützung seiner Hüften, die an ihre prallten. Seine Hände verflochten sich derweil in den verworrenen Strähnen ihres Haars.

Hart, schnell und äußerst befriedigend war der Sex. Kat erreichte ihren Höhepunkt zuerst. Ihr Hintern hob sich vom Bett und ermöglichte ihm dadurch einen besseren Winkel, um in ihre geschwollenen Schamlippen einzudringen. Hart und fordernd kam sein Mund auf ihren, als seine pumpenden Stöße immer wilder wurden. Auf einmal kam er zur Ruhe, und jeder Muskel seines Körpers befand sich in höchster Anspannung. Mit geschlossenen Augen, offenem Mund und einem zwischen Wonne und Schmerz erstarrtem Gesichtsausdruck erlebte er die Schauer seines eigenen explosiven Orgasmus. Schließlich sank er langsam auf Kat nieder, und das atemlose Keuchen und gehauchte Stöhnen von ihnen beiden klang wie Musik in ihren Ohren. Nachdem er sich aus ihr zurückgezogen hatte und das Kondom entsorgt hatte, schmiegte Luke Kat nah an seine breite Brust. Mit seinen Fingerknöcheln liebkoste er ihre Wange.

„Was willst du heute machen?", fragte Kat einige Zeit später, als sie sich genüsslich streckte und dabei genoss, wie ihre Brüste über ihn streiften.

„Was auch immer du willst."

Kat kicherte. „Mir würde noch mehr davon unglaublich gut gefallen. Einfach zusammen Zeit zu verbringen. Zu spielen und uns zu entspannen."

Fest umarmte er ihre Taille. „Hmm, und welches Spiel wollen wir als nächstes spielen? Denn ich brauche ein wenig Zeit, um meine Batterien wieder aufzuladen."

„Naja, wenn es sein muss . . . Wie wär's mit Tennis?" Bei seinem lauten Ächzen und dem dramatischen Schmollmund, den er zog, musste sie lachen. „Ach, komm schon! Es gibt hier einen Tennisplatz, und ich spiele wahnsinnig gern Tennis. Du auch?"

„Ehrlich, Kat, ich möchte einfach nur Zeit mit dir verbringen. Ob wir jetzt einen Ball zwischen uns hin und her schlagen, oder ob du an meinen Bällen herumhantierst—Hey!" Er knurrte, als sie wegen seiner Frechheit seinen Kopf mit einem Kissen traktierte. „Wofür war das denn?"

„Du weißt ganz genau, wofür das war. Sei einfach dankbar, dass ich auf deinen Kopf gezielt habe und nicht auf deine . . ." Sie hielt effektvoll inne, dann sagte sie: „Ellbogen."

„Komm her, du!" Er stürzte sich auf sie, aber sie nahm mit einem Kreischen Reißaus.

In nacktem Zustand stand sie neben dem Bett, reckte eine Hüfte vor und drohte ihm mit dem Finger. „Also hör mal! Schluss mit *dieser* Art von Spiel, wenn wir jetzt nicht erst mal ein paar Übungen anderer Art machen. Nämlich Tennis!", sagte sie.

Luke warf sich mit weit ausgebreiteten Armen zurück aufs Bett, ehe er einen Ellbogen hinter seinem Kopf abbog und sie angrinste. „Na schön. Erst machen wir mit Bella einen Spaziergang, dann kannst du mir Frühstück machen. Anschließend Tennis", meinte er großmütig.

„Das ist ein Deal", erwiderte Kat.

Kurz gingen sie getrennte Wege. Kat duschte sich rasch und zog eine Short, ein Top, Socken und Laufschuhe an. Luke tauchte in einer Jogginghose und einem lockeren T-Shirt wieder auf. Auch wenn er bloß Freizeitkleidung trug, schaffte dieser Mann es, so auszusehen, als würde er für die Titelseite einer Modezeitschrift posieren.

Glücklich trottete Bella neben ihnen her, als sie sich für die lange Wanderstrecke entschieden. Die hoch aufragenden Pinien und anderen Bäume beherbergten Hunderte Vögel, die Kat eifrig beobachtete. Nach ihrem Spaziergang schlenderten sie zu seinem Chalet, und Kat bereitete auf die Schnelle ein Frühstück für sie beide zu: ein lockeres, golden gebratenes Omelette, beladen mit Käse und gedünstetem Gemüse, dazu Toast mit massenweise weicher Butter, Saft und Kaffee.

Satt und glücklich machten sie sich auf den Weg zum nahegelegenen Gemeinschaftszentrum, wo sie eine Stunde lang Tennis spielten. Bella saß ganz brav an den Seitenlinien und beobachtete die vorbeiflitzenden Bälle. Der erste Satz ging unentschieden aus, und sie spielten einen weiteren Satz. Die Anstrengung tat ihren Muskeln gut, und das Spiel in der Sonne sorgte für eine goldene Bräunung ihrer Haut.

Als sie sich auf den Rückweg zu ihren Blockhäusern machten, fühlte sich Kat sowohl erschöpft als auch frisch belebt. Während sie dahingingen, hielt Luke ihre Hand, und diese liebvolle Geste schien das Natürlichste auf der Welt zu sein. Mittendrin raste Bella voraus, schoss durch die bunten Blätterhaufen und stoppte zwischendurch an jedem Baumstamm, an dem sie vorüberkam, um daran zu schnuppern. Kat genoss die kühle Waldluft, die in ihre Lungen strömte und ihrem Körper dieses wunderbare, kräftigende Gefühl gab–das Gefühl, lebendig zu sein. Die Blätter raschelten unter ihren Füßen, und hin und wieder fiel eines sanft schaukelnd von der Luft getragen zu Boden.

„Mit gefällt es ausnehmend gut hier oben", sagte Kat.

„Mir auch. Aber nur in Maßen. Ich habe trotzdem immer die Stadt unter der Haut, und nach einer Zeitlang fange ich an, all die Menschen und das Chaos zu vermissen."

Kat lächelte. „Hmm, bis jetzt habe ich es noch nicht vermisst. Vielleicht nach einer Weile, aber es ist jetzt eigentlich schon viel zu lange her, dass ich von dort weg bin. Ich genieße das alles zu sehr."

Als sie sich Lukes Chalet näherten, wandte er sich ihr zu und zog sie nah an sich für einen Kuss. Seine Berührung löste ein Knistern bis in ihre Zehenspitzen aus, und Kat wunderte sich staunend, dass sie diese gemeinsame Zeit mit ihm ebenso sehr genoss wie mit ihm zu schlafen.

„Was hältst du von einem gemütlichen Feuer und einem Film?", fragte Luke Kat, als er den Kuss unterbrach.

„Das ist heute wirklich der perfekte Tag dafür. Ich werde mich rasch frischmachen und bin gleich wieder da."

Luke gab ihr noch einen Kuss, dann blieb er im Vorgarten stehen und sah ihr nach, wie sie davonging.

Kat duschte und zog sich um, in bequeme Leggings und ein langes T-Shirt. Sie zog Stiefel und eine Jacke an und begab sich wieder auf den Weg zu Luke. Schon konnte sie den Rauch aus dem Kamin aufsteigen sehen und den süßlichen Duft des brennenden Eukalyptusholzes riechen. Als sie dort ankam, wartete Luke bereits auf dem Eingangsvorplatz auf sie, und sie wusste, dass er nach ihr Ausschau gehalten hatte. Durch seine aufmerksame Achtsamkeit hatte sie das Gefühl, umsorgt und wertgeschätzt zu sein.

„Es wurde ziemlich schnell kühl", sagte sie mit einem Frösteln. Luke legte den Arm um sie und führte sie ins Chalet. Sobald sie eingetreten war, spürte sie den Temperaturumschwung. Der Geruch des lodernden Feuers stieg ihr wie Weihrauch in die Nase. Gemütlich lag Bella vor dem offenen Kamin. Nachdem ihr Luke beim Ausziehen der Jacke behilflich gewesen war, setzte sie sich vor der Feuerstelle auf die Ziegelsteine und hielt ihre Hände nah an die flackernden Flammen. Die Hitze erfüllte sie und trug noch zu ihrem Gefühl der Zufriedenheit bei.

Luke zog sie zu sich heran, umfasste mit seinen Armen locker ihre Taille. „Welche Art Film würdest du gerne sehen? Einen emotionalen Frauenfilm? Einen Actionfilm? Eine Komödie oder lieber etwas mit einer heißen Braut namens . . ."

„Nein! Ja nichts mit Kat Bailey in der Hauptrolle!"

„Ähm, ich wollte eigentlich Angelina Jolie sagen, aber okay."

Kat rempelte ihn mit dem Ellbogen an, und er lachte. „Im Ernst, eigentlich habe ich sowieso nur Actionfilme."

„Action ist doch gut. Was hast du zu bieten?"

Er zählte einige auf, die sie bereits gesehen hatte, ehe sie sagte: „The Gambler?"

„Mit Mark Wahlberg, oder?"

„Ja."

„Der passt."

„Sei ehrlich! Du bist einfach scharf auf Marky Mark, nicht wahr?"

Kat lachte. „Ich würde ihn nicht aus meinem Bett schmeißen", meinte sie. Luke warf ihr einen beleidigten Blick zu, und sie drückte ihre Stirn an seine. „Außer für dich natürlich."

Er küsste sie leicht. „Gut gerettet."

Luke bereitete die Filmsession vor, und dann machten sie es sich auf dem Sofa bequem, indem Kat zwischen seinen Beinen saß und ihren Kopf an seinen wuchtigen Brustkorb lehnte. Während sie zuschauten, vergrub er gelegentlich sein Gesicht in ihrem Haar, atmete ihren Duft ein und gab ihr einen sanften Kuss auf ihren Kopf. Jedes Mal wenn er das tat, merkte sie, wie ihr Herz ein wenig mehr schmolz.

Den größten Teil des Films verbrachten sie, indem sie sich küssten. Ihre Liebkosungen wurden leidenschaftlicher und gingen so weit, dass sie wusste, sie steuerten direkt auf eine weitere fantastische Sexsession zu. Unter Aufbietung all ihrer Willenskraft legte sie ihre Hand auf seine und sagte: „Ich will dich. Glaub mir, ich kann mir keine Zeit vorstellen, in der ich dich nicht will. Aber den Film anzuschauen, einfach nur so Zeit mit dir zu verbringen, das genieße ich auch so sehr . . ."

Schwer atmend lehnte Luke seine Stirn an ihre. „Ich genieße das auch, Kat. Deshalb stimme ich dir zu, wir wollen es langsam angehen lassen. Wir haben keine Eile. Wir haben die ganze Nacht. Aber können wir nicht trotzdem ein bisschen rummachen während des Films?"

„Mach mir eine heiße Schokolade, und ich könnte ja sagen!"

„Das klingt nach Bestechung."

„Das ist es." Sie leckte über ihre Unterlippe, ehe sie ihn küsste. „Da steckt auch für dich noch mehr drin. Nur nach meiner heißen Schokolade werden die Küsse sogar noch süßer sein."

„Ich kann mir nicht vorstellen, dass sie noch süßer sein können." Nochmals küsste er sie, dann wich er ergeben stöhnend zurück. „Beweg dich nicht, ich bin gleich wieder da!" Sie sah ihm nach und gerade als er an der Küchentür angelangt war, sagte sie: „Ich mag gerne Schlagsahne!"

„Ich auch!", schrie er zurück. „Und ich habe die Absicht, dir zu zeigen, wie sehr!"

Sie lachte und kuschelte sich lächelnd tiefer ins Sofa hinein.

Das war das beste Date, das sie je gehabt hatte, dachte sie. Ehrlich!

❧

ALS LUKE MIT DER HEISSEN Schokolade zurückkam, fand er auf seinem Platz Bella, die sich an Kat gekuschelt hatte, die gerade ein Buch las. Als sie es niederlegte, sagte er: „Hey, das war nicht Teil der Abmachung."

Kat kicherte und kraulte Bella nochmals hinter den Ohren. „Okay, Mädchen, unsere Kuschelzeit ist vorbei. Dein Ersatzmann ist da."

Luke reichte ihr die dampfende Tasse. „Tut mir leid. Keine Schlagsahne. Wir müssen einfach unsere Fantasie einsetzen, um sie uns vorzustellen."

„Ich finde, dass mit dir meine Fantasie nie besser funktioniert hat", neckte sie ihn. Dann trank sie einen Schluck.

Sie ist so wunderhübsch, das ist einfach unglaublich! Jedes Mal wenn er sie anschaute, war er von neuem fasziniert. „Wie ist sie?"

„Das Beste, das ich je gehabt habe", entgegnete sie mit verführerischem Lächeln, und er verstand die Botschaft klar und deutlich.

„Ich freue mich, das zu hören, aber du solltest keine kurzsichtigen Urteile fällen. Du solltest diesen Kakao schon einer gehörigen Prüfung unterziehen. Denn ein- oder zweimal Probieren reicht nicht aus, um es ganz genau zu wissen."

Sie blinzelte unschuldig. „Ich weiß nicht. Bei mir ist es so, wenn ich etwas mag, dann mag ich es. Und ich lasse mich davon auch nicht durch andere Leute abbringen."

Er runzelte die Stirn. „Ähm . . . mir ist nicht klar, wovon du sprichst. Hast du gerade eine Meinungsumfrage gemacht, von der ich nichts mitbekommen habe?"

„Nö. Es ist nur . . ." Sie stellte ihre Tasse heiße Schokolade auf den Kaffeetisch und hob das Buch in die Höhe, das sie gelesen hatte. „Tja, unter dem Stapel der anderen Bücher fand ich dieses Buch hier."

Es war eines dieser Bücher, die er für den speziellen Zweck, seine Fassade aufrechtzuhalten, gekauft hatte. Er hatte das verdammte Ding sogar gelesen, damit er auch sicherstellte, mit ihr darüber reden zu können, falls sie fragte–und allein deshalb schon lief er rot an, als er den Buchdeckel sah. „Ach wahrscheinlich hat meine Schwester es bei mir zu Hause vergessen, als sie mich besucht hat."

Kat lachte. „Ach, komm schon! Gib's schon zu, Mister Actionfilme-Mann! Du liest Nicholas Sparks!"

„Tu ich nicht!"

Sie schielte in das aufgeschlagene Buch. „Sicher? Denn ich glaube, hier habe ich Tränenspuren entdeckt. Gestehe, du hast geweint, als du es gelesen hast, nicht wahr?"

„Okay, du hast mich erwischt!" Luke stellte sein eigenes Getränk ab, packte ihre Füße und fing an, sie zu kitzeln. Als sie kreischte und versuchte, sich ihm zu entwinden, reckte er sich und erwischte sie an der Taille und fing an, sie dort zu kitzeln. „Sag es! Sag, du glaubst, dass das Buch meiner Schwester gehört!"

„Auf keinen Fall! Dir hat ‚Wie ein einziger Tag' gefallen! Briefe an Nicholas! Ich wette, du hast jeden seiner Filme gesehen!" Luke zog sie zu sich auf den Schoß und hielt sie fest, während er fortfuhr, sie zu kitzeln. „Hör auf! Ich krieg keine Luft mehr!"

„Dann sag es! Sag ‚Luke ist ein harter Kerl, der nicht einmal wusste, wer Nicholas Sparks ist, bevor du ihn aufgebracht hast'!"

Kat kicherte und war außer Atem, schaffte es aber doch, zu quietschen: „Luke ist ein harter Kerl . . ." Er hörte auf, sie zu kitzeln, und sie setzte sich aufrecht hin. Dann vergrub sie ihre Hände in seinem Haar und starrte ihm in die Augen. „Luke ist ein harter Kerl, der in Wirklichkeit ein ziemlich großer Softie ist."

Er schluckte schwer, dann hob er seine Hände hoch, um ihr Gesicht zu umfassen. „Ich bin vielleicht groß, aber keinesfalls *soft*, Kat. Hast du das bist jetzt noch nicht gemerkt?"

Anstatt ihm mit Worten zu antworten, küsste sie ihn.

◌◍◌

KATS KUSS WAR ZWAR SANFT und süß, aber nichts war sanft an dem Feuer, das er in ihr entzündet hatte. Ganz plötzlich wollte sie verzweifelt alles von ihm sehen. Sie wich zurück und hob sein Shirt an, dann beugte sie sich nieder, um mit ihrer Zunge über sein Fleisch zu streichen.

Als sie hörte, wie er scharf einatmete, war das Musik in ihren Ohren.

Ihre Hand wanderte zu dem Hosenbund seiner Jeans, tauchte tiefer und fand ihn hart und pochend. Er füllte ihre Handfläche aus, und mit jeder sanften Liebkosung ihrer Finger vergrößerte sich sein Umfang. In einem wortlosen Befehl hob Luke seine Hüften an, und Kat zerrte seine Hose hinunter. Schon kam seine Erektion aus dem sie umschließenden Material frei. Ihre Zunge wanderte zu seiner Eichel, die bereits vergrößert und durch das hindurchpulsierende Blut purpurfarben war. Ihre Finger spurten den verdickten Adern seines Schwanzes nach, und bald folgte auch ihre Zunge.

Ein kleiner Tropfen Flüssigkeit sickerte aus dem dunklen Schlitz an der Spitze, und sie leckte sie ab, kostete das salzige Aroma aus, das ihre Zunge und Kehle erspürte. Kat machte den Mund weiter auf und nahm ihn nun völlig tief in sich auf.

Sie verlagerte ihre Position, sodass sie sich auf ihren Knien befand. Ihr Kopf war in seinem Schoß vergraben. Mit immer enger umschließenden Lippen saugte sie immer härter, und ihre Zunge strich an seinem hart gewordenen Fleisch auf und ab. Ihre Hände fanden seine Hoden und liebkosten sie. Luke und Kat erhoben sich und standen auf, und sie nahm ihren Mund weg von der glitzerigen Stange, um jene straffen Säcke zu saugen, während sie ihn in eng verschlossener Faust streichelte.

Luke keuchte. „Das ist gut."

Kat antwortete nicht. Ihr Mund wanderte wieder zu seinem Schaft, und sie nahm ihn wieder so weit es ging in sich auf. Er war steif und unbeugsam, und der salzige Geschmack war jetzt stärker. Ihre Finger fanden die empfindliche Stelle zwischen Anus und Hoden und kitzelten sie leicht.

Luke grub seine Hände praktisch in ihren Kopf. Der maskuline Duft seines Körpers—würzig, warm und leicht moschusartig—strömte in ihre Nase, als sie ihn immer härter bearbeitete, ihn mit ihren Zähnen leicht kratzte und Lukes leicht geöffneten Lippen ein tiefes Stöhnen entlockte.

Kat riskierte einen Blick nach oben. Sein Gesicht war gerötet und seine Augen halb-geschlossen. Die Zähne seines Oberkiefers hatten sich in seine Unterlippe gegraben. Sein Haar war verschwitzt. Dieser Anblick war überwältigend sexy.

Luke brummte laut. „Warte!"

Sie wich zurück. Luke stand einen Moment auf, drehte sie blitzschnell auf ihren Rücken und entkleidete sie ebenso schnell.

Ihre Brustwarzen standen wie eisige Zapfen hervor, und ihre Beine teilten sich, als er zu ihr aufs Sofa kletterte. Gleichzeitig streichelte er mit seiner Zunge über sie. Sein Mund entdeckte ihr nasses, pochendes Zentrum. Sie stieß wimmernde Töne der Lust aus. Das Gefühl seiner Zunge auf ihrem Fleisch machte sie wahnsinnig, und sie krallte ihre Zehen in das Sofa. Mit ihren Fingern streichelte sie über seine Kieferpartie. Sie spürte, wie dort seine Muskeln zuckten, während seine Zunge peitschenartig über ihre Klitoris streifte und sie dann langsam und mit wilder Kraft massierte.

Das pochende Sehnen zwischen ihren Beinen wurde immer heftiger, als er sie bis an den Rand eines Orgasmus brachte, dann zurückwich und sie verzweifelt zurückließ. Zärtlich küsste er ihre Lippen und sagte: „Lass mich schnell ein Kondom holen, Schatz!"

Sie schloss die Augen und nickte, hasste die Notwendigkeit der Barriere, die sich wieder einmal zwischen ihnen befinden würde. Sie nahm die Pille, und für den Bruchteil einer Sekunde zog sie in Erwägung, ihm zu sagen, er könne es ohne machen, aber—Sie schnappte nach Luft, als er zurückkehrte und sofort sein Gesicht zwischen ihren Beinen vergrub, wieder ihre Klitoris mit der Zunge bearbeitete und massierte.

Als er den Kopf hob, glitzerte sein Mund, und seine Gesichtszüge waren vor Erregung hart. Seine Finger tauchten in ihre enge Scheide, öffneten sie, während er seine andere Hand benutzte, um ihn zu führen. Er stieß hinein, und auch wenn es etwas brannte, war sie mehr als bereit für ihn.

Sie keuchten und mühten sich ab, und ihre sich wölbenden, schweißüberströmten Körper trafen mit wuchtigem Klatschen und heftigem Schlagen aufeinander. Durch die Kraft seiner Stöße schmerzten ihre schmalen Hüften, doch es machte ihr nichts aus. Sie wollte dies, sie wollte ihn. Zu bald kamen sie gemeinsam zum Höhepunkt, ein lang andauerndes, bebendes, explosionsartiges Bersten, das sie mit Wucht in die Sofakissen zurückwarf. Hier brach sie zusammen und schwelgte noch in seinem schweren Gewicht auf ihr, obwohl er sich auf seine Arme aufstützte, um sie nicht vollends zu erdrücken.

Luke pulsierte innerhalb ihres Körpers. Sein Kinn grub sich in ihre Schulter. Sie atmete den verblassenden Duft des Sonnenlichts ein, der in seinem Haar verweilte, während sich ihr Herzschlag verlangsamte und ihre Leidenschaft abkühlte.

Luke lag eine lange Zeit da, ruhte einfach auf ihr, und dann entfernte er sich, um das Kondom zu entsorgen. Gleich darauf legte er sich wieder zu ihr, hüllte sie in seiner Umarmung ein und streichelte ihr Haar. Kat wurde schläfrig, als er plötzlich zu reden anfing.

„Wolltest du schon immer Schauspielerin sein?"

Kat lächelte. Ihre Stimme klang träge, befriedigt und immer noch etwas atemlos. „Oh ja. Ich habe meine Familie damit fast in den Wahnsinn getrieben. Ich habe im Wohnzimmer Theaterstücke aufgeführt und spielte dabei jede Rolle selbst. Nachts stand ich auf meinem Bett und deklamierte Shakespeare. Jede Zeile aus jedem Stück von ihm, das ich kannte, konnte ich zitieren."

Luke zog eine Grimasse. „Wir mussten seine Werke in der High School lesen. Ich war kein Fan davon."

„Ich eigentlich auch nicht. Ich dachte bloß, dadurch würde ich besser dastehen, wenn ich davon sprach, Schauspielerin werden zu wollen."

Luke lachte. „Und hat es geholfen?"

Kat schüttelte den Kopf. „Nein, es hat nur zu der festen Überzeugung meines Vaters beigetragen, dass er mich für den Rest seines Lebens würde unterstützen müssen."

„Fehlt er dir sehr?"

„Jeden einzelnen Tag. Er war ein guter Mensch. Ich weiß, die meisten Töchter lieben ihre Väter, aber ich kann gar nicht erklären, wie wichtig er für mich war. Auch meine Mutter war erstaunlich. Sie konnte es überhaupt nicht leiden, dass ich mit Leibwächtern um mich herum aufwachsen musste, und war besorgt, dass ich womöglich niemals ein normales Leben führen könnte."

„Ich stelle mir vor, dass sie immer noch darum besorgt ist."

Damit hatte er den Nagel auf den Kopf getroffen. „Stimmt, aber sie ist auch sehr stolz auf mich. Manchmal habe ich Schuldgefühle, weil ich frei bin, draußen in der Welt bin und lebe, während sie in diesem Haus festsitzt, da sie zu verängstigt ist, es zu verlassen." Kat dachte darüber nach, was sie gesagt hatte, dann schnaubte sie. „Eigentlich ist das doch paradox, nicht wahr?"

„Was meinst du?"

Sie wandte sich ihm zu, um ihm ins Gesicht zu schauen. „Ich, wenn ich sage, ich bin draußen in der Welt und lebe, obwohl ich mich während der letzten paar Tage hier in den Bergen versteckt habe."

„Jeder braucht mal eine Pause. Etwas Zeit weg von allem. Und das gilt auch für Menschen, deren Leben nicht bedroht wurde. Gehe nicht zu hart mit dir selbst ins Gericht, weil du etwas tust, was jeder andere in deiner Lage auch tun würde, Kat."

Sie legte ihre Wange an seine Brust und seufzte. „Vielen Dank dafür. Aber die Wahrheit ist, die Menge an normalem Leben ist bei mir ziemlich begrenzt. Das muss auch so sein, denn sonst riskiere ich, ständig erkannt zu werden, weißt du?"

Luke streichelte ihr Haar. „Es ist auf jeden Fall ein Kompromiss, das ist klar. Aber um in der Lage zu sein, Filme zu drehen . . . Gott, das muss schon eine unglaubliche Erfahrung sein."

Sie grinste und küsste seinen straff trainierten Waschbrettbauch, liebte es, wie er scharf einatmete und mit seinen Fingern ihr Haar fester umfasste. „Das ist tatsächlich so. Auch wenn der ganze Prozess zu manchen Zeiten ziemlich langweilig sein kann, wenn ich dann das Endprodukt sehe, habe ich doch das Gefühl . . ."

„Was?"

„Einfach ausgedrückt: als hätte ich es gut gemacht."

Sie schloss die Augen und er fuhr fort, über ihr Haar zu streicheln.

„Früher bin ich mit meinem Vater viel ins Kino gegangen", sagte er, und sie riss schlagartig die Augen auf. Überrascht hielt sie den Atem an, da er sich nun doch ein wenig mehr ihr anvertraute und von seinem Dad erzählte, obwohl sie wusste, wie schwer ihm dies fiel. „Mir fehlt er sehr. Mir fehlen diese kleinen Dinge wie zum Beispiel–einfach nur ins Kino gehen und einen Becher Popcorn teilen zu können."

Kat streichelte seinen Arm und teilte ihm so ohne Worte mit, dass sie zuhörte und ihm Trost anbot, ohne sprechen zu wollen, um seinen Gedankengang nicht zu unterbrechen. „Früher war ich einfach echt wütend. Nicht nur wütend. Stocksauer. Ich war aufgebracht, weil es einfach so dumm war. Ich konnte mir nicht vorstellen, und kann es immer noch nicht, warum sein Partner das getan hat, was er tat. Wie konnte er einfach vor seiner Pflicht davonlaufen?"

Pflicht. An diesem Wort und allem, was es mit sich brachte, hing sich Luke auf. Das konnte Kat aus meilenweiter Entfernung sehen. Sie wusste nur nicht, wie sie es ihm erklären sollte, ohne ihn wütend zu machen. Das Letzte, was sie beabsichtigte, war, ihn wütend zu machen, wenn er gerade anfing, sich ihr anzuvertrauen.

Wenn das Thema ‚seine Eltern' zur Sprache kam, hatte dieser Mann so viele Mauern um sich errichtet, dass er, selbst wenn er einige verkaufen würde, immer noch das größte Haus der Welt bauen könnte.

„Einige Menschen denken einfach nicht nach, bevor sie

irgendetwas tun." Das war eine lahme Erklärung, das wusste sie, aber es war die einzige, die ihr im Moment einfiel. Und selbst wenn sie nicht die richtigen Worte fand, um seinen Schmerz zu lindern, so hoffte sie doch, es würde ein wenig helfen, dass er in ihren Armen lag.

KAPITEL VIERZEHN

AM NÄCHSTEN MORGEN VERKÜNDETE LUKE, er wolle sie in die Stadt ausführen.

Überrascht lachte Kat auf. „Was denn, meinst du nochmal in die Casinos und ins Restaurant?"

„Nein, da wir dies ja schon gemacht haben, dachte ich mir, wir könnten einen der kleineren Orte in der Nähe erkunden. Nicht weit von hier gibt es einen großartigen Buchladen. Ein paar hübsche Restaurants und ein Hundepark liegen auch auf der Strecke. Nichts Tolles oder Überragendes und auch nicht viele Menschen zu dieser Jahreszeit. Was sagst du?"

Sie lächelte. „Ich sage, das klingt perfekt." Solange sie zusammen waren, war ihr egal, was sie machten.

Nachdem Kat ihre unauffälligste Jeans und ein ganz gewöhnliches T-Shirt angezogen hatte, einen Baseballkappe und eine Sonnenbrille aufgesetzt hatte, fuhren sie in die reizende Kleinstadt in der Nähe. Wie Luke vorausgesagt hatte, waren die meisten Geschäfte praktisch leer. Als einige Menschen stehenblieben, um Bella zu streicheln, merkte Kat, dass sie absolut Recht gehabt hatte, als sie ihrem Bekannten Ben gesagt hatte, dass sie einen Hund brauchte. Damals war ihr nicht klar gewesen, wie sehr ein Hund dazu beitragen konnte, sich an einem unauffälligen Ort zu verstecken, denn indem die Menschen sich mit Bella liebevoll abgaben, waren sie zu abgelenkt, um Kat selbst Aufmerksamkeit zuteil werden zu lassen. Deshalb beschloss Kat, egal was auch geschehen mochte, sie würde sich definitiv einen Hund anschaffen, sobald sie nach Hause zurückkehrte.

Der Buchladen, von dem Luke gesprochen hatte, war klein und gemütlich, und hatte ein großes Sortiment ihrer Lieblingsautoren vorrätig. Eine angenehme Stunde lang stöberten sie durch die Regale und trugen dann ihre Einkäufe zur Kasse. Luke bestand darauf, alles zu bezahlen. Kat nahm dankbar an, aber erst nachdem sie deutlich gemacht hatte, sie würde für das Mittagessen aufkommen. Schließlich fanden sie ein hübsches, unglaublich authentisch wirkendes deutsches Lokal am Ende einer Straße, einige Querstraßen vom Buchladen entfernt, wo sie sich hinsetzten.

Trotz der leichten, etwas frostigen Brise nahmen sie im Innenhof Platz, sodass Bella bei ihnen bleiben durfte. Sie verhielt sich auch brav, nur gelegentlich stieß sie ein winziges, sehr jämmerliches Winseln aus.

„Kann sie ein winziges Stück von meinem Essen haben?"

Luke lachte. „Klar, denn du hast sie ja sowieso schon nach Strich und Faden verzogen."

Erwartungsvoll streckte Bella ihre feuchte Hundeschnauze in die Luft, als Kat ein kleines Stück ihres Schweinebratens abschnitt und ihr gab. „Was für ein braves Mädchen", gurrte Kat, während sie über Bellas weiches Fell strich. „Du bist solch ein braves Mädchen, ja wirklich. Ich sollte dich stehlen und für immer behalten."

„Ich bezweifle, dass du sie stehlen musst. Wahrscheinlich wird sie sowieso als blinder Passagier in deinem Gepäck mitfahren", meinte Luke.

Er machte einen Scherz, aber seine Worte ließen Kats Stimmung auf den Nullpunkt sinken. Sie wollte nicht bloß irgendeinen Hund, wenn sie nach Hause zurückkehrte–sie wollte Bella. Und mehr als das, sie wollte Luke. Aber wenn ihre gemeinsame Zeit in Tahoe erst einmal vorüber war, würde sie die beiden dann jemals wiedersehen?

∽⸱⸱⸱∾

BEI LUKES SCHWACHEM VERSUCH, EINEN Witz zu machen, verdüsterte sich Kats Gesichtsausdruck, und Lukes Herz
zog sich schmerzvoll zusammen. In seiner Vorstellung tauchten
Bilder auf, wie Bella als blinder Passagier in Kats Gepäck mitfuhr
und sich recht schnell an den verschwenderischen Lebensstil von
Hollywood gewöhnte, einschließlich pelzbesetzten Hundebetten
und einem erstklassigen Steak als Futter. Zum allerersten Mal
versuchte Luke, sich auszumalen, wie er als ein Teil zu Kats Leben passen könnte, neben anderen Männern, die Privatjets und
Assistenten zur Verfügung hätten und ihr jeden Wunsch mit einem Fingerschnippen erfüllen konnten. Er wäre nur ein weiterer Muskelprotz, der zwei Schritte hinter ihr stände und darauf
hoffte, sich noch ein wenig länger in ihrer Gegenwart aufhalten
zu dürfen.

Luke hatte schon für genug Berühmtheiten gearbeitet, um zu
wissen, dass die meisten von ihnen die Schule aufgegeben hatten,
um ihren Träumen nachzujagen. Erst letztes Jahr hatte er eine
sehr berühmte Pop-Diva bewacht, die so geistlos war, dass sie
keine Live-Interviews mehr geben konnte. Ihre Schönheit und ihr
Lächeln waren gekünstelt, und obwohl sie–zumindest vor der Kamera–charmant und höflich war, hatte sie den Bezug zur realen
Welt bereits komplett verloren.

Kat war nichts dergleichen. Sie war klug und intelligent, doch
sie führte ein Leben, von dem er absolut nichts verstand. Ein ver-
schwenderisches Leben, von dem er auf keinen Fall ein Teil sein
wollte, fand er. Also, wohin sollte das mit ihnen dann führen?

Nirgendwohin, worüber er jetzt gerne nachdenken wollte.
Noch nicht.

Nach dem Mittagessen unternahmen sie einen weiteren Stadt-
rundgang. In einem Geschäft für Geschenke verweilten sie etwas
länger, und Kat entdeckte einen riesigen Hut mit einer an einer

Seite aufgestellten Feder und einem enorm breiten Rand. Sie legte die Baseballkappe ab und probierte den neuen Hut auf. „Was
denkst du?"

Nach einem Blick auf dieses alberne Ding brach Luke in Ge-
lächter aus. Er schnappte sich vom Hutregal noch einen genau
solchen und setzte ihn auf. „Ich weiß nicht. Was denkst *du*?"

Kat bog sich vor Lachen. „Du siehst wie ein verlotterter Pirat
aus!"

Er beschloss mitzuspielen und ergriff einen überdimensiona-
len und grauenhaft grellbunten Schal, an dem kleine Goldmün-
zen baumelten, band ihn sich um seine Taille und posierte. „Hey-
ho, meine Kumpeln! Ich bin ein so verlotterter Pirat wie es nur
geht!", schrie er.

„Du weißt schon, dass das ein Bauchtanz-Tuch ist, oder?"

„Bauchtanz, sagst du? Hmm. Dann sollte er eher für dich
sein." Luke band ihn los, hielt ihn ihr hin und knurrte: „Tanz,
Mädchen!"

Kat nahm das Tuch entgegen, und ihre Augen glitzerten vor
Lachen und Begierde. „Das werde ich. Sobald wir in unsere Chalets zurückkommen."

Luke schluckte schwer. Die Vorstellung, dass Kat einen Bauchtanz vollführte, war so erregend, dass sein Schwanz hart wurde.
Luke setzte den Hut ab und legte ihn ins Regal zurück, und Kat
legte auch ihren wieder zurück. Die Leichtigkeit war wieder
zurückgekehrt, und er war froh darum. „Vielleicht sollten wir
schauen, ob sie auch solche sexy, hauchdünnen, durchsichtigen
Hosen haben?"

Kat zog eine Augenbraue hoch. „Du meinst Haremshosen?"

Dieser Gedanke ließ seinen Schwanz schmerzhaft pochen.
„Ähm, ja, genau."

Kat schüttelte den Kopf. „Ich glaube, da wirst du Pech haben."

Schwungvoll legte er einen Arm um ihre Schulter. „Okay, na
schön. Aber dieses Tuch kaufen wir definitiv, und ich werde dich

an dein Versprechen erinnern, dass du für mich tanzen wirst."

„Gut." Mit dem Tuch über eine Schulter drapiert, drehte sich Kat weg, um sich ein paar kitschige Souvenirtassen anzuschauen, und Luke nutzte die Zeit, ihren wohlgerundeten Hintern zu begutachten. Die Jeans, die sie trug, saß perfekt, und er merkte, dass er den Drang bekämpfen musste, ihrem Hintern einen satten, harten Klaps zu versetzen.

Genau in dem Moment meldete ihm sein Handy, dass eine Textnachricht einging. Mit einem Lächeln Richtung Kat zog er das Handy aus der Tasche und sah auf den Bildschirm. Die Nachricht kam von Cole.

Der Mann, der in Baileys Haus eingebrochen hat, befindet sich in Polizeigewahrsam, nachdem er noch einmal widerrechtlich das Grundstück betreten hatte. Er hat gestanden, dass er ihr diese Drohbriefe geschrieben hat. Sieht so aus, als wäre dein Mädchen jetzt sicher.

Dein Mädchen.

Schon einmal hatte sich Cole auf diese Weise auf Kat bezogen.

Und genau so betrachtete Luke sie jetzt auch.

Sein Mädchen, das er umsorgen wollte. Sein Mädchen, das er beschützen wollte.

Sein Mädchen, das er . . . lieben wollte?

Mit gemischten Gefühlen starrte Luke auf den Text. Natürlich war er froh, dass der Mann erwischt worden war. Dass Kat nun vor diesem Typen sicher war. Aber das bedeutete nicht, dass nicht eine andere Bedrohung . . . ihre hässliche Fratze zeigen könnte. Falls Kat ins Rampenlicht zurückkehrte, standen die Chancen hoch, dass das passieren könnte. Hatte sie schon einen weiteren Gedanken darüber verschwendet, einen anderen Bodyguard anzustellen?

Luke blickte hinüber zu ihr und lächelte, als er sah, wie sie noch einen Hut anprobierte, diesmal einen kecken, weichen Filzhut. Als sie Luke ertappte, dass er sie beobachtete, tippte sie an den Rand des Hutes und schickte ihm einen gehauchten Luftkuss zu. Er zwinkerte ihr zu, während er sein Handy zurück in seine Tasche steckte.

Als er zu ihr zurückging, befahl er sich, einfach den Rest dieses Tages mit ihr zu genießen, hier in dieser unbedeutenden Kleinstadt, so weit entfernt von dem ganzen geschäftigen Treiben von L.A. Kat besah ihr Spiegelbild, als sie noch einen anderen Hut probierte, und Luke wickelte von hinten seine Arme um ihre Taille. Dabei knurrte er recht dramatisch und vergrub sein Gesicht an ihrem Nacken. Sie kicherte und wirbelte herum, um ihn anzuschauen.

„Alles okay?", fragte sie.

„Alles großartig."

„Was hältst du von einem Eis, ehe wir wieder zurückfahren?"

„Klingt süß, aber nicht so süß wie du." Er wusste, das war recht gewagt, was er da sagte, aber er meinte jedes einzelne Wort ernst. Kat hatte etwas Wunderbares in sein Leben gebracht, hatte leere Stellen in seinem Inneren gefüllt, von deren Existenz er nie etwas geahnt hatte. Wie sollte er es denn schaffen, diese später nicht wahrzunehmen, wenn sie sie in Zukunft nicht mehr füllen würde?

Sie ließen das Eis doch sausen, als sie ein paar Läden weiter die Straße entlang eine Crêperie entdeckten. Draußen neben einem Springbrunnen setzten sie sich und fütterten sich gegenseitig mit Bissen von Schokolade-Erdbeer-Crêpes. Und unterhielten sich über alles, von den Liedern, die sie während ihrer Laufstrecken hörten, bis zu einigen von Kats Lieblingsmomenten auf der Leinwand.

Langsam ging der Nachmittag in den Abend über, und schließlich fuhren sie doch zurück. Luke saß am Steuer und blickte immer wieder verstohlen zu Kat hinüber. Sie hatte eine nachdenkliche Miene aufgesetzt, und er fragte sich, was sie wohl dachte. Vielleicht grübelte sie über ihr Leben in Hollywood nach und ob es das war, was sie wollte? Oder dachte sie daran, dass ihre gemeinsame Zeit hier bald zu Ende ging?

⁓ ⚭ ⁓

KURZE ZEIT SPÄTER SASSEN LUKE und Kat auf der Eingangs-stufe zu Lukes Chalet. Kat hatte ihre bloßen Füße auf das Gelän-der gelegt, und von Zeit zu Zeit fanden ihre Hände zueinander, verbanden sich und trennten sich wieder.

Kat versuchte die in ihr hochsteigende Panik zu ignorieren. Versuchte, das schreckliche Gefühl zu bekämpfen, dass sie im Be-griff stand, all dies bald zu verlieren. Die Privatsphäre. Den Frie-den und die Ruhe.

Und ihn.

Sie schluckte schwer.

Von ihrer praktischen Seite her wusste sie, dass es keine Mög-lichkeit gab, dass das, was sie angefangen hatten, mit ihrem Le-bensstil vereinbar sein konnte. Luke war Polizist, und er war nicht an flippigen Dingen interessiert, auch nicht an flippigen Menschen. In ihrer Welt wäre er ein Fisch auf dem Trockenen.

Aber wenn sie ihre Welt verlassen würde, was dann?

Wenn es jemals einen Mann geben sollte, der es wert war, all dies über Bord zu werfen, dann wäre es Luke.

Sein Gesicht hatte einen nicht interpretierbaren Ausdruck. Was dachte er? Hatte er sie bereits satt? Der Sex mit ihm war spektakulär, und sie hatte nie einen Mann kennengelernt, der so erpicht darauf war, ihr und sich selbst Vergnügen zu bereiten, egal wie oft sie die feurige Macht dieses Vergnügens bereits ge-spürt hatten. Aber abgesehen vom Sex, könnte es sein, dass die-se zärtlichen und romantischen Augenblicke, in denen sie nur in gemütlichem Schweigen beieinandersaßen oder auf der Veranda tanzten, ihn zu Tode langweilten.

Er war ein Mann der Tat. Sie war Schauspielerin. Er rettete Leben. Sie gab vor, das Leben einer anderen Person zu führen. Die Kluft war so groß, dass sie keine Möglichkeit sah, wie sie überbrückt werden konnte.

Die Dinge, die sie gemeinsam hatten–ihre Liebe zu Büchern und zur Natur, zu Frieden und Ruhe–waren für das Hier und Jetzt vielleicht genug, würden aber wahrscheinlich nicht ausreichen, sobald sie wieder in ihr jeweiliges wirkliches Leben zurückkehrten.

Die Sonne ging als großer feuerroter Ball unter. Es war ein wunderschönes Ende eines wunderschönen Tages. Wenn die Sache zwischen ihnen bald zu Ende ging, so wollte sie doch jeden Moment davon genießen. Sie wollte, dass es genau so wunderschön zu Ende ging wie es begonnen hatte.

Kat räusperte sich und setzte ein gekünsteltes Lächeln auf, ehe sie sich Luke zuwandte. „Ich glaube, ich schulde dir noch einen Tanz."

Luke hob eine Augenbraue. „Weißt du wirklich, wie man einen Bauchtanz tanzt?"

Sie konnte *tatsächlich* bauchtanzen, dank des Fitness-Kurses, den sie letztes Jahr belegt hatte, aber sie sagte bloß: „Das wirst du beurteilen müssen, meinst du nicht?"

„Ich werde dir meine sorgfältigste und sehr begeisterte Beachtung schenken", sagte er.

„Gut. Gib mir bloß noch drei Minuten, dann komm rein, okay?"

Er nickte, und durch seinen gespannten, erwartungsvollen Gesichtsausdruck wurde ihre eigene Spannung und Vorfreude noch gesteigert.

Kat schlüpfte ins Haus, fand auf der Stereoanlage einen Song, zu dem sie gut tanzen konnte, und legte schnell alles ab bis auf ihr neckisches Set von pinkfarbenem-und-schwarzem Slip und BH.

Sie dimmte die Lichter, dann umhüllte sie ihre Hüften mit dem Bauchtanz-Tuch, wobei sie sich vergewisserte, dass die kleinen Münzen viel Freiraum hatten, zu schwingen und zu klingen, dann hob sie ihre Arme über den Kopf, stellte sich in Position und wartete.

Luke trat ein und schloss die Tür hinter sich. Seine Augenlider wurden schwer und seine Nasenflügel bebten, als er ihren Anblick in sich aufnahm. Kat begann sich in den Hüften zu wiegen und nutzte die Bewegungen, die sie gelernt hatte, um sich sinnlich und lasziv zu winden und zu biegen. Luke stand wie angewurzelt da. Seine Augen waren auf ihren Körper fixiert, als sie ihre Brüste hebend und senkend zum Einsatz brachte und dann durch ihre Hüften und das Tuch ein leises melodisches Klimpern erklingen ließ, das durch das Zimmer hallte.

Sie tanzte näher heran. Ihr Haar flog um ihr Gesicht, und sie bewegte ihre Hüften schneller, bog und wölbte ihren Unterleib auf ihn zu, dann drehte sie sich herum, sodass er die langsamen, wellenartig schwingenden Bewegungen ihres Hinterteils unter dem durchsichtigen Stoff, der es bedeckte, zu sehen bekam.

Das Lied war beinahe zu Ende, und Kat hatte eine plötzliche Eingebung. Luke brachte wirklich ihre wilde, wagemutige Seite zum Vorschein–warum sie also nicht ausspielen? Sie tanzte dorthin, wo er stand, und in dem Moment, als das Lied verklang, sank sie mit gebeugtem Kopf auf die Knie.

„Ich bin dein, du kannst über mich verfügen, wie es dir gefällt", sagte sie mit leiser, heiserer Stimme.

Er hob sie vom Boden auf.

Sie schwelgte in der Stärke seiner Arme.

In einem hungrig-gierigen Kuss eroberte sein Mund ihren. Als er sich zurückzog, glühten seine Augen vor Leidenschaft und Besitzanspruch. „Verdammt richtig", sagte er, hob sie vom Boden auf und steuerte mit ihr aufs Schlafzimmer zu.

Neben dem Bett setzte Luke sie ab und liebkoste ihr Gesicht.

„Kat, du bist die schönste Frau, die ich je gesehen habe, und der Tanz, den du mir gerade gezeigt hast, ist eine bleibende Erinnerung für mich, die ich allezeit bewahren werde."

In ihrem Leben war sie schon von vielen Menschen als schön bezeichnet wurden, doch es war schon erstaunlich, dass es sich diesmal so anfühlte, als wäre es das allererste Mal. „Danke", sagte sie. „Habe ich dir bereits gesagt, dass du so sexy bist, dass ich immerzu daran denken muss, dich zu küssen und zu berühren?"

„Wie wär's, wenn wir, anstatt daran zu denken, es einfach tun? Und gleich noch eine große Menge Vögeln daran anschließen."

Seine Worte sandten kleine Schockwellen durch ihren Körper. Wie war es möglich, dass sie ihn so sehr und so oft begehrte?

Es war einfach so. Luke brauchte sie nur anschauen, ihr etwas ins Ohr flüstern oder etwas Gewagtes und Gebieterisches wie gerade sagen, und augenblicklich reagierte ihr Körper darauf.

Ihre Brustwarzen zeichneten sich durch den BH, den sie trug, ab. Ihre Nervenanspannung kitzelte bereits an ihrer Hautoberfläche, und ihre Beine hatten sich aus eigenem Antrieb geteilt, willens, diesem atemberaubend verführerischen Satz Taten folgen zu lassen.

Luke beugte sich vor und drückte seine warmen, vollen Lippen auf ihre. Ihr gehauchter Seufzer hallte durch den Raum. Als sie Luke packte, kratzte sie ihn leicht mit ihren Fingernägeln. Er ächzte, und während ihre Hände noch beim gegenseitigen Ausziehen durcheinander kamen, taumelten sie miteinander aufs Bett. Als sie beide nackt waren und Luke sich um Verhütung gekümmert hatte, bestieg er sie.

Mit seinen Händen strich er über ihre Brüste, ihren Bauch und weiter nach unten. Als er sie von neuem küsste, wurden ihre Sinne von der erhitzten, kraftvollen Stärke seiner Muskeln durchdrungen. Luke umfing das Fleisch zwischen ihren Oberschenkeln und drückte es. Ihre Schamlippen drückten sich zusammen und nahmen ihre Klitoris dazwischen gefangen, was ein kribbelndes, dekadentes Vergnügen auslöste, das sie dazu brachte, sich zu krümmen und zu winden.

Weiterhin blieb sein Mund auf ihrem. Ihre Zunge erforschte seine harten Zahnkanten, während seine Finger langsam die verhärtete Knospe umkreisten, dann gerade hart genug drückten, um Kat dazu zu bringen, in einer Mischung aus Wonne und Schmerz aufzuschreien.

Er zog sich zurück, und sein Mund bewegte sich zu ihren Schultern. Zu ihren Brüsten. Dann weiter nach unten. Mit seinen Zähnen streifte er über das köstlich-zarte Fleisch unterhalb ihres Nabels, und dann wehte sein warmer Atem über ihr gelocktes Schamhaar.

Seine Zunge glitt zwischen ihre prallen Schamlippen. Kat hielt den Atem an, und als seine Zunge ihren Kitzler fand, ihn drückte, dann auf langsame, verrückt machende Art und Weise massierte, wodurch sich ihr Hintern zusammenkrampfte und sich von der Matratze hob, ließ sie ihn wieder entweichen.

Mit seinen Fingern öffnete er ihren Eingang, drang tief in ihr Inneres, während er ihrem Kitzler mit seiner Zunge weiterhin verschwenderisch-üppige Aufmerksamkeit schenkte. Aufschreiend vor Lust stieß Kat ihre Hüften vorwärts aufwärts und verfing sich mit ihren Fingern zupackend in seinem Haar, im Versuch, ihn näher an sich zu drücken.

Als Luke den Kopf hob, glänzten seine Lippen und sein Kinn vom Beweis ihrer Erregung. Er hob sich über sie und trieb sich mit einem plötzlichen und unverfrorenen Stoß in sie hinein.

Seine Hüften bewegten sich ekstatisch, und Kat winkelte ein Bein an, um sich weiter für ihn und seinen üppig-erregten Schaft zu öffnen. Während sich sein Kinn in ihre Schulter grub, umfasste er mit seinen Fingern fest ihre Hüften, um sie anzuheben, damit er noch tiefer eindringen konnte.

Jedem Stoß und jedem Rückzug begegnete Kat mit zitternden Beinen und auf Augenhöhe. Als sie den Höhepunkt erreichte, merkte sie, dass Luke mit ihr zusammentraf. Sein Körper versteifte sich und entspannte sich langsam. Sein Atem strömte über ihre Wange, als er sich ihr zuwandte. Seine Zunge fand ihre, und Kat küsste ihn. Dabei konnte sie ihre eigenen Säfte und zugleich seine Lippen genießerisch auskosten.

⁂

NACHDEM SIE SICH GELIEBT HATTEN, zog Luke mit seinen Fingern auf dem satinweichen Fleisch ihres Arms sanfte Spuren hinauf und hinunter. Als er sie beim Tanzen beobachtet hatte, war er in überwältigtem Schweigen wie betäubt sprachlos erstarrt. Kat hatte sich so natürlich und graziös, fließend und gelenkig bewegt, dass dieser Tanz einer der verführerischsten Dinge gewesen war, die er je erlebt hatte.

Nun verhielt sie sich ruhig. Er spähte auf sie hinunter, um zu sehen, ob sie schlief, aber ihre Augen waren wach, ihre Miene nachdenklich.

„Einen Penny für deine Gedanken."

Sie lächelte. „Ich glaub nicht, dass sie den wert wären."

„Warum machst du das?"

Sie warf ihm einen verwirrten Blick zu. „Was?"

„Du hast so einen Hang, dich selbst runterzumachen. Aber manchmal grenzt das schon an noch mehr."

Sie schaute weg.

Mit seinem Finger drehte er ihr Gesicht in seine Richtung. „Rede mit mir!"

Sie seufzte. „Luke, ich bin so durcheinander. Ich weiß nicht mehr, wie ich von hier aus weitermachen soll. Früher war es einfach. Ich wollte schauspielern. Jetzt ist alles so kompliziert und verwirrend."

„Warum?"

„Weil ich als Schauspielerin großen Erfolg habe. Zu einer

gewissen Zeit dachte ich, dass das alles war, was ich wollte. Aber jetzt, da ich diesen Erfolg erreicht habe, bin ich mir nicht mehr sicher, ob das genügt. Wie kann man nur so undankbar sein? Aber ich weiß nicht mehr, was wahrhaftig gut und wichtig in meinem Leben ist und was eigentlich bloß Schall und Rauch ist."

Fest legte er seine Arme um sie und spürte ihre Verwirrung wie einen Schlag in seine Magengrube. „Es ist schwierig, gerecht einzuschätzen, ob die Schauspielerei wirklich das ist, was du willst, wenn die Tatsache, Schauspielerin zu sein und im Licht der Öffentlichkeit zu stehen, dir solche Gefühle der Unsicherheit beschert, nicht wahr?"

Darauf hatte er zwar schon zuvor hingewiesen, aber gerade hier und jetzt konnte er die Hoffnung haben, sie würde verstehen, was er sagte–dass es keine Schwäche wäre, wenn sie Schutz zuließe, sondern der Beweis, wie sehr sie alles, was sie im Leben hatte, wertschätzte.

„Vielleicht. Aber wodurch würde ich mich sicher fühlen? Indem ich irgendeinen Beschützer hätte, der mir ständig überall hin folgt? Das fühlt sich so . . ."

Sie zögerte, und er schüttelte sie. „Was? Bring deinen Satz zu Ende!"

„Dadurch würde ich mich schwach fühlen", flüsterte sie. „So schwach wie meine Mutter. Als könnte ich in der wirklichen Welt nicht leben. Als wäre ich etwas Besonderes. Als wäre ich nicht normal. Als wäre ich–ein Sonderling!"

Er küsste sie auf die Stirn. „Viele der Ängste deiner Mutter beruhen womöglich auf paranoidem Denken, Kat, aber die Wahrheit ist, in der Welt gibt es tatsächlich viele Dinge, vor denen man Angst haben muss. Und wenn dich jemand ausdrücklich bedroht, wie sollte das *dich* schwach erscheinen lassen? Es ist keine Schwäche, wenn du dich selbst und all das, wofür du gearbeitet hast, schützen willst. Es ist auch keine Schwäche, wenn du erlaubst, dass sich jemand um dich kümmert. Deinen eigenen Wert und den Wert, den du für andere hast, zu akzeptieren–und alles zu tun, was nötig ist, um das Leben, das du wahrlich führen willst, vor denen, die dich dieses Glückes berauben wollen, zu schützen und abzusichern?–Das ist wahre Tapferkeit."

„Vielleicht hast du Recht." Langsam richtete sie sich auf und umschloss seine Wange. „Allerdings hast du dich in einer Sache getäuscht."

„In welcher?"

„Nicht ich bin diejenige, die besonders ist, Luke. *Du* bist es."

Er lächelte. „Dann müssen wir eben anerkennen, dass wir in dieser Sache nicht einer Meinung sind, Kat."

„Okay", sagte sie halb-gähnend. Sie stieß einen zufriedenen Seufzer aus und schmiegte sich noch enger an ihn.

Während er sie noch auf den Kopf küsste, merkte Luke, wie das Lächeln von seinen Lippen schwand. Dann holte er einen tiefen Atemzug. Nach allem, was Kat ihm erzählt hatte, und allem, was er in den Filmen von ihr gesehen hatte, war er zu der festen Überzeugung gelangt, dass die Schauspielerei wahrlich ihre Bestimmung war. Dass ihr dies, und nichts anderes, die Erfüllung gab. Sein ganzes Gerede über Sicherheit, dass dies wichtig sei und als erstes geklärt werden müsste, ehe sie eine Entscheidung darüber traf, wie es mit ihrer Karriere weitergehen sollte, konnte nicht darüber hinwegtäuschen, dass er ihr wesentliche Informationen vorenthalten hatte, die ihr das Gefühl von Sicherheit vermitteln würden. Die Information über den älteren Mann, der sie–aber eben *zufällig*–fast von der Straße abgedrängt hatte, und die Information, die er vorhin von Cole erhalten hatte, dass der Stalker, der hinter ihr her war, nun in Polizeigewahrsam war. Jetzt konnte er diese Tatsachen nicht länger beiseite schieben. Er musste Kat die Wahrheit sagen, auch wenn dies bedeutete, Kat zu verlieren. „Kat, da gibt es etwas, das ich dir sagen muss. Etwas Wichtiges", begann er.

Doch als er auf sie hinunterschaute, sah er, dass ihre Augen geschlossen waren und sie leise schnarchte.

Luke seufzte. Zog sie nah an sich heran. Und gelobte sich, er würde ihr die volle Wahrheit sagen, sobald sie beide aufwachten.

KAPITEL FÜNFZEHN

KAT ERWACHTE, VON LUKES ARMEN und Beinen um-schlossen. Am liebsten würde sie sich gar nicht bewegen, weil Luke so warm war und sich sein harter Körper so gut an ihrem anfühlte. Stundenlang könnte sie so in seinen Armen liegen und dieses Gefühl genießen. Langsam, um ihn nicht aufzuwecken, wandte sie den Kopf, denn sie empfand das dringende Bedürfnis, sein Gesicht zu sehen. Als sie sich auf ihren Ellbogen aufstützte, spürte sie tief in ihrem Inneren ein Sehnen. Lukes starke, hervortretende Kieferpartie hatte dennoch einen anmutigen Schwung. Seine Stärke wurde in den zwei Muskelsträngen seines Halses deutlich und setzte sich in seinem perfekten Körper fort. Vorsichtig hob Kat die Bettdecke etwas an und lugte darunter. Beim Anblick seiner nackten, straffen Muskeln erschauerte sie wohlig, da Bilder ihres Liebesspiels vor ihrem geistigen Auge hervorgerufen wurden. Luke wusste genau, wie man eine Frau im Bett richtig behandelte. Und Kat hatte nie wirklich gewusst, was Befriedigung war, ehe sie Luke getroffen hatte.

Sie schmiegte sich wieder an ihn. Er verlagerte sich etwas und warf seinen Arm wieder über sie. Welch ein starker Arm . . . Gott, dieser Mann gab ihr wirklich ein Gefühl von Sicherheit. Als würde nichts und niemand es je schaffen, an ihm vorbeizukommen, um ihr etwas anzutun.

Kat dachte an ihr Gespräch zurück. Über die Theorie, dass sie nicht ernsthaft entscheiden konnte, ob sie mit der Schauspielerei aufhören sollte oder nicht, bis sie sich wirklich sicher fühlte. Diese Theorie war gut. Denn genau hier und gerade jetzt . . . in Lukes Armen . . . fühlte sie sich unbesiegbar. Und wenn sie unbesiegbar wäre, welche Art Leben würde sie dann wollen?

Er hatte ihr schon vorher diese Frage gestellt, aber sie war nicht vorbereitet gewesen, darauf zu antworten. Jetzt wusste sie die Antwort. Sie wollte weiter Schauspielerin sein. Und sie wollte Luke. Diese beiden Gegebenheiten würden sie glücklich machen, und wenn sie dieses Glück schützen und bewahren wollte, indem sie einen Bodyguard anstellte, ja, dann würde sie das nicht schwach erscheinen lassen. Es wäre klug.

Sie wäre stark. So wie Luke gesagt hatte.

Sie machte die Augen zu und genoss ihre neu gewonnene Zuversicht. Keine vorgetäuschte Zuversicht. Sondern echte Zuversicht, diesmal.

Sie wusste jetzt, welches Leben sie wollte, und war bereit, es um jeden Preis zu schützen.

Lange Zeit lag sie so da, während immer mehr Tageslicht durch die Schlitze der Jalousien hereinströmte. Es hatte den Anschein, dass Luke nicht allzu bald aufwachen würde. Sie fragte sich, ob er sie vermissen würde, wenn sie kurz in ihr Chalet hinüberschliche, um zu duschen. Sie könnte sich anziehen, ihr Haar zurechtmachen und dann zurückkommen und Frühstück für ihn machen. Sie schlüpfte unter seinem Arm hervor und setzte sich auf. Er ächzte noch einmal und rollte sich herum, schlug aber seine Augen nicht auf. Sie beugte sich zu ihm und gab ihm einen zärtlichen Kuss auf die eine Seite seines attraktiven Gesichts. „Ich bin gleich zurück", flüsterte sie und schlüpfte aus dem Bett.

In ihrem Chalet angekommen, stellte sie sich ausgiebig lang unter die heiße Dusche und verwöhnte ihre Haut in verschwenderischem Maße mit nach Lavendel duftendem Duschgel. Danach verwendete sie üppig ein herrlich weiches Feuchtigkeitsöl für ihre Haut und lächelte, als ihre Finger ein paar wunde Stellen an ihren

Hüften fanden. Diese winzigen Schrammen hatte Luke ihr zuge-
fügt, als er sich mit ihr in der Nacht zuvor im Liebestaumel be-
funden hatte.

Kat zog sich an, Jeans und eines ihrer Lieblingsoberteile, einen
weichen, grünen Kaschmir-Pullover. Sie ließ sich Zeit, ihr Haar
zu bürsten, dann flocht sie einen Zopf.

Bedächtig trug sie ein wenig Make-up auf: Wimperntusche,
etwas getönten Lipgloss, eine dünne, dunkelbraune Linie Lid-
schatten auf ihren Augenlidern, dann überprüfte sie ihr Spiegelbild. Ihre Augen strahlten, und das Lächeln auf ihrem Gesicht
war breit und echt.

Wie lang war es her, seit sie so glücklich gewesen war?

Zu lange.

Aus einem Impuls heraus beschloss sie, Charlie anzurufen, um
ihm kurz mitzuteilen, dass es ihr gut ging. Sie konnte sich vorstellen, wie er an seinem Schreibtisch saß und sich in alles Mögliche
reinstresste. Charlie war einer jener Menschen, die durch Stress
regelrecht aufblühten. Er trank Maalox wie andere Menschen
Kaffee.

Kat fand ihr Handy und tippte seine Nummer ein. Wie erwartet antwortete er beim ersten Läuten. „Hallo, Charlie!"

Aus Charlies Tonfall war Panik zu entnehmen. „Oh mein
Gott, Kat! Geht's dir gut?"

Stirnrunzelnd nahm sie das Handy vom Ohr, schaute es an
und legte es dann wieder ans Ohr. „Mir geht's gut, Charlie. Tut
mir leid, dass ich deine Anrufe nicht beantwortet habe, aber ich
habe mich etwas versteckt gehalten."

„Nicht versteckt genug, offensichtlich", sagte er.

Kat legte die Stirn noch mehr in Falten. „Was meinst du?"

„Ach Scheiße! Verdammt, verdammt, verdammt! Ich nahm
an, du hättest sie schon gesehen und rufst deshalb an."

Kat merkte plötzlich, dass sie einen ernstlichen Anfall von
Déjà-vu hatte. Denn als Ray der Presse die Oben-ohne-Fotos von

ihr beim Sonnenbaden zugespielt hatte, war dies genau dieselbe Reaktion von Charlie gewesen. „Angenommen, dass ich was gesehen habe, Charlie? Was du redest, ergibt überhaupt keinen Sinn." Vielleicht war er doch irgendwie durchgeknallt. Sie hatte ihn gewarnt, er solle nicht so viele rohe Kaffeebohnen essen und sich nicht diese ganzen Energydrinks reinschütten, bloß damit er länger arbeiten konnte.

„Die Fotos! Die von dir und dem Bodyguard."

Kat blinzelte verwirrt. Wovon plapperte er da? „Tut mir leid, Charlie, aber ich kann dir nicht folgen. Welche Fotos? Und welcher Bodyguard?"

Sie sog zwei lange Atemzüge ein und ließ sie langsam wieder entweichen. Das Zimmer drehte sich, doch sie schaffte es, hoffentlich einen halbwegs vernünftigen Eindruck von Ruhe zu bewahren. Hatte Ray noch weitere Fotos weitergegeben?

„Charlie! Mach mal langsam, bitte! Beruhige dich und sag mir, wovon du sprichst! Du machst mir Angst."

Charlies Stimme klang jetzt zerknirscht. „Es tut mir leid, Kat. Irgendjemand hat Fotos von dir und Luke Indigo im Casino in Tahoe an die Presse weitergeleitet."

Kat blinzelte erneut. Nichts ergab einen Sinn. Mühsam versuchte sie, ihre Gedanken zu sammeln. „Warte mal . . . was? Luke *Indigo*? Der Mister Indigo, also der Bodyguard, der unser Treffen im HANG TOUGH CAFÉ abgesagt hat? Ist das der Luke, mit dem ich im Casino war?"

„Okay, jetzt *bin ich* aber mal verwirrt. Ja, der Kerl auf den Fotos ist Luke Indigo, der Bodyguard. Die Presse nennt ihn jetzt *Bailey's Bodyguard Beau*."

Nein! dachte sie. Bitte, nicht! Oh Gott, bitte lass das nicht wahr sein! Es kann nicht wahr sein. Er würde mich doch nicht auf solch schlimme Art angelogen haben! Ihre Brust schmerzte und ihre Augen brannten. Als sie die Stimme wiedergefunden hatte, kamen ihre Worte angespannt heraus. „Er ist Bodyguard?

Verdammt, Charlie? Hast du ihn mir nachgeschickt?"

„Nicht wirklich. Er fand heraus, dass du von der Straße abgedrängt wurdest und dass dein Bodyguard sich aus dem Staub gemacht hatte. Ich schätze, er machte sich Sorgen, weil er dich auf dem Trockenen sitzen gelassen hatte, und fuhr dir deshalb nach. Wie . . . ich meine, wusstest du wirklich nicht, dass er Bodyguard ist?"

Ihre Verwirrung und das Gefühl, betrogen worden zu sein, verwandelten sich schnell in Wut, als sie im Geiste die einzelnen Puzzleteile zusammensetzte. „Wie gut kennst du diesen Typen, Charlie?"

„Wir haben in der Vergangenheit bei so manchem Auftrag zusammengearbeitet. Er hat einen exzellenten Ruf in seiner Branche. Er ist der Beste der Besten."

Kat schnaubte. „Ja, klar. Das ist er sicherlich. Ich werde später nochmal mit dir reden, Charlie."

„Kat, warte—"

Kat beendete den Anruf. Sie war zu sehr am Boden zerstört und zu zornig, um mit irgendjemandem Nettigkeiten austauschen zu können. Sie warf ihr Handy auf die Küchenablage und stand einfach nur da und starrte die Wand an.

Verdammt sollte er sein! Dieser Mann, den sie angefangen hatte, gernzuhaben, mit dem sie stundenlang Liebe gemacht und aneinander gekuschelt geschlafen hatte, hatte sie vom ersten Tag an nach Strich und Faden belogen. Die ganze Zeit hatte er gewusst, wer sie war, und auch den Grund gekannt, warum sie hier war.

Tränen traten ihr in die Augen, aber sie drängte sie zurück. Dies war nicht der rechte Zeitpunkt für Tränen. Wieso hatte sie das nicht gemerkt? Wieso hatte sie alle Anzeichen übersehen?

Sie hätte sie sehen sollen.

Lucas Indigo.

Luke.

Ihr Bodyguard, der verschwunden war.

Luke taucht auf. Seine lockere Umgangsform. Sein Angebot, ‚sich um sie zu kümmern'. Die Tatsache, dass er sie angeblich nicht erkannt hatte und auch wegen ihres Ruhms nicht beunruhigt war. Natürlich war er das nicht. Der Mann hatte schon seit langer Zeit Stars beschützt.

Beschützt? Oder mit ihnen geschlafen?

Nun durchzuckte sie ein noch gewaltigerer Schock der Empörung.

War es möglich, dass er es als sein Recht ansah, mit den Frauen, die er beschützte, ins Bett zu gehen?

Das würde erklären, warum es ihm nichts auszumachen schien, dass sie sich bald trennen und vielleicht nie mehr wiedersehen würden. Wahrscheinlich war er daran gewöhnt, kurze Liebeleien mit Filmstars zu haben und dann ohne zurückzublicken weiterzuziehen.

Dieser Scheißkerl!

Kat trat mit dem Fuß gegen die Wand. Dadurch fühlte sie sich aber auch nicht besser. Mehrmals holte sie tief Luft, um sich zu beruhigen. Der Drang, in sein Chalet zu stürmen, ihn aufzuwecken–am liebsten indem sie ihm einen Kübel Eiswasser über den Kopf schüttete–war so stark, dass sie fast schon zur Türe hinaus war, um genau das zu tun.

Letzten Endes schaffte sie es, sich zurückzuhalten.

Diese Genugtuung würde sie ihm nicht geben, dass sie sich wie eine kindische Diva aufführte.

Die Stille umgab sie, drückend und vorwurfsvoll. Kat ließ sich aufs Sofa fallen, verbarg ihren Kopf in den Händen und holte tief Luft. „Er hat gelogen", sagte sie dumpf. „Er hat mich angelogen!"

❧

LUKE VERSUCHTE KAT NAH AN sich heranzuziehen und runzelte die Stirn, als er merkte, dass er ins Leere griff. Schlagartig riss er die Augen auf und sah, dass sie fort war. Einen Moment lang lag er verblüfft da. Da er stolz auf seine guten Instinkte war, fand er, dass sie eigentlich nicht in der Lage hätte sein sollen, aufzustehen, ohne dass er es merkte. Aber er hatte tief und fest geschlafen, da er völlig ausgelaugt war von ihrem Liebesspiel.

Die Laken waren kalt. Folglich musste sie schon vor geraumer Zeit das Bett verlassen haben. Nachdem er die Decke zurückgeschlagen hatte, sah er sich in dem kleinen Schlafzimmer um. Kat war offensichtlich nicht da. Rasch zog er seine Jeans an und suchte das Chalet nach ihr ab. Sie war nicht im Badezimmer und auch nicht in der Küche. Als er durch das Wohnzimmer ging, wedelte Bella mit dem Schwanz. „Wo ist sie hin, Bella?"

Der Hund hob den Kopf. Wenn sie ein Mensch wäre, würde sie ihn mit hochgezogener Braue angeschaut haben. „Du bist vielleicht so ein Wachhund!" Bella ließ ein kurzes Bellen hören, dann legte sie ihren Kopf wieder auf ihre pelzigen Pfoten, während Luke sein Tablet holte und das Überwachungsprogramm aktivierte.

Er spulte zurück. Kat war vor etwa einer Stunde zurück zu ihrem Chalet gegangen. Er fragte sich, warum, war aber nicht sonderlich besorgt. Sie war nicht absichtlich von der Straße abgedrängt worden, und der Stalker, der sie bedroht hatte, befand sich in Polizeigewahrsam. Die Bedrohung war ihr von Hollywood also nicht bis hierher gefolgt. Wahrscheinlich duschte sich Kat lediglich und zog sich um.

Ihm graute davor, aber es wurde höchste Zeit, rüberzugehen und ihr die Wahrheit zu sagen.

Schnell zog er sich fertig an und eilte nach nebenan, dicht gefolgt von Bella. Er sah, dass sich der Vorhang bewegte, als er auf die Eingangsstufe trat und klopfte. Er wartete eine Minute, ohne eine Antwort zu erhalten. Er klopfte erneut, diesmal lauter, und endlich machte Kat die Tür auf, mit versteinerter Miene.

„Guten Morgen", sagte er mit einem Lächeln.

„'Morgen."

Ein paar Sekunden standen sie da. Als er merkte, dass sie ihn nicht hereinbitten wollte, wurde sein Herz von Grauen gepackt. Sie war wütend, und für diese Wut konnte es nur einen Grund geben. Irgendwie hatte sie herausgefunden, wer er war.

So sei es eben. Er war hergekommen, um die Wahrheit zu gestehen, und das würde er tun. Er hoffte bloß, sie würde ihn ausreden lassen.

„Kat, ich muss dir unbedingt etwas sagen. Ich war nicht ganz ehrlich zu dir ..."

„Ach wirklich?" Schnaubend verschränkte sie ihre Arme. „Was haben Sie vergessen, mir zu sagen, Mister Indigo? Sind Ihre Eltern wirklich tot oder war das auch bloß leeres Geschwätz, um mich einzuwickeln? Damit ich glauben sollte, wir hätten tatsächlich irgendetwas gemeinsam?"

„Alles, was ich dir von meinen Eltern erzählt habe, entspricht der Wahrheit, Kat."

Sie blickte kurz zu Boden, dann wieder auf ihn. „Dann tut es mir leid. Aber du bist kein Polizist, oder?"

„Mein Vater arbeitete in der Polizeidirektion von Los Angeles. Als du annahmst, dass ich ..." Er seufzte. „Schau, vielleicht hätte ich dir von Anfang an sagen sollen, wer ich bin. Kann sein. Aber ich bin nicht sicher, ob ich die Dinge nicht doch genau so wieder machen würde. Da bin ich jetzt ehrlich. Endlich. Zuerst war ich nur hier, um dich zu beobachten. Ich war besorgt, weil der Sicherheitsdienst, den ich empfohlen hatte, dir einen Bodyguard geschickt hatte, der dich im Stich ließ. Aber ich fühlte mich vom ersten Moment an, als ich dich sah, zu dir hingezogen, Kat, und als ich dich kennenlernte und anfing, dich gernzuhaben ..."

Sie hielt ihre Hand hoch wie ein Stoppzeichen. Wut verzerrte ihre hübschen Gesichtszüge. „Bitte, hör auf! Du hast mich nicht gern. Du kamst hierher, weil es dein Job war. Oder weil du bedauert hast, den Job zunächst abgelehnt zu haben. Du sahst eine neue Gelegenheit, etwas Ruhm zu ergattern."

Diese zweite Beschuldigung war geradezu abstrus, und allein schon als Luke Kat anschaute, wurde ihm klar, dass sie dasselbe dachte. Sie suchte nach jeder Möglichkeit, ihn zurückzustoßen, und natürlich hatte sie auch allen Grund dazu.

Diesmal wartete er ein paar Herzschläge lang, doch als sie nicht fortfuhr, sagte er: „Bist du fertig?"

Ihre Augenbraue hob sich. „Absolut."

Sein Herz schlug ihm bis zum Hals. Er verstand die Botschaft hinter ihren Worten. Sie war nicht einfach nur fertig mit dem, was sie zu sagen hatte, sie war fertig mit ihm.

„Kat, es tut mir leid, dass ich gelogen habe, aber du bist für mich niemals nur ein Job gewesen. Ja, ich habe gewisse Bedenken wegen der Sache, die meinem Vater passiert ist. Manchmal lindert mein Job das Schuldgefühl, weil niemand da war, um auf ihn aufzupassen, als er es gebraucht hätte. Aber darum geht es jetzt hier nicht. Es geht um dich, Kat. Es geht um uns, und um das, was wir hier zusammen gefunden haben."

Für einen Augenblick schlich sich ein sanfter Ausdruck in ihre Augen, doch dann schüttelte sie energisch den Kopf und blickte ihn finster an. „Spar dir das! Ich kann dir nicht trauen. Vom ersten Tag an hast du mich angelogen und manipuliert, und ich bin nicht gewillt, dies auch nur eine Sekunde lang zu vergessen. Das Schlimmste ist, dass du mich zum Narren gehalten hast. Ich hätte es besser wissen sollen. Ich *habe zugelassen*, dass du mich zum Narren gehalten hast."

Luke streckte sich nach ihr aus, aber sie wich seinem Zugriff aus. Sein bereits angeschlagenes Herz schmerzte noch heftiger. Luke versuchte es nochmals. „Nein, Kat, du bist kein Narr. Fast alles, was ich dir gesagt habe–alles über meine Familie und über meine Gefühle–ist die reine Wahrheit. Das einzige, das ich zurückgehalten habe, sind mein Nachname und mein Beruf." Verzweifelt raufte er sich die Haare. „Na gut, Bella ist nicht wirklich mein Hund, und dieses Buch von Nicholas Sparks hatte ich nur deswegen hier, um ein gewisses Image aufzubauen."

Kat stieß einen leisen Schrei aus, als würde sie seine Täuschung mit Bella und jenem verdammten Buch am tiefsten von allem treffen.

„Schatz, ich *verabscheute* es, dies alles vorzugeben, denn mir ist klar, du verdienst es, die Wahrheit zu kennen. Ich kam her, um sie dir heute zu sagen. Darum bin ich hier. Können wir nicht einfach noch einmal von vorn beginnen?"

Bitte, sag ja! Ich werde es für den Rest meines Lebens wiedergutmachen! Stumm starrte er sie an, in der Hoffnung, sie würde sein Flehen in seinem Gesicht und in seinen Augen sehen.

„Nein, Luke, ich bedaure . . . aber nein."

Luke wollte mit ihr debattieren. Er wollte betteln. Aber er tat nichts dergleichen. Nie zuvor hatte er sie so wütend erlebt, aber ihm war klar, dass sie zu diesem Zeitpunkt nicht in der Stimmung für lange Diskussionen oder Vergebung war.

„Was du getan hast, hat mir Schmerz bereitet und war falsch. Du kannst nicht einfach hier hereinspazieren und dich entschuldigen und erwarten, dass ich sofort wieder in deine Arme falle. Ich bin schon so oft angelogen worden, dass ich weiß, wer einmal lügt, der ist auch gewillt, ein zweites Mal zu lügen. Und ein drittes Mal. Das hört niemals auf."

Er *hatte* sie angelogen, und es hatte keinen Zweck, es abzustreiten. Es gab auch nicht die Möglichkeit, die Zeit zurückzudrehen und sich ihr vorzustellen als Luke Indigo, Bodyguard. Aber er konnte die Sache nicht so zu Ende gehen lassen. „Kat—"

„Bitte geh! Und komm bitte nicht mehr zurück!" Mit leisem Klicken schloss sie die Tür und verriegelte das Schloss.

Ohnmächtig, etwas dagegen zu unternehmen, nahm Luke Bella mit sich und ging.

Er konnte sich nicht erinnern, je so wütend auf sich selbst gewesen zu sein. Er bildete sich so viel auf seine Intuition ein, und doch hatte er immer wenn seine Intuition ihm geraten hatte, ihr die Wahrheit zu sagen, jedes Mal wieder Ausflüchte gesucht. Anfänglich mochte dies ja auch gerechtfertigt gewesen sein, als er gedacht hatte, sie könnte immer noch in Lebensgefahr schweben, aber nachdem diese Möglichkeit weggefallen war, hätte er reinen Tisch machen müssen. Nun glaubte sie, dass alles, was zwischen ihnen geschehen war, eine Lüge gewesen sei. Wie könnte er sie nur überzeugen, dass ihre gemeinsame Zeit realer gewesen war als jede andere Beziehung, die er je gehabt hatte?

Auf dem Rückweg zu seinem Chalet dämmerte es Luke, dass sie ihm nicht mitgeteilt hatte, wie sie von seiner wahren Identität erfahren hatte. Es gab nur einen sicheren Weg, das herauszufinden. Er rief Cole an.

„Hey", erwiderte Cole. „Ich wollte dich gerade anrufen. Wie kommt Kat mit der Sache mit den Fotos klar?"

Luke runzelte die Stirn. „Welche Fotos?"

„Die Presse hat Fotos veröffentlicht von euch beiden, wie ihr euch draußen in Tahoe amüsiert. Sie haben dir den Spitznamen ‚Bailey's Bodyguard Beau' verpasst. Es sieht so aus, dass sich ein wahrer Sturm über euch zusammenbraut, und ihr zwei befindet euch genau in seinem Zentrum. Wie ich höre, haben sich die Paparazzi schon in Scharen auf den Weg zu euch gemacht."

„Scheiße! Verdammt nochmal!" Luke wollte irgendetwas zusammenschlagen. Zum Glück war er klug genug, zu wissen, dass er dadurch die Sache nur schlimmer machen würde. Perfekt. Ein Sturm. Cole hatte ja sowas von Recht. Ein Scheißsturm, das war es, ja, und er und Kat befanden sich definitiv direkt im Auge des Orkans. „Sie muss es in den Nachrichten gesehen haben oder so. Entweder das oder jemand hat ihr davon erzählt, ehe ich die Chance hatte, reinen Tisch zu machen."

„Dann rede mit ihr! Erklär ihr die Sache!"

„Wollte ich ja", sagte er und strich sich verzweifelt durchs Haar. „Zu spät. Sie hatte das von den Fotos schon erfahren. Was zum Teufel soll ich nur tun, Cole? Ich will sie nicht verlieren. Ich kann sie nicht verlieren!"

„Ich weiß, du wirst das nicht hören wollen, Kumpel, aber vielleicht ist der richtige Weg, wie du ihr zeigst, was du empfindest, dich zurückzuziehen und ihr die Freiheit zu geben, die sie braucht."

„Bist du wahnsinnig? Und was dann? Soll ich sie hier draußen alleine lassen, wo sie ganz auf sich gestellt ist? Die Leute wissen jetzt, wo sie ist. Dies wäre der schlimmste Zeitpunkt überhaupt, um sie zu verlassen!"

„Oder vielleicht wäre es auch der ideale Zeitpunkt, um ihr zu zeigen, dass du sie gernhast, und dass dies zum Teil auch bedeutet, sie ihre eigenen Entscheidungen treffen zu lassen, was ihre Sicherheit betrifft. Sie hat sich schon seit Langem mit der Presse herumgeschlagen, und wird dies auch weiterhin tun müssen. Luke, ich glaube nicht, dass du beides zugleich sein kannst, ihr Bodyguard und ihr Freund. Du wirst dich entscheiden müssen."

„Ich will mich nicht entscheiden", sagte er, obwohl er wusste, dass Cole ein sehr gutes Argument hatte.

„Du könntest immer noch jemand anderen für ihre Bewachung abstellen."

„Sie war schon vorher abgeneigt, einen Leibwächter zu haben. Und ich habe die Sache wahrscheinlich nur noch schlimmer gemacht."

Sie redeten noch ein wenig weiter. Luke erzählte seinem Freund, wie er Kat schätzen gelernt hatte und dass sie ganz anders war als er anfänglich erwartet hatte. Als er schließlich aufgelegt hatte, spürte er tief in sich große Verzweiflung und in seinem Herzen noch schlimmeren Schmerz. Er konnte den Gedanken nicht ertragen, Kat zu verlieren, aber er musste sich die Wahrheit eingestehen.

Er hatte sie bereits verloren. Die Frage war, ob er sie wiedergewinnen konnte.

Selbstverständlich stand außer Frage, dass es unmöglich war, jemanden hundertprozentig vor Gefahren zu beschützen, und dies galt ganz besonders, wenn die zu bewachende Person sich ihrem Schutz widersetzte. Kat hatte das Recht, ihr Leben zu leben und zu genießen. Das gestand er ihr auf jeden Fall zu. So sehr er auch der Versuchung nachgeben wollte, Kat wie ein kostbares Erbstück in einer absolut sicheren Schmuckschatulle aufzubewahren, so wusste er doch, dass er das nicht tun konnte. Zum momentanen Zeitpunkt war es das Beste, sie gehen zu lassen und zu hoffen, dass sie vielleicht, nur vielleicht, wieder zu ihm zurückkommen würde.

Tief seufzend holte er das, was er brauchte, und begab sich wieder zu Kats Chalet. Er musste dies tun, und zwar schnell. Wenn nicht, so befürchtete er, würde er es sich womöglich anders überlegen.

Wieder einmal klopfte er an ihre Tür und wartete. Als Kat öffnete, wirkte sie eher erschöpft als wütend. „Luke, ich habe wirklich nicht die Energie, das alles nochmals durchzukauen." Sie hatte die Tür nur so weit geöffnet, dass sie mit ihm sprechen konnte. Ein deutliches Zeichen, dass sie ihn nicht hereinbitten würde.

„Heute Abend werde ich meine Sachen zusammenpacken und morgen in aller Frühe abreisen. Es tut mir leid, dich angelogen zu haben, Kat. Zuerst glaubte ich wirklich, ich täte das Richtige, um dir Sicherheit zu garantieren. Dann, als klar wurde, dass du sicher warst, wusste ich nicht, wie ich dir erklären sollte, wer ich bin, ohne dich zu verlieren. Aber dafür gibt es keine Entschuldigung. Du hattest jedes Recht, es zu erfahren. Du hattest das Recht, Entscheidungen zu treffen auf der Grundlage, über alles Bescheid zu wissen."

„Danke", sagte sie leise. Luke meinte, ein Stocken in ihrer Stimme gehört zu haben. Auf keinen Fall wollte er sie weinend zurücklassen, vor allem nicht, wenn er derjenige war, der schuld daran wäre, anstatt derjenige zu sein, der ihr Trost spendete.

„Vielleicht weißt du dies bereits, aber der Fahrer, der dich fast von der Straße abgedrängt hat, tat dies unabsichtlich. Es war Zufall. Ein alter Mann, der schon längst nicht mehr ans Steuer eines Wagens gehört, war der Schuldige. Und der Stalker? Der dich bedroht hat? Der wurde von der Polizei verhaftet, nachdem er in dein Haus eingebrochen war."

Kat schloss die Augen und lehnte sich am Türrahmen an, als hätte sie keine Kraft mehr, selbstständig aufrecht zu stehen. Als sie die Augen wieder aufmachte, war ihr Blick ausdruckslos. Leer. Wie betäubt.

„Seit wann weißt du das?"

„Das mit dem alten Mann als Fahrer seit ein paar Tagen. Das von der Festnahme deines Stalkers erfuhr ich gestern, als wir in der Stadt waren."

„War das die Nachricht, die du bekamst, als wir in dem Laden waren?"

Er nickte.

Kat schluckte sichtlich getroffen, dann straffte sie sich. „Na gut, danke, dass du es mir gesagt hast. Guten Tag, Luke."

Schon wollte sie die Tür zumachen, als er „Warte!" rief, und sie innehielt.

Mit argwöhnischem Blick schaute sie ihn an, sagte aber nichts.

„Ich weiß von den Fotos in den Zeitungen. Die Menschen wissen, wo du bist, einschließlich der Presse. Wenn du beschließt, hierzubleiben, verhalte dich bitte klug! Mein Team und ich haben außerhalb der Chalets Überwachungsvorrichtungen installiert, als wir hier ankamen."

Schockiert riss sie die Augen auf, und Luke fluchte innerlich. Gott, er versetzte ihr einen Schlag nach dem anderen. Wie viel würde sie noch ertragen können, ehe sie ausflippte?

„Du und dein Team, ihr habt mich beobachtet? Oh mein Gott! Sind auch im Haus Kameras? Hast du zugelassen, dass sie uns beobachten—"

„Kat, nein! Keine Kameras in den Innenräumen, ich schwöre! Mein Team–zwei Männer, die mich hierher begleiteten–fuhren an dem Tag ab, bevor ich mit dir ins Casino ging. Ich schwöre dir, sie hatten keine Ahnung, wie nah wir uns kommen würden."

Ihre Erleichterung war mit Händen zu greifen. Luke wollte sich selbst in den Hintern treten, weil er Kat erneut in Aufregung versetzt hatte. Das Beste, das er ihr jetzt geben konnte, war das, was sie im Moment am allermeisten brauchte–sie vor ihm in Ruhe zu lassen. „Kat, das Überwachungssystem draußen ist noch an Ort und Stelle. Dieses Tablet fungiert als Monitor." Er hielt es ihr entgegen und aktivierte mit einem Klick das Programm. „So einfach ist es, dies zu benutzen. Lass es bitte eingestellt und pass auf dich auf!"

Eine Sekunde lang sah Kat so aus, als würde sie ihm das Tablet aus den Händen reißen und auf den Boden schmettern. Stattdessen nickte sie nach kurzem Zögern steif. Sie streckte ihre Hände aus, um Tablet und Ladekabel in Empfang zu nehmen, und dabei berührten sich ihre Hände. Diese kurze Berührung sandte sogleich ein Kribbeln an seinem Arm hinauf und durch seinen ganzen Körper.

Luke schluckte schwer. „Kat, ich würde dich liebend gerne wiedersehen, aber ich möchte diese Entscheidung völlig dir überlassen. Du weißt, wo du mich finden kannst, falls du mich brauchst oder wenn du mich auch einfach nur sehen willst."

Kat schaute überrascht drein, und er schüttelte den Kopf. „Das ist für mich überhaupt nicht leicht. Ich kämpfe mit mir selbst, nicht doch bei dir zu bleiben. Noch nie bin ich von etwas, das ich wollte, weggegangen, und, Engel, niemals wollte ich je irgendetwas so sehr wie dich!"

KAPITEL SECHZEHN

NACHDEM LUKE GEGANGEN WAR, BLICKTE Kat auf das Tablet in ihrer Hand. In der Nähe des Esstisches befand sich eine Steckdose, und dort steckte sie es an. Dann fing sie an, im Chalet der Länge nach auf und ab zu tigern, obwohl sie eigentlich nichts anderes tun wollte als Luke hinterherzujagen und ihn anzuflehen, sie nicht zu verlassen.

War sie ihm gegenüber zu hart gewesen? Sie wusste nicht, was sie denken sollte. Vorhin war sie so ultrawütend gewesen, sowohl nach Charlies Anruf als auch nachdem sie die Fotos von sich und Luke auf ihrem Smartphone betrachtet hatte. Sie hatte sich verraten und betrogen gefühlt. Sie hatte gedacht, er würde sie gernhaben, doch er hatte vom ersten Tag an nur mit ihr gespielt.

Aber dann, als er geklopft und sich bei ihr entschuldigt hatte, hatte er ihr auch gesagt, wie sehr gern er sie hatte. Nun wusste sie nicht mehr, was sie davon halten sollte. Als er das erste Mal gegangen war, hatte sie eigentlich auch *den Wunsch verspürt*, zu ihm zu gehen, hatte sich das aber selbst nicht gestattet. Sie hatte ihrem eigenen Urteil nicht getraut. So viele Male hatte sie sich schon getäuscht.

Wie gut, dass sie sich zurückgehalten hatte. Denn was er ihr vorhin gesagt hatte, war schlimm genug gewesen–Bella war nicht einmal sein Hund!–obendrein hatte er doch tatsächlich Kameras installiert, um sie zu beobachten! Er hatte andere Männer mitgebracht, die sie beaufsichtigten. Gott, sein Täuschungsmanöver war ja so ausgefeilt gewesen! So berechnend. Hatten er und seine Männer sich auf ihre Kosten amüsiert, weil sie so leicht auszutricksen gewesen war? Waren sie zusammen gesessen und hatten miteinander die Oben-Ohne-Fotos von ihr, die Ray an die Öffentlichkeit gebracht hatte, betrachtet? Hatte Luke die ganze Zeit geplant, sie zu vögeln, um ihnen dann zu berichten, wie leicht es gewesen war, die berühmte Kat Bailey scharf zu machen und ins Bett zu kriegen?

Aber nein, er hatte gesagt, seine Männer wären abgefahren, bevor er sie ins Casino ausgeführt hatte. Wie konnte sie ihm bloß je wieder glauben?

Kat ließ sich in einen Sessel fallen und vergrub ihr Gesicht in ihren Händen.

Das war das Problem in aller Kürze. Egal wie stark Luke behauptete, wie sehr er sie mochte und um ihre Vergebung bat, sie konnte niemals wieder sicher sein, wann er log und wann nicht. Das Schwindeln fiel ihm viel zu leicht.

Aber war das nicht auch ein Teil, wenn man jemanden beschützen wollte? Alle Maßnahmen zu ergreifen, die nötig waren, um die Sicherheit jener Person zu gewährleisten? Ja, sie *war* jetzt in Sicherheit, doch das wusste sie nur dank Luke, da sie ja davongelaufen war und sich so lange nicht bei Charlie gemeldet hatte. Luke war es gewesen, der sich der harten Fakten angenommen hatte, während sie den Kopf in den Sand gesteckt hatte.

Mit einem Ächzen vor Frustration schoss Kat aus dem Sessel. Gott, sie trieb sich noch selbst in den Wahnsinn, in dem Versuch, aus all diesem schlau zu werden. Vielleicht *sollte* sie *doch* mit Luke sprechen, ehe er abreiste. Vielleicht aber auch nicht.

Sie erspähte ihre Handtasche, ergriff sie und auch ihre Autoschlüssel. Sie musste unbedingt raus hier, zwischen sich und Luke Raum schaffen, ehe ihre Gefühle ihren gesunden Menschenverstand überstimmten und sie doch zu ihm hinüberging. Sie sperrte das Chalet ab und fuhr zu demselben Casino, das sie vor einigen

Tagen gemeinsam besucht hatten. Sie spazierte in den lauten, geschäftigen Saal und schaute sich um. Doch sie vermisste Luke nur umso mehr.

Kat versuchte ihr Glück beim Black Jack, aber ihre kleinen Gewinne brachten ihr keinen Spaß, da Luke nicht da war, der sie anfeuerte. Sie verließ die Spieltische und wanderte ziellos herum, als sie mittendrin eine Bewegung neben sich wahrnahm.

„Hallo, Schöne!"

Der Mann hatte einen starken Akzent. Dunkle Haut und schwarzes Haar und in einem teuren Anzug gekleidet. Er lächelte, und dadurch wurden seine perfekten weißen Zähne sichtbar.

„Hallo", sagte sie, auf Vorsicht bedacht.

„Sie sind doch Kat Bailey, oder?" Kat zögerte, als er ihr die Hand entgegenstreckte. „Ich bin Hussein Nayeri. Ich erkenne Sie aus der Zeitung."

Großartig!

Er schaute hinter sie und um sie herum. „Ihr Bodyguard, dieser Indigo, ist wirklich gut. Ich sehe ihn nicht einmal."

„Ich habe keinen Bodyguard. Luke war nur ein . . . Freund, der zufällig Bodyguard ist." *Ist er wirklich mein Freund? Freunde belügen einander nicht. Ben würde mich nie anlügen!*

„Ach! Naja, ich möchte nicht als Opportunist erscheinen, aber wenn er momentan nicht mit Ihnen beschäftigt ist, frage ich mich, ob er vielleicht an einem weiteren Auftrag interessiert sein könnte. Mein Sohn Omar wird einundzwanzig, und seine Geburtstagsparty wird in dieser Räumlichkeit abgehalten."

Kat hob verwundert eine Augenbraue. „Warum braucht er einen Bodyguard?"

Hussein schmunzelte. „Vor Kurzem schaffte Omar es im *People Magazine* unter die Top 20 der reichsten Junggesellen unter zwanzig. Meine Frau und ich waren von der Menge junger Frauen, die um seine Aufmerksamkeit buhlten, absolut geschockt. Zeternd wetteifern sie darum, in seiner Nähe zu sein. Sie meinen, ihn zu kennen, wegen all dem, was sie über ihn in der Zeitung lesen. Einen Konkurrenzkampf dieser Art habe ich noch nie erlebt. Omar ist auch schon mit einigen eifersüchtigen Freunden dieser Frauen aneinandergeraten. Ich mache mir Sorgen. Omar ist ein guter Junge, doch ich befürchte, dass irgendjemand etwas Dummes tut und seine Sicherheit gefährdet. Ach, da ist er ja!"

Kat blickte auf. Sobald sie Omar sah, verstand sie die Besorgnis des Vaters und warum sein Sohn im *People Magazine* gekürt worden war. Er hatte die gleiche dunkle Hautfarbe wie sein Vater, aber seine Augen waren blassblau. Und sein Körper war Schönheit in Reinform.

„Omar, darf ich dir Kat Bailey vorstellen. Miss Bailey, dies ist mein Sohn Omar."

Der Junge lächelte, und dadurch wurde seine Schönheit noch gesteigert. Mit einer leichten Verbeugung sagte er zu Kat: „Ich fühle mich geehrt, Sie zu treffen, Miss Bailey. Ich habe all Ihre Filme gesehen. Sie sind eine fantastische Schauspielerin."

Kat lächelte und bot ihm ihre Hand. Anstatt sie zu schütteln, beugte er sich nieder und küsste ihren Handrücken. „Vielen Dank, Omar. Es freut mich, dich kennenzulernen. Bitte nenne mich Kat!"

In der Bar in der Nähe gab es Tumult, und plötzlich war Omar in höchster Alarmbereitschaft. Schnell schaute er sich um und auch hinter sich, ehe er sich wieder Kat zuwandte und ihr ein weiteres Lächeln schenkte. Diesmal drückte es auch leichte Besorgnis aus.

„Dein Vater sagte, du hättest hier gewisse Schwierigkeiten, weil du zu sehr im Fokus der Öffentlichkeit stehst. Das kann ich sehr gut nachfühlen. Mir erging es genauso, solche Probleme sind mir nicht fremd."

Er nickte, und aus seinem ausdrucksstarken Gesicht sprach Frustration. „Ja, es ist unglaublich schwierig, damit klarzukommen. Eigentlich wollte ich mit meiner Familie nur unbeschwert

Urlaub machen und meinen Geburtstag feiern. Mir missfällt die Vorstellung, dass irgendein Typ mir ständig folgt, um meine Sicherheit zu gewährleisten. Es ist schon seltsam, dass die Leute meinen, mich zu kennen, und ohne die geringste Einladung auf einen zukommen und einen belagern."

„Omar", sagte sein Vater. „Ich weiß, wie ungern du Leibwächter um dich hast. Aber wenn du jemanden hast, der sich um deine Sicherheit kümmert, wird dir damit die Freiheit geschenkt, du selbst zu sein, so wie du in Wahrheit bist, nicht so wie es die Öffentlichkeit von dir erwartet."

Als Kat die Worte des Mannes vernahm, merkte sie, dass sie eine genaue Wiederholung dessen waren, was Luke ihr mehrere Male zu sagen versucht hatte. Erst jetzt, da Luke fort war, erkannte sie deren Wahrheitsgehalt. Seit sie die Drohbriefe erhalten hatte, hatte sie sich um so viele Dinge Sorgen gemacht, doch als Luke in ihrer Nähe war, hatte sie sich um gar nichts gesorgt. Weil sie sich mit ihm sicher gefühlt hatte. Sicher, sie selbst sein zu können.

Sie war nicht bereit, zu vergeben und zu vergessen, was er getan hatte, aber vielleicht konnten sie doch die Dinge wieder ins Lot bringen? War nicht das, was sie miteinander gefunden hatten, es wert, es wenigstens zu versuchen?

„Es war so schön, Sie beide kennengelernt zu haben", sagte sie zu Omar und Hussein. „Doch ich muss jetzt gehen. Omar, ich hoffe, dass du eine großartige Geburtstagsfeier haben wirst. Wenn Sie eine Visitenkarte oder sowas hätten, Herr Nayeri, werde ich sie an Luke weitergeben."

Omars Vater zog aus seiner Jackentasche eine Visitenkarte hervor und reichte sie Kat. „Vielen Dank, Miss Bailey. Es war mir ein Vergnügen."

Omar bedankte sich für ihre Geburtstagswünsche und verabschiedete sich. Nachdem Kat zu den Blockhäusern zurückgekehrt war, ging sie zuerst zu Lukes Chalet. Da sein Wagen fort war, krampfte sich ihr Herz zusammen, dennoch klopfte sie an die Tür, nur für den Fall, dass er doch noch hier war.

Sie wartete einige Zeit, ehe sie nochmals klopfte, diesmal lauter. Als es keine Reaktion gab, probierte sie, den Türgriff zu drehen. Die Tür war abgeschlossen. Vielleicht machte er nur eine kurze Fahrt oder einige Erledigungen oder Einkäufe? Allerdings waren die Vorhänge des vorderen Fensters zurückgezogen. Luke ließ nie die Vorhänge offen, wenn er kurz wegfuhr. Niemals.

In ihren Augen brannten Tränen. Dann war er also doch weg.

Verstohlen blickte sie sich um, ob sie auch niemand beobachtete. Dann spähte sie durchs Fenster. Das Chalet sah genauso aus wie ihres am Tag, als sie eingezogen war. Es war aufgeräumt und makellos sauber, keinerlei persönliche Gegenstände von Luke waren zu sehen. Die Fotos auf dem Kaminsims waren weg. Ebenso Bella. Ohne sich groß zur Wehr zu setzen, war er also tatsächlich abgefahren.

Was hatte sie ihm auch für eine Wahl gelassen? Er hatte ihr mitgeteilt, dass er fahren würde, und sie hatte ihm keinerlei Grund gegeben, zu bleiben. Auch keinen Grund, anzunehmen, dass sie noch mit ihm sprechen wollen würde, bevor er abfuhr.

Sie begab sich in ihr Chalet und sperrte die Tür hinter sich ab. Als sie sich umdrehte, fiel ihr Blick auf das Tablet, das er ihr dagelassen hatte.

Luke war in der Lage gewesen, sie mit diesem Ding hier zu beobachten. Wahrscheinlich war alles aufgezeichnet worden, um es später abzuspielen. Wenn ja, dann könnte sie vielleicht herausfinden, wann er abgefahren war.

Wenn er keinen allzu großen Vorsprung hätte, könnte es womöglich doch möglich sein, dass sie ihn noch einholen könnte, um ihn zu bitten, dass er sich zu ihr setzte und mit ihr über alles redete.

Nachdenklich legte sie einen Finger an ihre Unterlippe. Wäre es nicht besser, ihn einfach anzurufen?

Sie nahm ihr Handy aus der Handtasche und starrte es an.

Sie hatte ihn nie um seine Handynummer gebeten. Charlie hatte sie, da er diesen allerersten Termin anberaumt hatte, aber sie zögerte, Charlie mehr als nötig mit in dieses Debakel hineinzuziehen. Sie könnte immer noch einige weitere Tage warten und Luke dann an seiner Geschäftsstelle anrufen, aber . . .

Wieder zurück am Esstisch, erweckte sie das Tablet zum Leben. Das Programm, das die Kameraeinstellungen von draußen vor dem Chalet zeigte, lief immer noch. Einen Augenblick lang stand sie da, von Neuem von Schock und Ärger überwältigt, dass Luke und seine Männer sie ohne ihr Wissen beobachtet hatten.

Er tat es zu meinem Schutz! Aber wurde es dadurch richtig? Ist es mir wichtig, ob es richtig oder falsch war? Wenn man das große Ganze betrachtete, was war dann wichtiger? Dass er mich gern genug hatte, um auf mich aufzupassen, oder wie er dabei zu Werke gegangen ist?

Lauter schwere Fragen.

Aber nur eine unumstößliche Antwort. Egal, was seine Absichten waren, das, was Luke getan hatte, war falsch gewesen. Das hatte er selbst zugegeben.

Die schwerste Frage jedoch war, ob sie ihm vergeben konnte.

Und sie war überrascht, wie leicht ihr diese Antwort fiel.

Ja, sie konnte Luke vergeben. Er hatte ihr geraten, auf ihr Bauchgefühl zu hören, und das würde sie jetzt tun. Trotz aller entsetzlicher Gedanken, die sie über ihn gehabt hatte, war Lukes Antrieb nicht die Gier nach Ruhm gewesen. Und er würde auch nicht vor seinen Männern geprahlt haben, dass er mit ihr Sex gehabt hatte. Er hatte getan, was er für richtig gehalten hatte. Unterm Strich war er ein guter Mann. Zugegeben, recht viel mehr darüber hinaus wusste sie nicht von ihm, aber sie wollte eine Chance, ihn besser kennenzulernen. Sie wollte sehen, ob der Bodyguard auch im Herzen wirklich derselbe Mann war wie derjenige, mit dem sie diese herrlichen Tage in diesen wunderschönen Bergen verbracht hatte. Sie wollte herausfinden, ob sie eine gemeinsame Zukunft haben könnten, auch wenn ihr nicht klar war, wie diese Zukunft aussehen würde.

Aber zuerst musste sie Luke finden und ihm dies sagen.

Kat hantierte mit dem Tablet herum, um festzustellen, wie man das aufgezeichnete Filmmaterial zurückspulen konnte, damit sie klären konnte, wann er abgefahren war.

Sie konzentrierte sich so sehr, dass sie fast die beiden Gestalten übersehen hätte, die sich ihrem Chalet näherten. Das Licht über der Eingangsstufe erhellte ein junges Pärchen, einen Mann und eine Frau.

Verwundert, warum diese beiden in der Nähe ihres Chalets auftauchten, beugte sich Kat über den Bildschirm. Die Zwei waren gekleidet als wären sie auf dem Weg zu einer Party oder einer Modenschau. Hatten sie sich verlaufen? Oder hatten sie eine Autopanne? Hielten sie sich auch in dieser Ferienhaussiedlung auf?

Sie waren bereits bis an Kats Tür herangekommen, und die Frau klopfte leise an.

Mit ihrer Vermutung, dass die beiden sich wahrscheinlich verlaufen hatten, begab sich Kat Richtung Eingangstür. In letzter Sekunde, ehe sie aufmachen wollte, warnte sie ihr Bauchgefühl, dass doch etwas nicht mit rechten Dingen zuging. Kat hielt inne, ging zum Tablet zurück und musterte die Gestalten auf dem Bildschirm noch einmal genauer. Der Gesichtsausdruck der Frau ließ Unbehagen in ihr aufsteigen.

Das Mädchen sah regelrecht wütend aus. Warum sollte eine Frau, der Kat noch nie zuvor begegnet war, auf sie wütend sein? Kat hatte schon von Einbrechern und Eindringlingen gehört, die sich Zutritt zu Häusern verschafften, indem sie junge Frauen oder Kinder als Lockvogel benutzten. Irgendetwas passte hier nicht recht ins Bild. Vielleicht waren die beiden ihr vom Casino aus hierher gefolgt. Anstatt die Tür aufzumachen, schnappte sie ihr Handy und das Tablet und suchte das Zimmer nach ihrer Handtasche ab, wo sie das Pfefferspray aufbewahrte. Wo war sie bloß?

Dort auf dem Sofa! Nach einem Schritt in diese Richtung, fing das Pärchen vor der Tür damit an, gegen die Tür zu hämmern und zu schreien, sie solle sie hereinlassen. Erschrocken rannte Kat ins Bad, sperrte die Tür ab und rief die Notrufzentrale an. Ehe der Anruf angenommen wurde, hörte Kat nicht nur, dass die Eindringlinge die Tür eintreten wollten, sie sah diese Versuche auch auf dem Tablet.

Was zum Teufel sollte das?

„Notrufzentrale, was kann ich für Sie tun?"

„Hier spricht Kat Bailey. Jemand versucht in mein Chalet einzubrechen. Über eine Überwachungskamera auf dem Eingangsvorplatz kann ich einen Mann und eine Frau erkennen. Sie treten gerade die Tür ein."

Die beruhigende Stimme am anderen Ende der Leitung sagte: „Okay, Miss Bailey, geben Sie mir bitte Ihre Adresse und die Nummer Ihres Chalets?"

Kat teilte ihr die gewünschte Information mit.

„Eine Einheit befindet sich zehn Minuten entfernt. Sehen Sie eine Waffe?"

Kat spähte erneut auf den Monitor. „Nein."

„Okay, dann bleiben Sie bitte drin und halten Sie die Türen verschlossen. Wollen Sie, dass ich weiterhin mit Ihnen am Telefon spreche?"

Kat beobachtete auf dem Bildschirm, dass die Frau einen Stein aufhob und durch das vordere Fenster warf. Das Geräusch zersplitternden Glases war in dem ansonsten ruhigen Chalet sehr laut. Furcht durchströmte sie. Mit einer behandschuhten Hand entfernte der Mann die verbliebenen Glassplitter vom Fensterrahmen und begann, sich durch das Fenster hindurchzuziehen.

„Sie haben die vordere Fensterscheibe mit einem Stein eingeschlagen! Sie kommen in mein Chalet herein!"

„Soll ich in der Leitung bleiben, Miss Bailey?"

„Nein", sagte Kat, denn sie wollte nicht ans Handy gebunden sein, wenn sie eigentlich handeln musste. „Bitten Sie die Polizeistreife nur, sich zu beeilen!" Kat legte auf und beobachtete, wie die Frau durch das zertrümmerte Fenster kletterte.

Als sie im Inneren des Chalets waren, konnte sie die beiden nicht mehr sehen. Wie Luke gesagt hatte, waren im Innenbereich keine Kameras installiert worden. Natürlich wünschte sie sich momentan, es wären doch welche da. Aber sie konnte hören, wie sich die zwei Eindringlinge bewegten.

Kat war hin- und hergerissen, ob sie auf die Polizei warten oder den beiden mutig entgegentreten sollte. Von ihrer praktischen Seite her wollte sie Vorsicht walten lassen, einfach abwarten und hoffen, dass sie es nicht schafften, ins abgeschlossene Badezimmer einzudringen. Aber ihre andere Seite–diese sture unabhängige Seite von ihr–drängte sie, irgendetwas zu tun. Sie wollte lieber handeln, statt von ihrer Angst beherrscht zu werden.

Plötzlich wurde am Türgriff des Bades gerüttelt und gedreht. Mit jeder Sekunde furchtsamer starrte Kat darauf. Offenbar waren sie auf der Suche nach ihr. Sie wollten nichts stehlen, sonst hätten sie längst ihre Handtasche oder ihren Schmuck, der auf der Anrichte lag, mitgenommen. Geld oder Wertgegenstände suchten sie nicht.

Sie suchten *sie*.

Als sie gegen die Tür traten, erreichte Kats Panik eine neue Dimension, und Kat begann zu hyperventilieren. Die Welt um sie herum verschwamm. Kat war so verängstigt, dass sie sich in einer Ecke zusammenrollen und nur noch weinen wollte, aber das konnte sie nicht tun.

Das würde sie nicht tun!

Mit aller Macht konzentrierte sie sich auf das Tablet in ihren Händen. Dank Luke würde die Polizei bald eintreffen. Sie legte das Tablet beiseite und durchsuchte den Raum nach einer Waffe.

Doch es gab bloß Shampoo, Parfum und den Duschkopf. Ihre

Zahnbürste war auch zu stumpf, als dass sie sie für irgendetwas gebrauchen konnte und—

Die Badzimmertür erzitterte unter den Schlägen des Paares. Im Unterschied zur Hauseingangstür war diese Tür nur aus dünnem Holz gefertigt. Je wilder dagegengetreten wurde, umso überzeugter wurde Kat, dass diese Tür nicht standhalten würde. Kat holte tief Luft und wappnete sich für Schlimmes.

Nach ein paar heftigen Fußtritten flog die Tür auf. Zu ihrer Überraschung stand nur der Mann vor ihr, mit einem höhnischen Grinsen im Gesicht. Kat zwang sich, eine beherrschte Pose an den Tag zu legen. Sie hatte Luke gesagt, sie könne auf sich selbst aufpassen, und verdammt nochmal, sie würde nicht zulassen, dass diese Leute sie vor Furcht zusammengekauert in der Ecke des Bades vorfinden würden.

„Was zur Hölle macht ihr in meinem Chalet? Haut ab!"

Die Gesichtszüge des Mannes verzerrten sich in beinahe wahnsinniger Wut. „Du hast Ray Hamilton gevögelt. Und jetzt vögelst du Omar Nayeri? Gibt es jemandes, den du noch nicht gevögelt hast? Lass die anderen gefälligst für uns übrig, Kat Bailey, du Schlampe!"

Willst du mich verarschen? Mit wem ich vögele oder nicht geht dich nichts an! Am liebsten hätte Kat ihm diese Worte an den Kopf geknallt. Stattdessen bemühte sie sich, ihre Stimme im Zaum zu halten. „Die Polizei wird bald hier sein. Ihr solltet abhauen!"

Genau in diesem Augenblick trat die Begleiterin des Typen über die Schwelle. Das längliche Glänzen einer Klinge in der Hand dieser Frau ließ Kat vor Wut erblassen und ihre Angst eskalieren.

Der Kerl drehte sich um und sah das Messer. Auch sein Gesicht wurde blass. „Carla, was machst du da mit einem Messer?" Es stand außer Frage, dass er für dieses Spektakel mitgekommen war, aber nicht damit gerechnet hatte, dass seine Bekannte völlig überschnappte. Er hatte gedacht, sie würden den weltberühmten

Filmstar ein wenig erschrecken. Wüst beschimpfen, verfluchen, mit Schimpfworten überziehen. Sowas in der Art. Das ging weit über das vereinbarte Maß hinaus, was deutlich in seiner Stimme und seiner entsetzten Miene abzulesen war.

Carla ignorierte ihren Bekannten und hielt ihren Blick scharf auf Kats Gesicht fixiert. „Ich hatte Omar schon da, wo ich ihn haben wollte, aber dann bist du aufgetaucht."

Kat versuchte keine Angst zu zeigen. Das war schwieriger als sie sich vorgestellt hatte. Sie bot ihr gesamtes schauspielerisches Können auf, um Carla mit Blicken in die Enge zu treiben. Mit hoch erhobenem Kopf starrte sie Carla draufgängerisch an, in der Hoffnung, diese wagemutige Darbietung von Unerschrockenheit würde zu ihrer Rettung beitragen.

„Ich bin nicht aufgetaucht, Carla", sagte Kat leise. „Wir waren nur zufällig zur selben Zeit am selben Ort. Ich bin nicht an ihm interessiert, und ganz gewiss ist er auch nicht an mir interessiert. Da hast du etwas falsch verstanden."

„Du lügst verdammt nochmal!" Carlas Augen waren weit aufgerissen, die Pupillen geweitet. War sie high? Höchstwahrscheinlich. Sie war auch übertrieben irrational zornig. Sie glaubte allen Ernstes, Kat hätte ihr die Chance, mit Omar auszugehen, vermasselt.

Carla rückte vor, das Messer in ihrer Hand glitzerte immer boshafter. Kat spürte, wie ihr der Schweiß auf Stirn und Oberlippe ausbrach. Die ruhige, sanfte Vorgehensweise funktionierte nicht. Wie lang war es her, dass sie die Cops gerufen hatte? Es fühlte sich wie eine Ewigkeit an, aber in Wirklichkeit waren nur Minuten vergangen. Es könnte sein, dass sie nicht rechtzeitig kamen, um ihr Leben zu retten. Kat würde sich selbst schützen müssen.

„Hau ab!", schrie Kat gellend. Ihre Fähigkeit, Ruhe zu bewahren, lag in Fetzen.

Drohend stocherte Carla in die Luft. Die Spitze des Messers

traf Kat beinahe am Arm. Gerade rechtzeitig zuckte sie zurück.

„Carla! Hör auf!", schrie der Typ. „Das ist verrückt! Du hast gesagt, wir würden sie nur dazu bringen, zu bedauern, dass sie mit Omar rumgemacht hat."

Carla wandte den Blick nicht von Kat ab. „Welche bessere Methode gäbe es, sie dazu zu bringen, dass es ihr leid tut, als eine dicke Narbe über dieses hübsche Gesicht . . ."

„Carla, nein!" Laut hallte der Schrei des Typen durch den kleinen Raum.

Wieder durchschnitt Carla die Luft, und obwohl Kat versuchte, sich tapfer aufrechtzuhalten, zuckte sie zusammen. *Ich muss sie nur noch ein wenig länger hinhalten*, dachte sie verzweifelt. *Nur noch etwas länger!*

Es gab keine Fluchtmöglichkeit. Das Badezimmer war eine Falle, der man nicht entkommen konnte. Die Tür hing kaputt in den Angeln und würde Carla nicht fernhalten können. Kat hatte keine andere Wahl, als sich nicht unterkriegen zu lassen und einem Frontalangriff trotzig die Stirn zu bieten.

Mehrere Sekunden lang fixierten sich die beiden Frauen, ehe Carla sich plötzlich auf Kat stürzte. Kat trat schnell zur Seite und stieß Carla mit beiden Händen am Rücken weg, sodass diese durch das Badezimmer und in die Türen der Dusche flog. Carla knurrte und ließ das Messer fallen. Zeitgleich mit Carla tauchte Kat ab, um es zu erwischen.

Kaum hatte sie das Heft des Messers berührt, als Carla sie attackierte. Beide rangen darum. Die Waffe schlitterte über den Boden und rutschte unter die winzige vorragende Kante des Kästchens unter dem Waschbecken. Kat konnte das Ende des Messergriffes gerade noch sehen und versuchte, es zu erreichen.

Carla ergriff Kat und riss sie schnell weg und herum. Fäuste flogen. Kat schaffte es, den meisten Fausthieben auszuweichen, aber einige trafen dennoch ihre Rippen und ihren Brustkorb. Mit letzter Verzweiflung wölbte Kat ihren Körper wild genug, um

Carla abzuschütteln. Indem sie Carla am Haar packte, knallte Kat den Kopf der Angreiferin auf den Fliesenboden, in der Hoffnung, sie bewusstlos zu schlagen.

Leider kein Erfolg. Carla war nun mehr als wutentbrannt, sie war wahnsinnig vor Zorn, und das verlieh ihr ungeahnte Kräfte. Sie rollte sich auf Kat und umfasste Kats Kehle, als würde sie sie erdrosseln wollen. Ihre Fingernägel bohrten sich in die zarte Haut, während Karlas Gefolgsmann im Hintergrund aufschrie.

Carlas Finger drückten fester zu. Kat kämpfte um Luft. Sie musste schleunigst etwas tun, sonst würde ihr Leben schnell zu Ende sein, wenn sie Carla nicht von sich herunterstoßen konnte.

Mit einem Ruck riss Kat ihr Knie hoch und traf Carla in den Magen, sodass diese aufkreischte. Wie Kolben stießen ihre Knie immer wieder hoch, bis Carla endlich Kats Hals losließ. Kaum hatte Kat nach Luft geschnappt, da wurde sie von einem erneuten Faustschlag hart getroffen.

Carla erwischte das Messer. Kats Kräfte erlahmten. Gerade noch konnte sie Carlas Handgelenk packen und brutal verdrehen, bis diese aggressive Frau das Messer wieder fallen ließ. Kat schlug es sofort außer Reichweite. Erneut rollten sie herum, und Kat kam obenauf. Rittlings setzte sie sich auf Carla und benutzte ihren Arm, um die Kehle des Mädchens auf den Boden zu drücken. Sie hatte sie gerade festgenagelt, als sie in der Ferne das schwache Heulen der Sirenen der Streifenwagen hörte. Vor Erleichterung war sie ganz benommen, bis sie von einer kräftigen Hand so hart am Arm gepackt wurde, dass sie aufschrie.

Das war Carlas Bekannter, und obwohl sein Gesicht noch immer blass war und seine Miene Panik verriet, mischte sich auch Wut darunter. „Runter von ihr, du Schlampe!" Um seinem Befehl Nachdruck zu verleihen, packte er ein Büschel von Kats Haaren und riss brutal daran, um sie so von Carla weg und zu sich hin zu zerren. Kat trat mit den Füßen, wand und krümmte sich, versuchte verzweifelt, von dem Kerl wegzukommen, aber ohne Erfolg.

„Das ist alles deine Schuld. Alles ist deine verdammte—Autsch!"

„Weg von ihr!"

Kat durchzuckte es heiß, als sie Lukes Stimme vernahm. Eine Sekunde später ließ der Typ, der sie festgehalten hatte, sie los. Luke schleifte ihn weg, knallte ihn gegen die Wand und hielt ihn dort mit einer Hand an seiner Kehle festgedonnert. Mit grimmigem Blick auf Carla richtete er eine sehr übel aussehende Pistole auf sie. „Beweg dich ja nicht!", brachte er zwischen zusammengebissenen Zähnen hervor, einen Sekundenbruchteil bevor ein Streifenwagen anhielt und zwei Polizisten hereingerannt kamen.

In aller Hektik übernahmen sie die Kontrolle und scheuchten Carla zusammen mit ihrem Bekannten hinaus. Augenblicklich war Luke an Kats Seite.

„Mein Gott, Kat! Bist du in Ordnung?"

„Du hast eine Waffe", war alles, was sie aus ihrer von Carla malträtierten Kehle herausbrachte.

„Ja", entgegnete er, und seine Kiefermuskeln zuckten.

„Du bist weggefahren", sagte sie in deutlich anklagendem Tonfall.

Luke hob die Hand, in der er *nicht* die Pistole hielt, und umfasste Kats Wange. „Ich wollte dir den Freiraum geben, den du wolltest. Um dir zu zeigen, dass ich dir zutraute, auf dich selbst aufzupassen."

„Aber dann bist du zurückgekommen", betonte sie.

Weiterhin Augenkontakt mit ihr haltend, schob er seine Pistole automatisch ins Holster, das an seiner Wade angebracht war. Dann zog er sein Handy aus seiner Tasche. Mit ein paar Berührungen aktivierte er den Bildschirm, der Bilder vom Außenbereich ihres Chalets zeigte, dieselben Bilder, die auch auf dem Tablet, das er ihr dagelassen hatte, zu sehen waren. Jetzt gerade zeigten die Bilder, wie die Polizisten ihre Angreifer auf den Rücksitz ihres Streifenwagens verfrachteten.

Kat schloss die Augen und lachte leise, wenn auch leicht

hysterisch. Als sie sie wieder aufmachte, schaute Luke unsicher drein. „Du hast also weiterhin auf mich aufgepasst?"

„Das Programm befand sich bereits auf meinem Handy. Ich fuhr davon. Ich hatte mir geschworen, dich nie mehr wiederzusehen, bis du dich bei mir meldest. Aber . . . aber du hast mich gebraucht, Kat."

Mit beiden Händen umklammerte Kat sein Gesicht und strich glättend über die tiefen Furchen zwischen seinen Brauen. „Du hast Recht, Luke. Ich hab dich tatsächlich gebraucht. Sogar bevor diese beiden auftauchten, habe ich dich schon gebraucht. Ich bin nur froh, dass du eigensinnig genug warst, das zu wissen."

Luke hatte sie beschützt, ohne überhaupt anwesend zu sein. Er hatte ihr die Fähigkeit gegeben, die Gefahr kommen zu sehen, indem er ihr das Tablet dagelassen hatte, das ihr andererseits auch die Möglichkeit eröffnet hatte, Hilfe anzufordern. Dann hatte er sich vergewissern wollen, wie es ihr ging. War zurückgekommen. Sogar nachdem sie ihn weggeschickt hatte.

Das waren keine Aktionen eines Mannes, dem es nur um Pflichterfüllung oder Ruhm ging.

Das waren Handlungen eines Mannes, der sich um sie sorgte. Das hatte er ihr auf so vielerlei Weise gezeigt. Und momentan, mit all den Gefühlen der Erleichterung und Dankbarkeit, fühlte sie sich auch geborgen.

Geborgen von einem Mann, der ihr Herz immer sicher bewahren würde.

Und hoffnungsvoll, dass sie doch eine gemeinsame Zukunft haben könnten.

KAPITEL SIEBZEHN

ZWEI WOCHEN NACHDEM LUKE VON Tahoe abgereist war, hielt er mit seinem Wagen am Straßenrand vor dem HARD TOUGH CAFÉ an. An einem der Tische draußen saß Kat in verblichenen Jeans und einem weißen T-Shirt. Das Haar trug sie wieder einmal zu einem langen Zopf geflochten. Ihr Anblick allein ließ seinen Atem ins Stocken geraten, und eine Sekunde lang konnte er nicht anders als beunruhigt zu sein, sie hier alleine, unbewacht, anzutreffen.

Doch dann entdeckte Luke in einiger, diskreter, Entfernung, allerdings nah genug, um Kat schnell zu erreichen, Craig, der seinen Job machte. Bloß hatte Luke von diesem Arrangement nichts gewusst. Kat musste FRONTLINE Inc. auf eigene Faust kontaktiert haben und die Bewachung in Auftrag gegeben haben, ohne ihm etwas davon zu sagen.

Obwohl Luke seit seiner Abreise Kat jeden Tag Textnachrichten geschickt hatte, machte er Kat keinen Vorwurf, dass sie ihm nicht berichtet hatte, dass sie Craig angestellt hatte. Luke war einfach dankbar gewesen für dieses Mindestmaß an Kontakt und hatte die Gelegenheit genutzt, ihr gewisse Informationen über sich selbst mitzuteilen, sowohl banale als auch nicht so banale.

Bella gehört mir nicht, aber ich habe sie immer geliebt. Und ich wollte schon immer einen eigenen Hund.

Ich habe drei Neffen, die ich nur einmal im Monat sehe, obwohl mir klar ist, dass ich mir die Zeit nehmen sollte, sie öfter zu besuchen.

Seit ich nach L.A. zurückgekehrt bin, habe ich drei der Bücher von Nicholas Sparks gelesen. Es war nicht wirklich eine Qual, dennoch bevorzuge ich Aaron Price.

Als ich dich das erste Mal sah, gefiel mir dein Zopf nicht wirklich. Er gefällt mir immer noch nicht, aber wenn ich mir vorstelle, dass ich derjenige bin, der dein Haar auflöst, dann fange ich an, ihn zu lieben.

Und in diesem Stil ging es weiter. Pro Tag sandte Luke Kat ein paar Texte. Manchmal reagierte sie darauf, und manchmal nicht.

Aber nie brachte er das Thema zur Sprache, was sie unternahm, um für ihre Sicherheit zu sorgen oder ob sie einen Bodyguard einstellen sollte.

Es hatte ihn beinahe umgebracht, sie nicht zu fragen und seine Meinung dazu kundzutun, aber das hatte er aus demselben Grund nicht getan, wie er auch darauf bestanden hatte, dass sie einige Zeit getrennt verbringen sollten, nachdem sie Tahoe verlassen hatten. Um ihr zu beweisen, dass sie ihm mehr bedeutete als jemand, den er beschützen musste. Er wollte Kat unbedingt klarmachen, dass er es ernst meinte, alles mit ihr teilen zu wollen–den wahren Luke Indigo, das Gute, Schlechte und Hässliche–denn in Anbetracht aller Lügen, die er ihr erzählt hatte, konnte Kat erst dann einigermaßen entscheiden, ob er jemand war, mit dem sie wirklich zusammen sein wollte.

Auch wenn er nicht auf Kat wütend war, weil sie ihm nichts von dem Bewachungsauftrag mitgeteilt hatte, bedeutete das nicht, dass er nicht doch stinksauer auf Craig oder auf Cole war, weil die beiden ihm nichts davon gesagt hatten. Aber mit denen würde er sich später abgeben.

Luke stieg aus seinem Wagen und ging auf sie zu. Kat lächelte und stand auf. Als er vor ihr anhielt, packte sie sanft seine Arme und küsste ihn herzlich, aber kurz. Sie duftete wunderbar, frisch wie eine Blumenwiese, und ihre Lippen waren unsagbar weich.

Nach ihrer Trennungszeit–auf der *er* bestanden hatte–fühlte er eine verzweifelte Sehnsucht nach mehr. Er wollte Kat in seine Arme ziehen und sie bezaubern, und er scherte sich keinen Deut darum, wer ihn dabei beobachtete. Aber dies war ein wichtiges Treffen–das wichtigste Treffen seines Lebens–und trotz des süßen Kusses war er sich nicht sicher, was dabei herauskommen würde.

An ihrem cremeweißen Hals waren immer noch einige Spuren sichtbar, Mahnmale von Carlas zudrückenden Händen. Zorn erfüllte ihn, und schlechtes Gewissen. Er hätte Kat niemals alleine lassen sollen. Er hätte schneller wieder zu ihr gelangen sollen. Er hatte sie unbewacht gelassen. Er hätte—

Kat nahm seine Hand in eine ihrer Hände. „Ich kann förmlich sehen, wohin Ihre Gedanken driften, Herr Indigo. Tun Sie das nicht! Bleiben Sie hier! Bei mir. Bitte?"

Luke schluckte schwer, dann nickte er ruckartig. Mit einem schüchternen Lächeln nahm sie Platz, er setzte sich ihr gegenüber. Er verschlang sie weiterhin mit den Augen. Abgesehen von den verblassenden Wundmalen sah Kat gut aus. So unglaublich gut! Ihr sexuelles Charisma hing nicht von Make-up oder Kleidung ab. Kat würde auch in Sackleinen megascharf aussehen.

„Ach so, *Herr Indigo*, wie? Heißt das, ich muss dich jetzt mit Miss Bailey ansprechen?" Luke versuchte, seiner Stimme einen etwas witzigen Beiklang zu geben, konnte seine Beklemmung aber nicht vollkommen verbergen.

Verwundert zog Kat eine Augenbraue hoch. „Nachdem du mich gezwungen hast, zwei Wochen lang ohne dich auszukommen, kann man das nicht als Strafe anrechnen. Dies wirst du mir gegenüber wiedergutmachen müssen für den Rest unseres gemeinsamen Lebens."

Bei ihren Worten durchströmte ihn grenzenlose Erleichterung. Angesichts der Tatsache, dass sie ihn mit einem Kuss begrüßt hatte, hatte er gehofft, dass dies ihre Antwort wäre, er hatte jedoch das Schlimmste befürchtet. Er hatte befürchtet, dass sie, wenn sie sich erst einmal wieder an ihr geregeltes Leben gewöhnt hätte und tatsächliche Bedrohungen ihrer Sicherheit aus der Welt geschafft wären, dann merken würde, dass Luke nicht der Mann war, den sie wirklich wollte.

Luke hob eine ihrer Hände an seine Lippen und küsste sie. „Für mich war es die reine Folter, so lange von dir getrennt zu sein, Liebling, glaube mir! Aber ich musste unbedingt ganz sicher wissen, dass du tatsächlich mich willst. Und dass du mir vergeben kannst. Dass deine Gefühle für mich nicht auf unterschwelliger Angst, bedroht zu werden, beruhen oder auf irgendeiner verrückten Fantasievorstellung, die wir uns ausgedacht hatten, weil wir abgeschieden und isoliert in den Wäldern lebten."

„Bist du dir sicher, dass der Grund nicht vielleicht der war, dass *du* Zeit brauchtest? Zeit, um zu entscheiden, ob du es mit Kat Bailey, der Schauspielerin, aufnehmen willst, und mit all dem Drama, das mit dieser Person einhergeht?"

„Da bin ich zuversichtlich, Kat. Ich bin gerade dabei, mich in dich zu verlieben. Ich musste unbedingt sichergehen, dass ich dich glücklich machen kann. Und ich musste uns beiden den Beweis liefern, dass ich dir die Unabhängigkeit geben kann, die du brauchst . . ." Sein Blick flackerte zu Craig. „Auch wenn ich doch extrem dankbar bin, dass du einen Bodyguard angeheuert hast, so musste dies ganz allein deine Entscheidung sein, zu hundert Prozent. Ich wollte nicht, dass du dich von mir unter Druck gesetzt fühlst."

Ernüchterung machte sich in ihrer Miene breit, und Kat legte den Kopf schräg, um Luke sorgfältig zu mustern. „Du willst mich also nicht mehr beschützen?"

Luke schüttelte den Kopf. „Ich werde dich immer beschützen wollen. Das ist meine Bestimmung. So bin ich. Aber der Grund, warum ich mit dir zusammen sein will? Da geht es darum, mich selbst zu schützen. Mein Herz zu schützen. Ich brauche dich in meinem Leben. Ich brauche deinen Esprit, um meine

Lebensgeister zu wecken, deine Intelligenz, um tiefschürfende Gespräche zu führen und deinen Sinn für Humor, um uns gegenseitig aufzuziehen. Ich muss jeden Tag dein wunderschönes Gesicht anschauen und will dich lachen hören. Und ich will dich berühren."

Ein wenig kniff Kat die Augen zusammen. „Da werden wir doch ganz erheblich unterschiedlicher Ansicht sein. In vielen Punkten."

„Dann werden wir dies eben klären, in gegenseitigem Respekt. Ich muss nicht immer Recht haben oder will immer das letzte Wort haben. Was ich wirklich brauche, bist du!"

Lange Zeit schaute sie ihm tief in die Augen, als suche sie nach irgendetwas. Schließlich, nachdem sie offensichtlich das gefunden hatte, was sie gesucht hatte, sagte sie: „Du hast Recht. Und eines ist auf jeden Fall klar. Ich bin auch gerade dabei, mich in dich zu verlieben, Luke."

„Gott sei Dank!", knurrte er. „Jetzt komm schon her und gib mir einen richtigen Kuss!"

Lachend stand Kat auf und warf sich in seine Arme. Er versiegelte ihren Mund mit seinem und stöhnte auf, als sie mit ihrer Zunge über seine streichelte. Er wurde von Begierde gepackt, legte seine Hände besitzergreifend auf ihre Hüften und zog sie näher an sich heran, doch dann fiel ihm ein . . . Und plötzlich ließ er von ihr ab.

„Was ist los?"

„Bist du nicht besorgt, dass die Paparazzi auftauchen und uns sehen könnten? Und dann die Bilder von uns überall in den Klatschblättern verbreiten werden?"

„Lass sie doch!", sagte Kat mit lodernden Augen. „Ich vertraue dir mein Leben an. Mein Herz. Und ich bin stolz darauf, die Deine zu sein, Luke Indigo."

Er grinste. „Sag mir das nicht bloß! Zeig es mir!"

EPILOG

E INE RIESIGE MENSCHENMENGE WARTETE VOR dem *Grauman's Chinese Theater* in Hollywood, als die lange schwarze Limousine mit Kat und Luke dort vorfuhr. Begeisterte Anhänger und Presseleute wetteiferten um die besten Plätze, schossen Fotos und riefen Fragen.

Luke stieg als Erster aus und war dann Kat behilflich. Die Schauspielerin war in ein prächtiges, elfenbeinfarbenes, vintage-inspiriertes Cocktailkleid aus Seide und Spitze gewandet. Es lag eng an ihren Rundungen an und betonte die rote Lockenmähne, die in Wellen über ihre Schultern und ihren Rücken fiel. Ein Blitzlichtgewitter setzte ein, und die Menschen drängelten, um einen Blick auf sie zu erhaschen. Als ihr Name skandiert wurde, zeigte Kat ihr strahlendes Lächeln und winkte ihren Fans zu.

Aus reiner Gewohnheit suchte Luke die Menschenmenge mit seinem Blick ab, doch dies war heute Abend nicht seine Aufgabe. Heute Abend hatte er eine Verabredung mit der wunderbarsten Frau der Welt. Während Kat über den roten Teppich schritt, blieb er nah bei ihr. Ihr Lächeln, das niemals nachließ, wirkte echt und glücklich. Mit stolz geschwellter Brust konnte Luke sich kaum davon abhalten, die Faust in die Luft zu recken und zu schreien: *„Sie gehört zu mir!"*

Das war auch nicht nötig. Alle Welt wusste, dass sie die Seine und er der Ihre war. Die Presse hatte den Spitznamen für ihn zu ‚*Bailey's Beau*' abgekürzt. Es spielte keine Rolle, wie sie ihn nannten. Er war zwar nicht ihr offizieller Bodyguard, aber er würde immer ihr Beschützer sein. Ihr Liebhaber. Ihr Freund. Und vor allem gehörte er nun zur Familie.

Nach der Premiere von Kats neuestem Kinofilm würden sie ihre Mutter besuchen gehen. Mit Lukes Hilfe hatte Kat es geschafft, ihre Mutter zu überreden, mehrmals zum Mittag- und zum Abendessen auszugehen. Es fiel ihr nach wie vor nicht leicht und ein gewisses Unbehagen blieb bestehen, aber Kat war schon über diese winzigen Fortschritte glücklich.

Vielleicht würde Kats Mutter niemals wieder ganz der gesellschaftlichen Norm entsprechen. Vielleicht würde dies keiner von ihnen je schaffen. Doch das machte Luke nichts aus. Gemeinsam würden sie ihren Platz in der Welt finden, und Luke war glücklich wie nie zuvor in seinem Leben.

—ENDE—

Vielen Dank, dass Sie "Mit dem Bodyguard im Bett " gelesen haben.

Wenn euch dieses Buch gefallen hat, dann solltet ihr auch Gabe's Geschichte lesen in:

, Mit dem Trauzeugen im Bett ', Band 6 der Serie ,Mit den Junggesellen im Bett', der in Kürze erscheint.

Um weitere Informationen zu erhalten und den kostenlosen Newsletter zu abonnieren, besuchen Sie mich bitte auf *http:// www.virnadepaul.com*

BÜCHER VON VIRNA DEPAUL

Die Serie ‚Mit den Junggesellen im Bett' umfasst

Band 1: *Mit dem falschen Bruder im Bett* (Rhys)
Band 2: *Mit dem schlimmen Zwilling im Bett* (Max)
Band 3: *Mit dem Milliardär im Bett* (Jamie)
Band 4: *Mit dem besten Freund im Bett* (Ryan)
Band 5: *Mit dem Biker von nebenan im Bett* (Cole)
Band 6: *Mit dem Bodyguard im Bett* (Luke)
Band 7: *Mit dem Trauzeugen im Bett* (Gabe)★★
Band 8: *Mit dem Chef im Bett* (Eric)★★

Verrückt nach dem verkehrten Kerl
Einem Werwolf kämpfer verfallen
★★erscheint in Kürze

Die Serie, Rock'n'Roll Candy

Die Rock'n'Roll Candy Serie handelt von einer Gruppe von
Freunden, Schauspieler Bad-Boys und sexy Rock Stars Anfang 20,
die jeweils der Frau ihrer Träume begegnen.

Band 1: *Sexy wie Rock'n'Roll*
Band 2: *Stark wie Rock'n'Roll*
Band 3: *Süß wie Rock'n'Roll*
Band 4: *Verrucht wie Rock'n'Roll*★★
Band 5: *Sanft wie Rock'n'Roll*★★
Band 6: *Wild wie Rock'n'Roll*★★
Band 7: *Frei wie Rock'n'Roll*★★
★★erscheint in Kürze

Die Serie, Rock'n'Roll Candy
Band 1: *Sexy wie Rock'n'Roll*

Das Leben, das ich so genieße—Frauen, Alk und Partys—kann nicht ewig so weitergehen. Doch solange es währt, genieße ich es in vollen Zügen und ohne Reue. Vergnügen steht an erster Stelle. Wenn ich feiere, vergesse ich den ganzen Scheiß, der in der Vergangenheit passiert ist. Genauso ist es beim Schauspielern; dann werde ich zu jemand anderem, jemandem, der keine Angst davor hat zu fühlen oder andere fühlen zu lassen. Dafür lebe ich. Die nächste Party. Die nächste Rolle. Das nächste Mädchen.

Das ist mein Leben. Es ist genau so, wie ich es haben will.

Nur, dass ich jetzt Gwen begegnet bin . . .

Garrick Maze, der heißeste Bad Boy des jungen Hollywood, hat gerade die männliche Hauptrolle in einer neuen Fernsehserie an Land gezogen. Bekannt dafür, wilden Partys, One-Night-Stands und schnellen Autos gegenüber alles andere als abgeneigt zu sein, verbringt er seine Tage am Set und seine Nächte in den Bars und Clubs der Stadt. Liebe ist so ziemlich das Letzte, was er im Kopf hat, besonders wenn es um die weibliche Besetzung der Hauptrolle geht, die eine ziemliche Eiskönigin ist.

Gwendolyn Vickers will Amerikas nächster Publikumsliebling werden, und das bedeutet, dass sie in der Öffentlichkeit ein blütenreines Image wahren muss. Das Letzte, was sie gebrauchen kann, ist, dass man sie mit Unruhestifter und Frauenschwarm Garrick Maze in Verbindung bringt. Doch er flirtet schamlos und ist verdammt sexy. Zuerst sehnt sich ihr Körper nach ihm—und bald auch ihr Herz.

Als Geheimnisse aus der Vergangenheit mit dem grellen Licht des Ruhmes zusammentreffen, erkennt Gwen, dass an Garrick mehr dran ist als ein Waschbrettbauch und eine Menge Sexappeal. Er beweist, dass er sie nicht enttäuschen wird, wenn es darum geht, atemberaubendes Vergnügen mit wahrer Liebe zu verbinden.

Band 2: Stark wie Rock'n'Roll

Ich habe alles gesehen und ausprobiert–Sex, Drogen, Rock 'n' Roll, und noch einiges mehr. Ich hab es aufs Cover des Rolling Stone geschafft. Ich hab den Grammy für die Beste Rock Performance gewonnen. Ich lebe ein Leben voller Ruhm, wilder Touren, geradezu obszönem Reichtum und wahnsinnig scharfen Bräuten. Doch die einzige Frau, die ich nicht kriegen kann, ist die spröde Abby Chan–wunderschön, natürlich und unglaublich talentiert. Als wir uns das erste Mal begegnet sind, wusste ich, dass wir etwas Besonderes sind. Sie glaubt nicht daran, ich schon.

Jetzt werde ich beweisen, dass sie genau die Frau ist, die ein wilder Typ wie ich braucht . . .

Liam Collier, der sexy und enigmatische Frontmann von Point Break, der so ziemlich heißesten Rockband der Welt, ist in Bestform. Mit zwei Songs in den Top 10 ist er ein echter Rock 'n' Roll Bad Boy, genauso bekannt für seine Falsett-Stimme wie seine Vorliebe für Partys und schöne Frauen. Liam war davon ausgegangen, dass er sich vielleicht irgendwann einmal in ferner Zukunft verlieben könnte–jedoch ganz sicher nicht am ersten Tag seiner ersten Welt-Tournee. Und schon gar nicht in seine Cellistin, die genauso reserviert wie sexy ist.

Mit einem Master-Abschluss von der Juilliard School, ist Abby Chan auf dem besten Weg, Cellistin bei den New Yorker Philharmonikern zu werden. Doch um das Darlehen für ihre teure Ausbildung zurückzuzahlen, muss sie zuerst einen anderen Weg beschreiten: sie nimmt einen Job als Cellistin für den Nordamerika-Teil der Welttournee einer schrillen Rockband an. Sie hatte erwartet, hart und lange arbeiten zu müssen, doch womit sie nie gerechnet hatte war die Intensität ihrer Reaktion auf Liam

Collier. Er ist süß. Er ist heiß. Und obwohl er von Roadies und den schönsten Frauen der Welt umgeben ist, hat er sie ins Visier genommen.

Wenn Klassik auf Rockmusik und spröde Korrektheit auf Unbekümmertheit treffen, verlassen sowohl Abby als auch Liam ihre Komfortzonen. Dabei entdecken sie, dass das wilde Leben die perfekte Vorbereitung für einen Höhenflug ist–einen Höhenflug der Liebe.

Die Serie ‚Mit den Junggesellen im Bett' umfasst:

Band 1: Mit dem falschen Bruder im Bett (Rhys)

Nach dem Zerbrechen einer Beziehung gelingt es Melina, ihren Kumpel Max aus Kindertagen zu überreden, sie in der Kunst der Leidenschaft zu unterweisen. Doch Melina erlebt eine Überraschung, als Max' Zwillingsbruder Rhys unerwartet auftaucht und diese Herausforderung annimmt. Da die Geschichte, die in Kalifornien spielt, sowohl heiß und hitzig als auch herzerfrischend zur Sache geht, wird sie mit HHH (Heat & Heart & HEA = Happily Ever After) bewertet, das heißt, sie garantiert auch ein glückliches Ende. Die vor Erotik knisternde Verwechslung im Bett umfasst charmante eineiige Zwillingsbrüder, frivole Lehrstunden, freche Wortspielereien, leichte Fesselungen, eine anziehende, jedoch schüchterne Hauptperson, die irrtümlich meint, langweilig zu sein, und einen Zauberer als Hauptfigur, der entschlossen ist, zu beweisen, dass das Mädchen seiner Träume alles hat, was er jemals brauchen wird.

Band 2: Mit dem schlimmen Zwilling im Bett (Max)

Dieser schlimme Junge garantiert so einiges an Zauber und Magie . . .

Max Dalton, der berühmte Zauberkünstler aus Las Vegas, war

im Vergleich zu seinem eineiigen Zwillingsbruder schon immer der Bad Boy der Familie, der den Ruhm und die vielen Frauen, die sein Ruf mit sich bringt, sehr wohl zu schätzen wusste. Doch jetzt, da sein Bruder die Liebe seines Lebens geheiratet hat und bald eine eigene Familie haben wird, erkennt Max, worum ihn sein Playboy-Dasein gebracht hat.

Grace Sinclair kommt mit einer bestimmten Absicht nach Las Vegas: sie will Max, den Schwager ihrer besten Freundin, bitten, ihr das Vergnügen zu schenken, das ihr bis jetzt noch kein Mann bereiten konnte. Sie vermutet, dass Max mehr Schichten hat als er die Menschen sehen lässt, ist aber dennoch entschlossen, ihr Herz für sich zu behalten, auch wenn sie ihm ihren Körper anbietet. Schließlich kann Max ihr das geben, was sie will, aber nicht das, was sie braucht - ein Kind. Dafür hat sie einen Plan, der Max nicht mit einschließt.

Wird Grace lange genug hinter die Fassade des Bad Boy schauen, um ihm auch ihr Herz zu schenken? Und wird Max rechtzeitig herausfinden, was er wirklich will, bevor er die eine Frau verliert, durch die er lernte, wieder an die wahre Liebe zu glauben?

Diese heiße Liebesgeschichte beinhaltet ungehörige Aktivitäten in einem fahrenden Auto, schlüpfrige Texte - sowohl gesprochen als auch geschrieben - , ein seltsames Babyprojekt, eine Südstaatenschönheit, die ihre recht ausgefallenen Vorlieben bekämpft, und einen schlimmen Jungen, der alles tun will, um sie dazu zu bringen, abzuheben und zu fliegen. Volle Kraft voraus!

Die Fortsetzung von ‚Mit dem falschen Bruder im Bett' (mehr als 200 Fünf-Sterne-Bewertungen!) wird mit HHH (= Heat Heart & HEA = Happily Ever After) bewertet, das heißt: es geht hitzig zur Sache, ist etwas fürs Herz und garantiert ein glückliches Ende.

Als offene, freigeistige Person hat Lucy Conrad Spaß mit ihren Freunden, hält aber andere deutlich auf Abstand, besonders ihre wohlhabende und vorschnell urteilende Familie . . . sowie den Milliardär, mit dem sie sich früher verabredete, Jamie Whitcomb. Trotz ihrer gegenseitigen unwiderstehlichen Anziehungskraft weiß Lucy aus Erfahrung, dass sie niemals in seine Welt passen würde.

Der charismatische Jamie genießt seine Arbeit, die Frauen und seinen Reichtum. Als die Pflicht ruft und er das Familienunternehmen übernehmen muss, stürzt er sich mit Vollgas in diese Aufgabe; er bedauert nur, dass Lucy nicht mit von der Partie sein will.

Dann geschieht eine Tragödie, und Lucy erkennt: Um das Sorgerecht für ihre zur Waise gewordenen Nichte zu bekommen, muss sie beweisen, dass sie sich doch wieder in die High-Society-Welt, die sie früher ablehnte, integrieren kann. Was wäre die Lösung? Jamies Scheinheiratsantrag annehmen und als die Sorte Mutter angesehen werden, die ihre Nichte verdient. Respektabel. Beherrscht. Gewillt, das Spiel mitzuspielen.

Mit ihrem vorgetäuschten Verlobten an ihrer Seite gibt Lucy Dirty Martinis und Leder zugunsten von Champagner und Seide auf. Doch als sich die Leidenschaft zwischen Lucy und Jamie immer weiter steigert, müssen die beiden eine Wahl treffen: voreinander zurückschrecken, um nicht verletzt zu werden . . . oder alles riskieren für die Art Liebe, die kein Geld der Welt kaufen kann.

Diese Geschichte beinhaltet lockend-zarte Berührungen in einem abgedunkelten Theater und auf der Tanzfläche, einen heißen Junggesellenabschied, eine weibliche Hauptfigur, die sich nicht scheut, auf einer Bühne zu zeigen, was sie hat, sündhafte Abenteuer mit geschlagener Sahne sowie einen reichen Helden, der seiner Frau im Schlafzimmer und darüber hinaus die Erfüllung schenkt.

Die liebenswert-nette Annie O'Roarke fühlt sich gelangweilt und einsam. Sie will mehr Aufregung. Mehr Abenteuer. Und mehr Sex . . . auch wenn es nicht mit dem Mann ist, in den sie heimlich verliebt ist, ihrem besten Freund Ryan Hennessey. Annie ist fest entschlossen, einmal in ihrem Leben das ‚schlimme' Mädchen zu sein, und das bedeutet, sie will ihre Liste der ‚unanständigen Dinge', die sie alle tun will, in der Stadt erleben, wo es ganz normal ist, unanständig zu sein: in Las Vegas.

Ryan Hennessey ist Feuerwehrmann und genießt es sehr, seine Freizeit mit Annie zu verbringen. Sie ist der einzige Mensch, auf den er zählen kann. Niemals würde er ihre Freundschaft aufs Spiel setzen. Dann entdeckt Ryan Annies Liste der ‚unanständigen' Dinge. Obwohl er erstaunt ist, dass Annie kaum erwarten kann, ihre wildere Seite auszuleben, traut er keinem anderen zu, Annies Sicherheit zu gewährleisten.

Solange Ryan da ist, um sie zu beschützen, wird er es übernehmen, Annie den wahren Kern der Sache beizubringen, ein schlimmes Mädchen zu sein.

Ein schlimmes Mädchen nimmt sich einfach das, was sie will.

Wird Annie mutig genug sein, entsprechend der Leidenschaft, die zwischen ihr und Ryan knistert, zu handeln? Und wird Ryan sich selbst und Annie überzeugen können, dass die Liebe es wert ist, Risiken einzugehen?

Kann eine einsame, unnachgiebige Staatsanwältin in einem lässig-coolen Strafverteidiger aus den Südstaaten die wahre Liebe finden trotz ihrer gegensätzlichen Einstellungen zu Schuld, Unschuld und Verantwortung?

Sie hat ein weiches Herz, aber eine dunkle Vergangenheit. Er genießt das Leben in vollen Zügen und glaubt daran, dass jeder eine zweite Chance verdient. Sie ist entschlossen, Abstand zu halten. Er will ihr näher kommen, ganz nah. Doch ein dramatisches, lebensbedrohliches Ereignis ändert alles. Werden sie dennoch ihren Platz im Herzen des jeweils anderen finden?

Bei dieser kurzen, romantischen Erzählung geht es um Leidenschaft im Gerichtssaal wie auch im Schlafzimmer, und ihr Liebesabenteuer ähnelt einem romantischen Tanz mit Umwerben und unerwarteter Kapitulation, unterstützt von einer Freundin, die als Vermittlerin fungiert, um zwei Menschen zusammenzubringen, die dafür bestimmt sind, in guten wie in schlechten Zeiten füreinander da zu sein.

Die amerikanische Bewertung HHH (Heat, Heart & HEA = Happily Ever After) deutet darauf hin, dass es in diesem Liebesroman heiß und herzerfrischend zur Sache geht und ein glückliches Ende garantiert ist.

Die amerikanische Bewertung HHH (Heat, Heart & HEA = Happily Ever After) deutet darauf hin, dass es in diesem Liebesroman heiß und herzerfrischend zur Sache geht und ein glückliches Ende garantiert ist.

Einem Werwolfkämpfer verfallen

Eine Spezialeinheit für Einsätze bei paranormalen Phänomenen, eine angeschlagene Alpha-Wer-Bestie, die auf Rache sinnt, und eine Vampirin versuchen, ihre Drachenwandler-Adoptivfamilie zu retten.

Können sie eine Gruppe rebellierender Formwandler daran hindern, die Dämonen der Hölle freizusetzen?

Das längste Leben ist nicht immer das glücklichste ...

Fünf Jahre nach dem Zweiten Zivilkrieg bemühen sich Menschen und Andersgeborene–menschenähnliche Wesen mit übermenschlicher DNA–immer noch um Frieden. Um beiden Gruppen zu ihren Rechten zu verhelfen, bildet das FBI ein Team, das mit einzigartigen Fähigkeiten ausgestattet ist.

Im Moment dient Wer-Bestie Dex Hunt diesem Para-Ops-Team, aber sein eigentliches Ziel ist es, den Werwolf-Anführer umzubringen, den er für den Tod seiner Mutter verantwortlich macht. Während er auf den rechten Augenblick wartet, hält sich Dex emotional von seinen Teammitgliedern und jedem anderen fern, für den er etwas empfinden könnte, einschließlich einer mysteriösen Vampirin, die er in Los Angeles traf.

Als Ärztin hat die Vampirin Jesmina Martin ihr unsterbliches Leben der Aufgabe verschrieben, andere zu heilen. Als forschende Wissenschaftlerin versucht sie, Lebensspannen zu verlängern, insbesondere jene ihrer Adoptivfamilie, der Drachenwandler, und die des Werwolfs, der sie gerettet hat, als sie ein Kind war. Ihre größte Hoffnung ruht auf Dex, der Wer-Bestie, die anderen Unsterblichkeit schenken kann.

Doch Dex weiß nichts von seiner Gabe, auch nicht, dass Jesmina sie für ihre Zwecke nutzbar machen will. Nach einer leidenschaftlichen, gemeinsamen Nacht erwartet keiner, den jeweils anderen wiederzusehen. Wochen später treffen sie in Frankreich aufeinander, gezwungen, ein zerbrechliches Geheimnis zu akzeptieren–neues Leben, das überleben will. Gleichzeitig müssen sie eine Gruppe rebellischer Formwandler daran hindern, die Dämonen der Hölle freizusetzen. Doch bevor Dex und Jesmina ihr Kind oder die Welt retten können, müssen sie ihre Geheimnisse preisgeben, ihre Ängste überwinden und sich selbst der Liebe öffnen.

ÜBER DIE AUTORIN

VIRNA DEPAUL IST EINE NEW York Times Bestsellerautorin und steht auch auf der Bestselling-Liste von USA Today für erregende, spannungsvolle Erzählliteratur. Ob es um Vampire, eine Spezialeinheit für paranormale Phänomene, heiße Polizisten oder umwerfende identische Zwillingsbrüder geht, ihre fiktiven Geschichten handeln immer von komplexen Individuen, die gewillt sind, auch die unglaublichsten Schwierigkeiten zu überwinden, um der Liebe den Weg zu bahnen.

Um weitere Informationen zu erhalten und den kostenlosen Newsletter zu abonnieren, besuchen Sie mich bitte auf: *www.virnadepaul.com*

Website: *www.virnadepaul.com*
Facebook: *www.facebook.com/booksthatrock*
Twitter: *twitter.com/virnadepaul*